与陶渊明生活在桃花源

程滨 著

長春出版社
全国百佳图书出版单位

图书在版编目(CIP)数据

与陶渊明生活在桃花源 / 程滨著. -- 长春 : 长春出版社, 2016.6
(小雅文丛)
ISBN 978-7-5445-4504-4

Ⅰ. ①与… Ⅱ. ①程… Ⅲ. ①陶渊明(365-427)-古典诗歌-诗歌研究 Ⅳ. ①I207.22

中国版本图书馆 CIP 数据核字(2016)第 132618 号

与陶渊明生活在桃花源

著　　者:程　滨
责任编辑:谢冰玉
封面设计:刘红刚

出版发行:長春出版社　总编室电话:0431-88563443
发行部电话:0431-88561180
地　　址:吉林省长春市建设街 1377 号
邮　　编:130061
网　　址:www.cccbs.net
制　　版:荣辉图文
印　　刷:吉广控股有限公司
经　　销:新华书店

开　　本:880 毫米×1230 毫米　1/32
字　　数:220 千字
印　　张:10.5
版　　次:2016 年 6 月第 1 版
印　　次:2016 年 6 月第 1 次印刷
定　　价:42.80 元

目　录

序 此境真能到

几年前，迦陵先生在家里给学生们讲陶诗，我也忝陪其末。迦陵先生讲课，主要是让学生们说自己的读诗心得，然后互相讨论，希望大家多读多思多悟，自己很少参与意见。也就是从那时开始，我逐渐发现我和他们的意见大多相左，甚至和自己几年前对陶渊明的看法相比也有很大的变化。后来细想想才发现，所有这些博士后、博士生、硕士生都是从来没有离开过校园这种生活环境的，有些人到了四十多岁，还是没有真正出过校门，没有接触过更广阔的生活。而我则是本科毕业就“以心为形役”，为生计去奔波了。我也发现，在没有离开学校时，在人生观念没有被更广阔更复杂的生活改变时，我和他们的看法是一样的。

鲁迅在文章中提过陶渊明有“金刚怒目式”。有时我想，如果不是时代因素使得现代人几乎都读过鲁迅的文章，那么恐怕很多人都会忽略这位隐士“刑天舞干戚，猛志固长在”的一面。然而只知道渊明有“金刚怒目”这一面，还是没有参透他。很多人都以为，渊明躬耕的隐士生活虽然过得苦，但心地很平和，丝毫不以为苦。我不知道他们是不是真的读不出渊明的“苦”。他们所描绘的渊明不是渊明，似乎是“饭疏食，饮水，在陋巷，人不堪其忧，回也不改其乐”的颜回——甚至我不知道陋巷中的颜回是不是心里真的没有一丝“交战”，因为我们根本看不到颜回对这种生活的自述，我们看到的都是别人眼中的颜回。但是渊明就不一样了，他有那么多直写本心的诗，他丝毫不向人们掩饰内心的情感。当我的内心对曾经坚持的理想动摇时，我发现渊明也动摇了。这并不是我主观加给渊明的，而是在我没有动摇的这种体验时，我从他的文字中根本看不懂这种人生的况味。于是当大家都在赞美渊明的时候，我却提出了“《归园田居五首》乃《形影神三首》之反动”的看法，认为写到《归园田居》第五首时，渊明有几乎不能自持的痛苦，他并不像人们所说的那么坦然，而是在“硬把持”着，仗着朋友，仗着热闹，仗着酒。当然，在日复一日的这种生活中，渊明慢慢把“硬把持”化作了“自然”，但这需要以怎样的痛苦为代价啊！我写过一首《贺新郎》，叙述那次重读陶诗的感受：

诗是渊明好。正悠然、东篱采菊，南山倾倒。却怪南山时时在，此刻方成绝调。都为这、百年襟抱。梁父二分骚一段，被饥寒、化作苗间草。这一世，太枯槁。

> 平生酒债知多少。仗衔杯、推开独醒，保全孤傲。莫羡固穷常在口，只怕居然忘了。问此意、千年谁道。五十步前回白首：“读书人、此境真能到？”顿掩卷，一声啸。（《贺新郎·重读陶诗，正月初三作，读陶则数月间事》）

后来内子温浩说，这首词有些意思别人用过了。我想了半天，原来“却怪南山时时在，此刻方成绝调”，早在千年以前就被辛弃疾用过了。我不学辛，但辛对我的影响却是无形的。写毕业论文时，我要写辛词的对仗。当时互联网刚刚兴起，网上根本找不到辛弃疾词完整的电子版，于是我就把六百余首辛词一字一字地输入，并传到了网上。那其中便有：

> 自古此山元有，何事当时才见，此意有谁知。（宋·辛弃疾《水调歌头》）

我无心抄他却终究还是抄了他。但这首词中也有很多我独有的感想，譬如“莫羡固穷常在口，只怕居然忘了”，便是上面我说的感触。渊明诗中为何时不时就提到“固穷”？我想他是怕一旦不提醒自己，自己也许就坚持不下去了。而“五十步前回白首”则是说渊明并非高高在上，可望而不可即。他也困惑过，痛苦过，挣扎过，他与我之间也许就是五十步与百步的差别而已。但我仿佛看到五十步前的渊明回过头来平静地问我："年轻人，咱们之间这五十步，你真走得过来么？"这五十步也许就是永远的差距。我这才意识到，他虽不高远，依然伟大。

直到有一天，我看到有人说渊明时用了这样四个字：

乐道至苦。

顿时掩卷长叹！并不是只有我这样去理解渊明，因为并不是只有我有过这样的人生感受。

说这四个字的人是宋朝的施德操，一个在思想史、文学史上根本提不上名字的人。

事情往往就是这样，声名显赫者偏要英雄欺人，默默无闻者却能一语中的。而世人则无来由地喜欢被英雄所欺。

但历史到底是传真不传伪。这种真不一定是事实的真，而是感情的真。有人考证西施并没有随范蠡泛舟五湖，有人考证楚霸王并没有自刎乌江。这些即使是事实，也不是历史要流传的"真"。传下来的，必是打动人心的。否则数千年来，人们不可能这样用心相传，以心相印，它们早就烂在故纸堆里了。

同样，渊明亦是传真不传伪。有人说他活了六十三岁，有人说他活了五十一岁、五十二岁、五十六岁、五十九岁，甚至还有人说他活了七十六岁。或许从知人论世的角度来看，弄清一个人的生平是读懂作品的前提。没错，但这并不是在任何情况下都适用的。难道某人只留下一首诗，我们就不去读了？那些所有佚名的作品就无法打动任何人了？有时我觉得，从文学角度讲，知人论世只是文本阅读的拓展。就像很多人喜欢唐代李商隐的《无题》诗一样，作品影射的是什么已经不重要了，重要的是它带给我们最直接的感动。

我被“采菊东篱下，悠然见南山”感动时还是一个孩子，那时我对渊明一无所知。

然而有些问题却是不得不辨的：我不相信渊明不解音律，我不相信渊明读书不求甚解，我不相信渊明像陈寅恪说的那样“始终是天师教信徒”“外儒而内道”……

西方有句名言：“一千个人眼中有一千个哈姆雷特。”同样，一千个人眼中有一千个陶渊明，一千个人心中有一千个桃花源。但即使这一千个桃花源怎样不同，我想这片土地上总是会开满桃花的。

前些时回到了外公的老家，河北省顺平县的一个叫寨坡的小村子。那里“土地平旷，屋舍俨然”，那里“阡陌交通，鸡犬相闻”，那里“黄发垂髫，并怡然自乐”……那里没有水，那里没法种粮食，那里的人一年只能挣几千块钱，那里的人过得很辛苦……没有水，他们把所有的田地都种上了桃树。桃花开时，那里就是桃源深处。

希望有一天，他们，我，你们，都能与陶渊明一起生活在桃花源。

二〇〇七年五月二十四日于矫庵

第一章　桃源无寻处

道是梨花不是。道是杏花不是。白白与红红，别是东风情味。曾记，曾记，人在武陵微醉。

——严蕊《如梦令》

这首咏红白桃花的《如梦令》的作者是南宋时天台营妓严蕊，这是她仅有的三首传世之作中的一首。我上初中的时候，从宋代周密的《齐东野语》中读到了这个“若得

［明］仇英《桃源图卷》（局部）

山花插满头，莫问奴归处”的故事[注]，被感动得一塌糊涂。甚至因为看到朱熹杖责了这样一个弱女子，便对朱文公耿耿于怀，一直认为他是个坏人。直到后来背了《四书章句》，读了《近思录》，才知道晦庵先生的伟大。也是后来，我才知道严蕊并不是我小时候想象的那样一个清高出尘的女子。

这本说陶渊明与桃花源的书为什么从严蕊的这首词说起呢？因为我在初中学了《桃花源记》之后，在渊明文章之外，第一次见到用“桃花源”典故的就是这首词。我也第一次意识到“桃花源”可以成为任何一种人的精神寄托，哪怕是身在浊秽不堪的风月场。

后来，当我不再像小时候那么感性地阅读时，我忽然对这首词中所说的“桃花源”产生了质疑——因为中国的文学史上有两个几乎是齐名的“桃源”。第一个当然还是陶渊明的那个桃花源，第二个桃源则出现在记述一段爱情的传奇中。

据南朝刘义庆的《幽明录》记载，汉明帝永平五年，剡县刘晨（一作晟）、阮肇共入天台山，迷不得返。经十余日，粮食吃尽，饥饿欲死。遥望山上有一桃树，乃以桃充饥。复循溪水而行，见溪边有两个绝色女子，仿佛旧相识，邀其还家。酒饭款待，食毕饮酒，有群女来，各持三五桃子，笑道：“贺女婿来。”酒酣作乐，刘、阮又喜又怕。至暮，“令各就一帐宿，女往就之，言声清婉，令人忘忧”，遂住半年。二人求归不已，女子乃送刘、阮，指示还路。既出，城市屋舍面目全非，一问才知已经过了七代了。

两处桃花源，皆是桃花流水，一似在湖南，一似在浙江，一为避难地，一为温柔乡，却同样让人向往不已。对于严蕊的《如梦令》，邓小军曾说：“词境以桃花源结穴，余味颇为深长。它虽有可能意味着女词人的身份（宋词习以桃溪、桃源指妓女居处），但更可能有取于桃花源凌越世俗之意。”（《唐宋词鉴赏辞典》）这段话有一点没有说明白，“宋词习以桃溪、桃源指妓女居处”绝不是从陶渊明的《桃花源记》来的，而是出自“刘阮入天台”的故事（词牌《醉桃源》亦名《阮郎归》可证，词牌《桃源忆故人》亦用此故事）。而严蕊词中提到“武陵”，则明确告诉大家，此词用的正是陶渊明《桃花源记》“晋太元中，武陵人捕鱼为业”的典故。以严蕊的身份而论，当用刘、阮之桃源；以词中“武陵”的暗示，则当是渊明之桃花源。为什么会产生这样的迷雾呢？这正是中国古典文学的“狡狯”之处。我们简单看看严蕊写此词的背景：

> 天台营妓严蕊……色艺冠一时……唐与正守台日，酒边尝命赋红白桃花，即成《如梦令》……与正赏之双缣。（《齐东野语》卷二十）

你看，严蕊与唐与正（名仲友）正是仙女与刘、阮的关系。刘、阮入“天台”迷路遇仙，而严蕊恰是“天台营妓"，唐与正又是天台长官。无论是从关系还是从地点上看，都是天台桃源最贴切。但冰雪聪明的严蕊，偏偏弄了个文字游戏，偏偏不说"天台"而说"武陵"，让唐与正由"武陵"联想到"桃源"，又由此"桃源"联想到彼"桃源"，比起直用其事来，真是妙不可言。难怪唐与正大悦"赏之双缣"了。

以上这些是我根据旧时文人的惯用伎俩推测出来的，也许是深得彼心，也许是深文周纳。古人已矣，终不能起之于九原，一问究竟。然而从理想主义的角度来看，我宁可相信，风月场中颇善逢迎的严蕊，心中确实守着自己的一方桃花源。我也不相信，一个只会逢迎、只懂得文字技巧的人能写出"若得山花插满头，莫问奴归处"这样动人的句子。"莫问奴归处"，"归处"正是严蕊心中的桃花源。

朱光潜先生说："渊明的心中有许多理想的境界……

[明] 文征明《桃源问津图》（局部）

依我的愚见，《桃花源记》境界之高还在《归去来兮辞》之上。”《桃花源记》传达出乱世之民渴望有一方宁静的心愿。人们都说陶渊明有《老子》“小国寡民”的思想，甚至我觉得《桃花源记》很可能就是从《老子》第八十章“小国寡民”脱胎敷衍而成的。

> 小国寡民。使有什伯人之器而不用，使民重死而不远徙。虽有舟舆，无所乘之；虽有甲兵，无所陈之。使民复结绳而用之。甘其食，美其服，安其居，乐其俗。邻国相望，鸡狗之声相闻。民至老死不相往来。（《老子》第八十章）

说得直白些，《老子》这章的意思是说，不大的一块地方，不多的几户人家，即使有各种器具也没什么用处。老百姓不肯冒生命危险，所以不会往远处迁徙。因为不用迁徙，所以有船有车也没有什么用处；大家都很和睦，有兵器也没有什么用处。让老百姓回到结绳记事的原始时代（淳朴的时代）。食非珍馐，但大家吃得很香；衣非华服，但大家穿得很美。大家安居乐业。邻国（也是这样一个小国）能望见，甚至能听到他们鸡犬的叫声，但是老百姓到死也不往来。为什么？——不往来就不会有纷争，就永远有一片宁静。

再看看陶渊明的《桃花源记》，“土地平旷，屋舍俨然，有良田美池桑竹之属；阡陌交通，鸡犬相闻。其中往来种作，男女衣着，悉如外人。黄发垂髫，并怡然自乐”，正是小国寡民的具体勾画；“避秦时乱”正与“虽有甲兵，无所陈之”相表里；“来此绝境，不复出焉，遂与外人间隔”，正是“老死不相往来”；而“问今是何世，乃不知有汉，无论魏晋”也很有“结绳记事”的味道了。

《桃花源》有记有诗，但记比诗好，诗只是把记的内容又铺陈了一遍，但为字数押韵限制，却没有散文灵动。大家都会背几句《桃花源记》，几乎没人会背《桃花源诗》，就如同很多人都会背《兰亭集序》，却几乎没人会背“兰亭”之诗一样。

从古到今，读《桃花源记》的人很多，爱《桃花源记》的人很多，把《桃花源记》再改写成另外一首诗的人也很多。近代最通行的启蒙读物《唐诗三百首》里，便有两篇这样的作品。一是唐代王维的七言乐府《桃源行》：

> 渔舟逐水爱山春，两岸桃花夹古津。坐看红树不知远，行尽青溪不见人。山口潜行始隈隩，山开旷望旋平陆。遥看一处攒云树，近入千家散花竹。樵客初传汉姓名，居人未改秦衣服。居人共住武陵源，还从物外起田园。月明松下房栊静，日出云中鸡犬喧。惊闻俗客争来集，竞引还家问都邑。平明闾巷扫花开，薄暮渔樵乘水入。初因避地去人间，及至成仙遂不还。峡里谁知有人事，世中遥望空云山。不疑灵境难闻见，尘心未尽思乡县。出洞无论隔山水，辞家终

拟长游衍。自谓经过旧不迷，安知峰壑今来变。当时只记入山深，青溪几曲到云林。春来遍是桃花水，不辨仙源何处寻。

有人评析此诗，说王维变文为诗，进行了艺术的再创造，开拓了诗的意境，具有独特的艺术价值，能与散文《桃花源记》并传于世。清代翁方纲《石洲诗话》中甚至说："古今咏桃源事者，至王右丞而造极。"我看这种说法太高抬此诗了，变文为诗这种二度创作，就其艺术价值而言已经是降了一等。我们只能说王维太喜欢桃花源的传说，喜欢到情不自禁地要把它改写一遍。

另一首诗是唐代张旭（有人考证作者非张旭）的《桃花溪》：

隐隐飞桥隔野烟，石矶西畔问渔船。桃花尽日随流水，洞在清溪何处边？

清代蘅塘退士批注："四句抵得一篇《桃花源记》。"这更是夸大其词。其他名家同一题材的作品还有很多，如韩愈的《桃源图》、刘禹锡的《桃源行》、王安石的《桃源行》、苏轼的《和桃源诗》、刘克庄的《题桃源图一首》、赵孟頫的《题桃源图》，等等。只是《桃花源记》的价值，这些仿品——哪怕是高仿——均是无法望其项背的。

更有意思的是，我们从小都接受唯物主义教育，所以自从学《桃花源记》之日起，很自然地就觉得桃源中的那些人是避秦乱者的子孙后代。可是古人却不都这么想，很多人认为渔人见到的那些人就是避乱的秦人，一直活到了现在（如前面所引王维《桃源行》）。苏轼不赞同这种说法，可他的理由却有点好笑，他说："世传桃源事，多过其实。考渊明所记，止言避秦乱来此，则渔人所见，似是其子孙，非秦人不死者也。又云杀鸡作食，岂有仙而杀者乎？"（《和桃源诗序》）苏轼证明这些人是人不是仙，一个论据就是仙人不会"杀鸡"（杀生）来款待渔人，确实又幼稚又天真，难怪被后人讥为"儿女子痴语，渊明闻此必大笑，东坡不是解人"（明·张自烈辑《笺注陶渊明集》）。

这个虚构出来的理想桃花源，在很多人看来偏偏是现实存在的。其中尤以陈寅恪考证最为细密。陈先生有《〈桃花源记〉旁证》一文，在文章结尾处，陈先生自己"总括本篇论证之要点如下"：

> （甲）真实之桃花源在北方之弘农，或上洛，而不在南方之武陵。
>
> （乙）真实之桃花源居人先世所避之秦乃苻秦，而非嬴秦。
>
> （丙）《桃花源记》纪实之部分乃依据义熙十三年春夏间刘裕率师入关时戴延之等所闻见之材料而作成。
>
> （丁）《桃花源记》寓意之部分乃牵连混合刘驎

之入衡山采药故事，并点缀以“不知有汉，无论魏、晋”等语所作成。

（戊）渊明《拟古》诗之第二首可与《桃花源记》互相印证发明。

实际上在魏晋时期，偌大的中国存在一个像《桃花源记》中所记载的小村子，那是一点也不新鲜的。即使是今天，我们走到一些偏僻的地方，看见大山里面未被尘世污染的村落，头脑中率先跳出来的也许就是“屋舍俨然，鸡犬相闻”的桃花源。所以说，即使陈寅恪先生论证得再严密，对于现在的人来说，也没有太大现实意义。（或许可以让敏感的商家开发一些诸如“古桃花源”的旅游项目吧。）因为今天人们失落的，不是现实的桃花源，而是心中的桃花源。正是：

雾失楼台，月迷津渡。桃源望断无寻处。（宋·秦观《踏莎行》）

［注］南宋周密《齐东野语》载：天台营妓严蕊，字幼芳，善琴弈歌舞、丝竹书画，色艺冠一时。间作诗词，有新语，颇通古今。善逢迎，四方闻其名，有不远千里而登门者。唐与正守台日，酒边尝命赋红白桃花，即成《如梦令》云：“道是梨花不是。道是杏花不是。白白与红红，别是东风情味。曾记，曾记，人在武陵微醉。”与正赏之双缣。又七夕，郡斋

开宴，坐有谢元卿者，豪士也，夙闻其名，因命之赋词，以己之姓为韵。酒方行，而已成《鹊桥仙》云："碧梧初出，桂花才吐，池上水花微谢。穿针人在合欢楼，正月露、玉盘高泻。 蛛忙鹊懒，耕慵织倦，空做古今佳话。人间刚道隔年期，指天上、方才隔夜。"元卿为之心醉，留其家半载，尽客囊橐馈赠之而归。其后，朱晦庵以使节行部至台，欲摭与正之罪，遂指其尝与蕊为滥，系狱月余。蕊虽备受箠楚，而一语不及唐，然犹不免受杖。移籍绍兴，且复就越置狱，鞫之，久不得其情。狱吏因好言诱之曰："汝何不早认，亦不过杖罪，况已经断，罪不重科，何为受此辛苦邪？"蕊答云："身为贱妓，纵是与太守有滥，科亦不至死罪；然是非真伪，岂可妄言以污士大夫？虽死不可诬也。"其辞既坚，于是再痛杖之，仍系于狱。两月之间，一再受杖，委顿几死。然声价愈腾，至彻阜陵之听。未几，朱公改除，而岳霖商卿为宪，因贺朔之际，怜其病瘁，命之作词自陈。蕊略不构思，即口占《卜算子》云："不是爱风尘，似被前缘误。花落花开自有时，总赖东君主。 去也终须去。住也如何住。若得山花插满头，莫问奴归处。"即日判令从良。继而宗室近属，纳为小妇，以终身焉。《夷坚志》亦尝略载其事而不能详。余盖得之天台故家云。

第二章　我祖自陶唐

人们一提起渊明，按照中国古人有名、有字、有号、有谥号的习惯，大约会说：姓陶，名潜，字渊明，一字元亮，号五柳先生，谥号靖节先生。实际上这个说法是很含糊的，也有错误。历史上记载陶渊明的姓名是这样的：

有晋徵士寻阳陶渊明。（南朝宋·颜延之《陶徵士诔》）

陶潜，字渊明，或云渊明字元亮。（南朝宋·沈约《宋书·隐逸传》）

陶渊明，字元亮，或云潜字渊明。（南朝梁·萧统《陶渊明传》）

陶潜，字渊明。（南北朝·佚名《莲社高贤传》）

陶潜，字元亮。（隋·令狐德棻《晋书·隐逸传》）

陶潜，字渊明，或云字深明，名元亮。（唐·李延寿《南史·隐逸传》）

以上是按时间先后顺序排列的。最晚的唐代李延寿记载，有人说陶渊明的名字是“字深明，名元亮”，这与前面诸家皆不同。此前诸家都说“元亮”是字，应当不会是名。至于说他字“深明”，“渊”与“深”字形比较接近（尤其是渊的繁体字“淵”，异体字作“渁”），因此“深明”当是“渊明”之误。那么“潜字渊明”和“渊明字元亮”两种说法，哪一个更准确些呢？从名与字的关系上来看，“渊明”和“元亮”当是最初的一对。因为古人名与字是有关联的，至少其中一个字相关。“明”和“亮”是一个意思，所以用其中一个作为名，另一个作为字。三国时诸葛亮字孔明，也是这个道理。“孔明”的“孔”是“大”的意思，没有特别实在的意义；同样，“元亮”的“元”也是“大”的意思，也没有特别实在的意义。另外，我们还要了解古人名与字的用法。古人为什么有名有字呢？名和字比起来，名和某个人的联系更为密切，而字则是依附于名的，名尊贵一些，字则次之。所以对待一个人，他的长辈、上级、兄弟、挚友皆可直呼其名，而晚辈、下级、关系较远的朋友，当称其字。而此人自己提到自己时也是称“名”（如诸葛亮《出师表》中自称“亮”）。在《祭妹文》和《晋故征西大将军长史孟府君传》这两篇文章中，陶渊明提到自己都说“渊明”，妹妹虽然比自己小，但已是逝者，古人对逝者都比较尊敬，和逝者对话时，提到自己应当称名不称字；孟府君是他的外祖父孟嘉，给长辈作传，提到自己也应当称名。再者，给陶作诔（祭文的一种）的颜延之和陶是朋友，尤其是诔中“有晋徵士寻阳陶渊明”这种说法，有时代，有身份，有籍贯，一看就是比较正式的说法，后面当称其姓名，而不是姓字。可见“渊明”是陶的本名，应当没有异议。

那“潜”这个名字是怎么来的呢？宋代吴仁杰在《陶靖节先生年谱》说：

意渊明自别于晋、宋之间，而微见其意欤？

“意”是臆测的意思，也就是吴仁杰自己猜测。他猜测陶渊明本是东晋功臣陶侃之后，晋亡宋兴，他耻为宋臣，连名字也愤而改之，以表明自己的志向。大概是潜有潜伏、隐藏的意思，加上渊明入宋后不再应召做官，所以吴仁杰觉得“潜”是他入宋后改的名字。（但“元亮”这个字，是一直没有变的。）宋代黄庭坚写了这样几句诗：

潜鱼愿深渺，渊明无由逃。彭泽当此时，沉冥一世豪。（《宿旧彭泽怀陶令》）

黄庭坚用了文字游戏，来解释“潜”与“渊明”的关系。鱼愿潜入深渊，以免网钩之祸，但渊水明澈，无处潜踪匿迹，因此，“潜”与“渊明”就构成了一组矛盾。这个说法在古代为很多人所认同。但也有人认为，古代有个原则：“君子已孤不更名。”这就是说，儿子的名字都是由祖辈、父辈赐予的，儿子要改名是须经过父亲同意的，父亲去世了，儿子就不能改名了，以示对父亲的尊重。渊明父亲早逝，到晋宋之交，渊明岁数已经很大了，所以说这时他再改名不合常理。

关于“潜”这个名字，梁启超先生是这样说的：

> 考先生五子俨、俟、份、佚、佟，而《责子》诗则举其小名曰舒、宣、雍、端、通。是先生诸子，皆有两名也。先生盖亦尔尔，渊明其名，而潜其小名欤？（《陶渊明年谱》）

梁先生的意思是，陶渊明的五个儿子每人都有两个名字，一个大名，一个小名，这在陶的诗文中是有记载的。那么陶渊明这样给儿子起名字，很可能是因为他的父亲当初也这样给他起名字。所以他认为“潜”是陶渊明的小名。这个说法比较有意思，也合情理。

渊明没有像后世文人那样给自己起号，但他的《五柳先生传》中说：

> 先生不知何许人，不详姓字，宅边有五柳树，因以为号焉。

又加上《宋书》中称《五柳先生传》“其自序如此，时人谓之实录”，因此后人便以“五柳先生”为渊明之号。实际《五柳先生传》中说的“先生不知何许人，不详姓字”和渊明有名有字还是不太一样的，可见此传虽然是实录渊明的生活，但还是有文学创作的成分在里面。所以说“五柳先生”为陶渊明的号还是不太合适的。

何为谥号？古时帝王、贵族、大臣、士大夫死后，依其生前事迹给予的称号叫谥号。这是从周朝初期开始使用的，秦始皇废除不用，汉初又恢复。帝王的谥号，由礼官议上。贵族大臣死后定谥号，唐宋时期是由考功上行状，太常博士做谥议，如果名实不符（指谥号的含义和此人生前事迹不符合），给事中可以驳奏再议。到了明清时期，由礼部定谥号。而士大夫死后，由亲族门生故吏立谥号的，称为私谥。陶渊明谥“靖节徵士”，就是好友颜延之等人给他立的私谥：

> 若其宽乐令终之美，好廉克己之操，有合谥典，无愆前志。故询诸友好，宜谥曰靖节徵士。（《陶徵士诔》）

在谥法中，“宽乐令终曰靖”“好廉自克曰节”。“宽乐令终”，大意指心胸开阔，乐观，得以善终；“好廉自克”，大意是指廉洁廉正，能克制自己的私欲。而“徵士”（现简化作“征士”）是指不受朝廷聘征的士人。“靖节徵士”四个字，还是很能概括渊明的一生的。

因此我们重新来说渊明的名字：姓陶，名渊明，字元亮，小字潜，谥号靖节徵士。

关于身世，陶渊明有一组《命子》诗，是写给儿子们看的，记述了历代祖先的勋业事迹，以此来告诫儿子们要努力上进，不要给祖先们丢脸。这组诗依次提到了这些古人：

陶唐：悠悠我祖，爰自陶唐。（其一）

陶叔：穆穆司徒，厥族以昌。（其一）

陶舍：天集有汉，眷予愍侯。（其二）

陶青：亹亹丞相，允迪前踪。（其三）

陶侃：在我中晋，业融长沙。（其四）

桓桓长沙，伊勋伊德。（其五）

陶茂：肃矣我祖，慎终如始。直方二台，惠和千里。（其六）

陶某：於皇仁考，淡焉虚止。寄迹风云，冥（一作“寘”）兹愠喜。（其六）

陶唐即上古的尧。尧始居于陶丘，后封唐侯，故称陶唐氏。陶叔担任过周代的司徒。陶舍为汉初功臣，封愍侯（一作“闵侯”）。陶青为陶舍之子，任丞相。陶侃为陶渊明曾祖，任东晋大司马，封长沙郡公。陶茂为陶渊明祖父，曾任武昌太守。而陶渊明的父亲，其姓名早期的史书都没有记载，后来有些家谱宗谱说渊明的父亲或名“逸”，或名“回”，或名“敏”，都不可深信。元代陈仁子《文选补遗》注：“父，姿城太守，生五子，史失载。”《氏族大全》也采取了这种说法。

不过，一般人认为渊明的父亲应该是没做过官，声名不显。其实这一串人里，和陶渊明有直接血缘关系的，只是自陶侃开始。前面的都是历史上姓陶的名人，与渊明未必有血缘关系。因此逯钦立在《关于陶渊明》一文中说：

> 陶渊明标榜陶家是唐尧的后代，显然也因袭了封建士大夫的一般习气，用假冒手段吹嘘自己氏族传统的可贵。这表露了一个“望非世族，俗异诸华”的贵族后裔的自卑感和自尊心。（见中华书局1979年版《陶渊明集》附录一）

此文说渊明“用假冒的手段吹嘘”，实在是太过分了。其实渊明这组诗开头的写法，是从屈原《离骚》的开端变化来的。屈原在《离骚》一开头就说：

> 帝高阳之苗裔兮，朕皇考曰伯庸。

也是把自己的身世和上古帝王高阳（即颛顼）挂上了钩，渊明只是发展了这种写法。而且即使是现在民间同姓之人还有“五百年前是一家”的说法，古时人口稀少，“五百年前是一家”是很可能的。

史书皆记载陶渊明的曾祖是陶侃。（只有阎若璩父子认为渊明不是陶侃后人，清代钱大昕已经驳斥了这种说法。）陶侃，字士行，原本是鄱阳人。父亲陶丹，做过三

《古圣贤像传略·陶长沙像》

国时期吴国的扬武将军。吴亡，全家迁居到了庐江寻阳（今作“浔阳”）。陶侃的父亲很早就去世了，家境贫寒，陶侃做过县里的小官吏，积累功勋，慢慢地做到了荆州刺史。陶侃后来被晋代名臣王敦所忌惮，险些为王敦所杀，转任广州刺史。苏峻叛乱，建康失守，温峤推举陶侃为盟主，击杀苏峻，封长沙郡公，都督八州诸军事。陶侃在军四十多年，果毅善断。后因病上表请求逊位，病逝于樊溪，终年七十六岁。

逯钦立在《关于陶渊明》中认为陶侃不是汉族，而是少数民族，他的主要依据是《晋书·陶侃传》中所述陶侃“望非世族，俗异诸华”这八个字——关键还是后四个字。另外，《世说新语·容止第十四》中记载温峤背地里说陶侃的话：“溪狗我所悉，卿但见之，必无忧也。”据说“溪”是指“溪蛮”，即《后汉书》记载的五溪蛮。五溪在过去湖南辰州府境内，五溪蛮就是指五溪的少数民族。因此有人认为，在注重出身血统的晋代和南朝，陶渊明在所有作品中不曾提及“溪蛮”，似乎是在刻意回避出身卑微的家族背景。

然而我认为这两条都不足做陶侃为外族的凭证。“华”是中华的简称，我国古代华夏民族兴起于黄河一代，居四方之中，文化发达，历史悠久，因称其地为中华，亦称中原、中国，后来中华成为我国的称号。但在南北朝时期，中华尚指中原地区。晋分东西晋，西晋（265–317）定都洛阳，共四帝，为前赵所灭。司马睿即位于建康，保有江南之地，共十一帝，为刘裕所灭，史称东晋（317–420）。洛阳属黄河流域，建康属长江流域。南迁的西晋贵族，自视为“中华人士”。如《晋书·陶侃传》记载：“伏波将军孙秀以亡国支庶，府望不显，中华人士耻为掾属，以侃寒宦，召为舍人。”意思是说，当时孙秀势力衰微，中原人士都不愿意当他的下属，因为陶侃是比较没地位的小官，就召他来做舍人。《晋书》中记载得很清楚，陶侃本来是鄱阳人，他的父亲是三国时吴国的扬武将军，而吴国就定都建康。也就是说，陶侃是建康本地人，在南渡来的北方士人看来，自然非“中华人士”了。而“俗异诸华”四个字，也只能说明作为建康人的陶侃生活习惯与北方贵族不一样。至于“溪”字，即便是指“溪蛮”，这里也不过是北方人对南方人的一种蔑称，未必能说明陶侃本身就是“溪蛮”。这便如现在还有人称两广人为“南蛮子”一样，这只是泛称，并不能说明两广之人皆非汉族。

陶侃有两件小事历来为人称道，一是“朝暮运甓”，一是“木屑竹头”。据说陶侃因功封为柴桑侯，在州无事，每天早晨搬一百块甓（pì，砖）到斋外，晚上又搬回斋内。人问其故，陶侃说："吾方致力中原，过尔优逸，恐不堪事。"（我正致力恢复中原，过于闲逸，恐怕久了就不能做事了。）人称陶侃"励志勤力，皆此类也"。还有一次，造船时剩下很多木屑和竹头等废料，陶侃让手下人都保留着，当时大家都不理解为什么。后来下大雪了，听事厅前余雪犹湿，于是以屑铺地，便于行走。等到桓温伐蜀，又用陶侃所存的竹头做钉子装船。人称陶侃"综理微密，皆此类也"。

而陶侃的有些行为，可能也对渊明有所影响。如《晋书》称陶侃"恭而近礼，爱好人伦"，这可能对渊明非常注重人伦之间的乐趣有一定的影响；又称他"远近书疏，莫不手答，笔翰如流，未尝壅滞"，渊明文笔流畅或有乃祖遗传因素。陶侃曾对人说："大禹圣者，乃惜寸阴，至于众人，当惜分阴，岂可逸游荒醉，生无益于时，死无闻于后，是自弃也。"渊明的"盛年不重来，一日难再晨。及时当勉励，岁月不待人"也许就是这种精神的延续。陶侃还说："《老》《庄》浮华，非先王之法言，不可行也。"渊明爱读道家书，而终身以儒家为根本，可能也与这种家教传统有关。据说陶侃一次出游，看见有人拿着一把未熟的稻子，陶侃问他："用此何为？"那人回答说："行道所见，聊取之耳。"（走路闲着没事，揪一把稻子玩。）陶侃大怒说："汝既不田，而戏贼人稻！"（你本来就不种田，还祸害人家的稻子！）于是让手下人把他抓起来打了一顿。因此百姓勤于农事，家给人足。由此可见，陶侃虽非躬耕，却爱惜粮食，可能对日后力田为生的渊明也有一定的影响。

虽然如此，但实际上渊明的为人和其祖陶侃还是有很大区别的。渊明一生淡泊，不工于心计，不汲汲于功名富贵。但陶侃就不一样了，陶侃是典型的通过自我奋斗而成功的例子，甚至为了成功，有时可以不择手段，降低人格。如《晋书》记载，鄱阳孝廉范逵曾经拜访陶侃，当时陶侃家里很穷，仓促之间没有东西来款待宾客。他的母亲便剪下头发，换得酒食。陶侃与范逵饮酒极欢，就是对范逵的仆人也招待得极为周到。等到范逵离去，陶侃追送了一百多里。范逵看陶侃这样，就对他说："你想在郡里做官么？"陶侃说："想啊，只是苦于没有门路。"于是范逵拜访庐江太守张夔，极力称赞陶侃。张夔召陶侃担任督邮，后又担任枞阳令，升迁为主簿。后来张夔的妻子生病了，要到数百里外去接医生，当时天寒地冻，大雪纷飞，张夔手下人都很为难，只有陶侃说："资于事父以事君。小君，犹母也。安有父母之疾而不尽心乎！"意思是说，做下级的要借鉴对父母的态度来侍奉上级。上级的妻子，就如同我的母亲一样。哪里有父母得病能不尽心的呢？于是陶侃请求去迎医，众人都佩服他的道义。这些是陶侃从寒微到初入仕途时的一些经历，由此可见陶侃之为人，实是不择手段，颇能曲意逢迎。当时很多人也因此看不起陶侃。

陶侃去渊明已远，渊明没有见过这位曾祖，所以没有直接受到他的影响。对渊明影响比较大的，当数其外祖父孟嘉。有意思的是，孟嘉娶的是陶侃的第十女，也就是说渊明的外祖母就是他的姑奶奶。渊明的母亲是孟嘉的第四个女儿。渊明曾经为自己的外祖父作传——《晋故征西大将军长史孟府君传》。在这篇传记中，渊明称孟嘉“冲默有远量”“温雅平旷”“尝会神情独得，便超然命驾，径之龙山，顾景酣宴，造夕乃归”“行不苟合，言无夸矜，未尝有喜愠之容，好酣饮，逾多不乱。至于任怀得意，融然远寄，傍若无人”，有人曾问孟嘉：“酒有何好，而卿嗜之？”孟嘉笑而答道：“明公但不得酒中趣尔。”从这些地方，我们确实能看出，渊明身上有他外祖父孟嘉的影子。甚至孟嘉有脚疾，渊明也有脚疾，不知是否为遗传了。

渊明在《晋故征西大将军长史孟府君传》中还记载了这样一件事：孟嘉担任征西大将军桓温的参军，桓温很器重他。九月九日重阳节，桓温在龙山举行宴会，幕僚属官全部参加。当时官吏都穿军装，一阵风来，把孟嘉的帽子吹落，而孟嘉还未发觉。桓温让左右的人都别告诉他，想看看孟嘉怎么办。过了很久孟嘉上厕所，桓温才叫人把帽子还给他，并让孙盛写文章嘲笑他，放在他的座位上。孟嘉回来后看见帽子和文章，立即也写了一篇文章回应，文辞优美，大家都很赞叹。这就是后来重阳节著名的典故“龙山落帽”。我在读渊明这段记述时，忽然分不清这到底是孟嘉，还是渊明自己的精神写照了。

第三章　宅边五柳树

古时文人多爱给自己起个雅号，比如青莲居士、少陵野老、东坡居士，等等，但是陶渊明好像没有什么号。有人说陶渊明自号“五柳先生”，那便是将他的《五柳先生传》当作自传了。萧统的《陶渊明传》说：“渊明少有高趣，博学，善属文。颖脱不群，任真自得。尝著《五柳先生传》以自况，时人谓之实录。”沈约的《宋书·隐逸传》因袭了这种说法。但是从“自况”二字来看，渊明的《五柳先生传》应该是影射自己，而不是明确地说“我就是五柳先生”。所以除了这一处提到“五柳先生”外，渊明其他诗文中都没有再提及这一雅号。可见“五柳先生”不过是为了写这篇文章不直接提到自己名字而临时编的，并没有打算一直用下去，因此也没有打算真正叫开来。

《五柳先生传》，现在的小孩子大约在小学或初中就学过了。文章不长，仅百余字而已：

> 先生不知何许人也，亦不详其姓字。宅边有五柳

[清] 石涛《渊明诗意册页》(局部)

树，因以为号焉。闲静少言，不慕荣利。好读书，不求甚解。每有会意，便欣然忘食。性嗜酒，家贫不能常得。亲旧知其如此，或置酒而招之。造饮辄尽，期在必醉。既醉而退，曾不吝情去留。环堵萧然，不蔽风日。短褐穿结，箪瓢屡空，晏如也。常著文章自娱，颇示己志。忘怀得失，以此自终。

赞曰：黔娄（《列女传》作黔娄之妻）有言："不戚戚于贫贱，不汲汲于富贵。"其言兹若人之俦乎？酬觞赋诗，以乐其志。无怀氏之民欤？葛天氏之民欤？

如果说这是渊明的实录，那么这里面还确实有些不实之语，至少开头"先生不知何许人也，亦不详其姓字"便是故作狡狯。因为陶渊明的姓名、籍贯、祖先、住家，都是很明确的。如《宋书》说："陶潜，字渊明。或云渊明字元亮。寻阳柴桑人也。曾祖侃，晋大司马。"有人专门考证过渊明的几处住所，甚至哪几年住哪里都考证得很清楚：

《游斜川》诗在辛丑，《怀古田舍》诗在癸卯，是辛丑至癸卯，先生尚居上京无疑……皆未迁居之言也……《归田园》诗言宅、言屋、言后园、言堂前，即柴桑宅也。《还旧居》诗，则自柴桑偶还上京，故言周故居而已，……若迁故栗里，乃在戊申之秋。观《遇火》诗、《移居》诗，可见乃仓卒事耳。意其时故人庞通之等居栗里，故先生往从之，以为在庚戌者亦非也。且不久即还柴桑，观《庚戌西田》诗、《丙辰下潠田》诗亦可见也。五柳馆当在上京，先生未仕时事；归去来馆当在柴桑，先生休官时事；今栗里有二馆，后

> 人之企附也……及古人之心大著，可复引其心以断其事，此尚友之道也。（清·恽敬《靖节集书后》）

从这段考证我们可以知道，陶渊明曾经住过上京、柴桑、栗里几处，如果把《五柳先生传》看作渊明的早期作品，那么这篇文章应该是写在上京之宅的。虽然这段考证未必可靠，但是既然后人都能考证出来，那渊明本人为何不说呢？因为这篇文章渊明是写自己如何“不慕荣利”的，要是写了自己的真名实姓，那明显有着自吹自擂的嫌疑。可又没有别人来写他，于是渊明只好假托一个“五柳先生”了。当然也许有人会质疑，渊明既然淡泊名利，为什么还要自己写文章说自己淡泊呢？这是不是有点虚伪呢？我想，渊明写这篇文章，应该还是激励自己的作用大于自我表扬。这与渊明在很多诗文中提到“固穷”是一样的。因为“不慕荣利”说着容易，做起来还是很困难的，所以，要经常写诗文来激励一下自己。诗文流传出去了，自己再做不到，那就是自己打自己嘴巴了。北宋范温《潜溪诗眼》论“渊明出处”曾经说过：

> 盖古人无心于功名，信道而进退，举天下万世之是非，不能回夺……偶然圣贤辨论之于后，乃信于天下，非其始望。故其名之传，如死灰之余烟也。后世君子既不能以道进退，又不能忘世俗之毁誉，多作文以自明其出处，如《答客难》《解嘲》之类皆是也。

因此我说渊明作这篇文章，是为了激励自己，应该也不为过了。宋代朱熹曾经这样评价晋代其他人物与陶渊明：

> 晋、宋人物，虽曰尚清高，然个个要官职，这边一面清谈，那边一面招权纳货。陶渊明真个能不要，此所以高于晋、宋人物。（清·陶澍集注《靖节先生集》《诸本评陶汇集》）

人若真能说到做到，那就是好样的。因此从知人论世的角度来看，《五柳先生传》真可谓“实录”，而没有一点自我吹嘘的嫌疑了。

“好读书，不求甚解”是渊明人生中的一段重要公案。一、渊明好读什么书？二、渊明的不求甚解到底到了什么程度？

从渊明自己的作品来看，他大量引用的还是儒家经典，也有很多道家典籍，再有就是史书。除此之外，渊明有一个特殊的爱好，好读异书，比如《穆天子传》《山海经》。他自己写诗说：“泛览周王传，流观山海图。”（《读山海经诗三首》）《山海经》是我国古代地理名著，内容主要为民间传说中的地理知识，包括山川、道里、民族、物产、药物、祭祀、巫医等，保存了不少远古的神话传说，晋代郭璞曾为之作注。这部书今天看来，实在是神话因素大于真实情况。而《穆天子传》是晋代从战国时魏王墓中发现的先秦古书（《汲冢书》）之一，作者不详，旧题晋郭璞注。主要记载了周穆王驾八骏西游之事，内容包括会见西王母等，神话传说的味道更浓。渊明在精神操守上是信仰儒家的（后文详论），为什么在阅读上却喜欢看一些“子不语”的“怪力乱神”的异书呢？其实我认为这和我们今天看一些科幻魔幻类小说、电影一样，只不过是一种休闲放松的途径，并不是真信什么。渊明看了这么多异书，不还是在《归去来兮辞》中说“帝乡不可期”么？可见他并不相信这些。不过后人因为渊明好读异书，甚至还假托他的名字写了一本《搜神后记》，也叫《续搜神记》。因为此书中记载的事有元嘉十四年（437）、十六年（439）之事，都是渊明死后的事，所以多疑此书为伪托。也有人认为是经过后人增益，所以会有渊明身后之事的。

渊明读书“不求甚解”到底到了什么程度？不求甚解指读书只领会要旨，不过于在字句上花工夫。其实很多古人读书都是这样的。比如诸葛亮，《三国志·诸葛亮传》裴松之注说：“亮在荆州，以建安初，与颍川石广元、徐元直、汝南孟公威等俱游学。三人务于精熟，而亮独观其大略。”后世杜甫《漫成》也曾说：“读书难字过，对酒满壶频。”更是化用了陶渊明《五柳先生传》（此文便是读书饮酒连着说的）。所以清代陈澧《东塾杂俎》中说：

> 陶公之学，在好读书……其曰不求甚解，非不求解也，故曰“疑义相与析”。（《移居》诗）

上文引了陶渊明的《移居二首》中的第一首：

> 昔欲居南村，非为卜其宅。闻多素心人，乐与数晨夕。怀此颇有年，今日从兹役。敝庐何必广？取足蔽床席。邻曲时时来，抗言谈在昔。奇文共欣赏，疑义相与析。

此诗写了渊明迁居南村的原因以及迁居后的乐趣。其中最后两句“奇文共欣赏，疑义相与析”充分说明了渊明读书不但求解，而且还会和朋友探讨。明代杨慎《丹铅杂录》中专门谈道：

> 《晋书》云陶渊明读书不求甚解。此语俗士（《升庵集》作“俗世”）之见，后世不晓也。余思其故，自两汉以来，训诂甚行，说五字之文，至于二三万言，陶心知厌之，故超然真见，独契古初；而晚废训诂，俗士不达，便谓其不求甚解矣……盖不屑之也。观今诗：“先师遗训，今岂云坠。”又曰：“诗书敦夙好。”又云：“游好在六经。”又云：“泛览《周王传》，游观《山海图》。”其著《圣贤群辅录》《三孝传赞》，考索无疑；又跋之云：“书传所载，故老所传，尽于此矣。”岂世之鲁莽不到心者耶！予尝言人不可不学，但不可为讲师，溺训诂。见《渊明传》语，深有契耳。

这里说了一个现象，就是两汉以来，训诂之风在学术界甚为风行。训诂就是解释古文，训诂学是一门中国传统治学体系中的专门学问，主要以研究古代书面语言为内容。其著作大体有两类：一类是专为解释某部经典著作而写的，如《论语注疏》等；一类是搜集词语、分类编次、解释其意义的，如《尔雅》《释名》等。训诂是读古文必备的手段与凭借，但是两汉训诂，有时用好几万字来解释原文五个字，里面有太多训诂者自我发挥的内容，很多都偏离了原文，故显博学。以渊明的性格，他是接受不了这些东西的。所以他读书时并不这样一点一点地死抠字眼儿。但是上文所引渊明自己的诗文，说明他还是非常认真地研读文史经典的。另外，渊明对于训诂，也不是完全反对的。《饮酒》第二十首说：

> 羲农去我久，举世少复真。汲汲鲁中叟，弥缝使其淳。凤鸟虽不至，礼乐暂得新。洙泗辍微响，漂流逮狂秦。诗书复何罪？一朝成灰尘。区区诸老翁，为事诚殷勤。如何绝世下，六籍无一亲。终日驰车走，不见所问津。若复不快饮，空负头上巾。但恨多谬误，君当恕醉人。

通过这首诗能看出渊明的儒家信仰。他说上古淳朴的伏羲神农时代离我们越来越远了，整个社会都不再淳朴真挚。于是山东出了一个老人（孔子），努力奔走，想使这个社会再恢复淳朴。他赋予了礼乐新的含义，让读书人的风气为之一变。但是后来秦朝焚书，那些经典都被焚毁了。秦亡之后，有很多饱读诗书的老翁们（如伏生、申培、辕固生、韩婴等人），认真整理并阐释经典。但是汉代灭亡后，大家都不再认真研读“六经”（《诗》《书》《礼》《乐》《易》《春秋》）了。人们终日奔忙，却找不到人生的出路。唉，没办法，还是喝酒吧。这些都是我喝多了说的醉话，您也就别当真了。——可见，这里渊明对“六经”是非常推崇的，对魏晋以来不读经的风气是非常不满的，他认为这就是社会不再淳朴的一个重要原因。所问之津，应当就在儒家的典籍之中，在先师的遗训之中。同时，他还肯定了那些整理训诂经典的前辈学者们。清代方宗诚在《陶诗真诠》中说：

> 渊明诗曰：“区区诸老翁，为事诚殷勤。”盖深嘉汉儒之抱残守缺及章句训诂之有功于六经也。然又曰：“好读书，不求甚解。”盖又嫌汉儒章句训诂之多穿凿附会，失孔子之旨也。是真持平之论，真得读经之法。

这样一来，渊明为何“好读书”却“不求甚解”就可以豁然开朗了。至于“每有会意，便欣然忘食”，那真是读书的乐趣。宋代陆游在《跋渊明集》中说：

> 吾年十三四时，侍先少傅居城南小隐，偶见藤床

上有渊明诗，因取读之，欣然会心。日且暮，家人呼食，读诗方乐，至夜，卒不就食……（《渭南文集》卷二十八，汲古阁刊本）

渊明读前人之书，至于欣然忘食；陆游十三四岁时读渊明之诗，也至于欣然忘食。我忽然想起自己十三四岁时，读书也曾欣然忘食，只不过我读的是武侠小说罢了。至于渊明饮酒，本书专设一章，这里就不赘述了。元代赵孟頫《〈五柳先生传〉论》称赞渊明："志功名者，荣禄不足以动其心；重道义者，功名不足以易其虑……仲尼有言曰：隐居以求其志，行义以达其道。吾闻其语，未见其人。嗟乎，如先生近之矣。"（《松雪斋文集》卷六）

有人认为这篇《五柳先生传》是陶渊明晚年所著，原因是这篇文章所描述的家境贫穷，应该是他晚年的生活状态。而我觉得，这篇文章当是渊明早年的作品。因为假如是渊明晚年的作品，他既然也说到自己"不慕荣利"了，应该会提到自己曾经出去做官又弃官隐居的事情。虽然不好说得很细致，但也可以不提具体官职，简要地说一句诸如"尝为官，旋弃之"一类的话。因此我认为，这是渊明还没有过出仕经历时所做的一篇文章。即使家贫，也没有说到后来的乞食、遇火一类的事情，可见那时他还没有经历过这样的痛苦。不然，恐怕就会在"环堵萧然，不蔽风日。短褐穿结，箪瓢屡空，晏如也"这几句中加入"所居屡为火焚"一类的话。由此也可以看出，那时他生活虽然过得不好，但还没有到晚年那么惨的境地。

古人多认为《五柳先生传》是渊明早年的作品。比如沈约《宋书·隐逸传》就在开头说：

> 潜少有高趣，尝著《五柳先生传》以自况，曰：……（《五柳先生传》原文略）其自序如此，时人谓之实录。亲老家贫，起为州祭酒，不堪吏职，少日自解归。州召主簿，不就。躬耕自资，遂抱羸疾。复为镇军、建威参军。谓亲朋曰："聊欲弦歌，以为三径之资，可乎？"执事者闻之，以为彭泽令。

这也是把《五柳先生传》的写作时间放在了出仕做官之前。

渊明的政治简历真是"简历"，非常简单：江州祭酒，荆州刺史幕僚，镇军参军，建威参军，彭泽令。每次出仕，在职的时间都不是很长。渊明还有一些诗，是和他做官经历有关的。最早的江州祭酒时期，没有诗文留下。《庚子岁五月中从都还阻风于规林二首》《辛丑岁七月赴假还江陵夜行涂口（一作"途中"）》是他在荆州刺史桓玄幕府中任职时所作。《始作镇军参军经曲阿作》是他出任镇军将军、徐州刺史刘裕的参军时所作。《乙巳岁三月为建威参军使都经钱溪》是他担任建威将军、江州刺史刘敬宣的参军时所作。

渊明为官经历虽然不多，但大家注意一下就会发现，他在东晋末期两个重要人物桓玄、刘裕手下都任过职。后来桓玄乱晋，刘裕灭晋兴宋。当这二人煊赫一时之日，如果渊明要是向他们流露出想要复出为官的想法，他们肯定会给渊明一个很舒服的职位（后来宋也确实征渊明为官）。但渊明根本没有把这样重要的人脉放在心上，他追求的是一种更为自然的生活。只有那样，才能像他在《五柳先生传》最后引的黔娄的话："不戚戚于贫贱，不汲汲于富贵。"只有那样，才能做他理想中的"无怀氏之民""葛天氏之民"吧。（无怀氏、葛天氏，皆传说中上古盛世的帝王，其时质朴纯真，其民亦然。）

第四章　从此归去来

辞去彭泽县令归隐，这是渊明人生中最重要的一件事。这一年是义熙元年（405）。无论这一年渊明多少岁，辞去彭泽令对他来说都是人生的分水岭。从此以后一直到死，渊明就像古人说的那样，“死心塌地，遁世无闷”，再也没有出来做过官了。

而记载辞彭泽令归隐最重要的文献，就是沈约的《宋书·隐逸传》（萧统的《陶渊明传》及《晋书》等都是来自沈

［南宋］佚名《归去来辞书画卷》（局部）

约的记述）和陶渊明自己的《归去来兮辞》。

《宋书·隐逸传》是这样记述的：

> （陶潜）谓亲朋曰：“聊欲弦歌以为三径之资，可乎？”执事者闻之，以为彭泽令……郡遣督邮至县，吏白应束带见之。潜叹曰：“不能为五斗米折腰向乡里小人！”即日解印绶去职，赋《归去来》。

这段记录透露了这样几个信息：第一，从渊明对亲朋的话可以看出，他出来做官，是因为家境太穷，他想当“公务员”赚点工资，给以后隐居做做准备。第二，当权者听见渊明的话就让他担任彭泽县令，说明当权者还是很赏识渊明的，看见他有做官的意向，马上就成全他。第三，渊明是受不了官场的束缚辞官的。事情是这样的：上级派督邮来彭泽县视察工作，渊明手下的官吏告诉他，应该穿着官服，整冠束带——按现在讲就是穿着制服，或是西装革履——去见特派员（督邮）。渊明说：“我不能为了五斗米的俸禄，向这些狐假虎威、颐指气使的小人们鞠躬行礼。”您想，最起码的官场礼节渊明都做不到，更不要说阿谀奉承了。第四，渊明当天就辞职了，写了《归去来兮辞》。

当然，沈约的记述都是来自传闻，总不如渊明自己的作品更为真实。现在一般选本只选《归去来兮辞》的正文，没选渊明写归隐缘由及过程的一大段序。序是这样说的：

余家贫，耕植不足以自给。幼稚盈室，瓶无储粟，生生所资，未见其术。亲故多劝余为长吏，脱然有怀，求之靡途。会有四方之事，诸侯以惠爱为德，家叔以余贫苦，遂见用于小邑。于时风波未静，心惮远役，彭泽去家百里，公田之利，足以为酒，故便求之。及少日，眷然有归欤之情。何则？质性自然，非矫厉所得。饥冻虽切，违己交病。尝从人事，皆口腹自役。于是怅然慷慨，深愧平生之志。犹望一稔，当敛裳宵逝。寻程氏妹丧于武昌，情在骏奔，自免去职。仲秋至冬，在官八十余日。因事顺心，命篇曰《归去来兮》。乙巳岁十一月也。

从渊明这段话来看，沈约的记述大部分是从这段话中化出来的，或者是当时有许多人因渊明这个序言附会了许多事也未可知。比如渊明在序里说到“公田之利，足以为酒”，于是史书就有了“公田种秫”的说法。抛开公田种秫酿酒

［明］佚名《渊明归去来辞》绢本（局部）

不谈（详见后面《有酒斟酌之》一章），陶序和《宋书》有这样几点不同：第一，《宋书》是渊明自己很主动地说要当官，陶序中则记录了陶是在亲友的鼓励下才求官的。第二，陶序中隐约说了一下时局的动荡——“风波未静，心惮远役”。所谓“风波”具体指桓玄篡位被诛，更泛泛地说是当时社会动荡，各种隐患很多。渊明很明确地说因“风波未静”而“心惮远役”，可见他的归隐和东晋末年的混乱肯定是有关系的。第三，陶序中说了自己辞官的另一个理由：自己的性格不适合官场。渊明喜欢顺应自然、亲近自然，而在官场周旋则需要“矫厉”。矫厉指勉励磨炼，指用各种礼法制度规则来约束人。所以说，不适应官场确实是渊明辞官的一个重要因素。他没有记录督邮一事，但这样的事很可能是有的，“束带折腰”这是很典型的“矫厉”。第三，他本想等公田的粮食成熟了，自己有了收入再辞官，但当时他的妹妹程氏（程氏是从夫姓）在武昌去世了，渊明因为要去奔丧，所以不等公田粮食成熟就辞官了。

两相比较，所以许多古人说，渊明绝不会为了和一个督邮怄气而辞官，东晋末年动荡的时局才是他归隐的关键。[注1]只有唐代山水田园派大诗人王维不这样看，他在《与魏居士书》中说：

> 近有陶潜，不肯把板屈腰见督邮，解印绶弃官去。后贫，《乞食》诗云：“叩门拙言辞。”是屡乞而惭也。尝一见督邮，安食公田数顷。一惭之不忍，而终

身惭乎？此亦人我攻中，忘大守小，不恤其后之累也。

他认为渊明就是和督邮怄气，而且他认为渊明应该忍下这口气，以后就不会穷到屡次乞食的地步了（“屡乞而惭”是王维的说法，见本书《贪富常交战》章）。王维觉得，和对督邮低声下气比起来，乞讨不是更耻辱么？说实话，这段话真让王维在我心目中的地位大大下滑！其实不只我气愤，古人早就不忿了。明代张自烈看了王维这封信，气得出来替渊明打抱不平：

> 嗟乎！渊明赋《归去来》，真古今第一流襟期，后世皆莫能匹，王维妄肆讥议何哉！况偶尔乞食，情同采薇，若有忍一惭之虑，直是后世宦路上人展转妻子，狡窟屡营，到底不休也，又何以成靖节先生！（《笺注陶渊明集》卷五）

张自烈认为渊明跳出浑浊的官场，是古今第一流人物，拥有古今第一流的胸襟。而且他把陶渊明的乞食和伯夷叔齐不食周粟相提并论，认为渊明虽未像伯夷他们饿死西山，但他宁可向别人乞讨剩饭，也不向逆贼求取俸禄。如果渊明低声下气在官场周旋，那就和后代那些在官场疯狂牟利，却打着“我是为了养活老婆孩子啊”的旗号的无耻之徒没有区别了。

至于《归去来兮辞》在文学史上的地位，宋代欧阳修给了极高的评价：

> 晋无文章，惟陶渊明《归去来兮辞》一篇而已。（宋·李公焕《笺注陶渊明集》卷五引）

这一个评价，真是把魏晋风流人物一笔抹尽了！而李清照的父亲李格非则说：

> 陶渊明《归去来兮辞》，沛然如肺腑中流出，殊不见有斧凿痕。（同上）

李清照号易安居士，“易安”二字就是出自《归去来兮辞》中的“审容膝之易安”一句。不知李清照喜欢渊明此文，是不是从小受父亲的影响。

由于渊明这篇“辞”大量使用“兮”字，而“兮”字又是“楚辞”（骚体）的特点。因此很多人都认为渊明《归去来兮辞》是出自楚辞的。但渊明此辞和楚辞的风格实在相差很远。宋代朱熹说：

> 《归去》一篇其词义夷旷萧散，虽托楚声，而无尤怨切蹙之病，实用赋义，而中亦兼比。（明·郎瑛《七修类稿》）

明代孙月峰评、闵齐华注《文选》时也比较说：

风格亦本《楚骚》，但《骚》侈此约，《骚》华此实。其妙处乃在无一语非真境，而语却无一字不琢炼，总之成一种冲泊趣味，虽不是文章当行，要可称逸品。

他们认为渊明此辞不是“文章当行”，大概就是认为渊明学楚辞但学得不像。然而学得不像并不等于不好，还是清代刘熙载说得贴切：

《归去来辞》不必学《骚》，而皆有其独至处，固知“真古”自与“摹古”异也。（《艺概》卷三《赋概》）

至于《归去来兮辞》和《离骚》的情绪、风格为什么有这么大的区别，清代林云铭分析得很到位：

细味其中音节，《骚》哀而曲，此和而直。盖灵均于楚为宗亲，宜存一副思君热肠；元亮于晋为遗老，第留一双逃世冷眼。一则为箕、比，一则为夷、齐，所处不同故也。（《古文析义初编》卷四）

灵均指屈原。林云铭认为，屈原是楚国王室宗亲，就和商朝末期的箕子、比干一样，只有进没有退，只能选择为国尽忠而不能选择归隐。而渊明则与伯夷叔齐一样，对新政权可以选择不合作的态度。

这篇文章为什么叫“归去来”呢？林云铭认为，陶渊明离开彭泽县，这是“归去”（文言中“去”是离开的意思），而他回到南村，这是“归来”，合而论之就是“归去来”。清代毛庆蕃评选《古文学余》也采取了这个说法：“于官曰归去，于家曰归来，故曰归去来。”但今天的学者大部分认为“来”是虚词，是语气助词，没有实际意义。

《归去来兮辞》不算太短，对于怵头读长文章的人，金圣叹出了个主意：

> 古人长文，皆积短文所成耳，即如此辞，本不长，然皆是四句一段，试只逐段读之，便知其逐段各自入妙，古人自来无长文能妙者。长文之妙，正妙于中间逐段逐段作短文耳。”（日本·安藤秉《文章轨范纂评》卷七引）

那你就可以把《归去来兮辞》以四句一段这样逐段品味，大概就不觉得冗长了。不过四句一段，这也太碎了。《归去来兮辞》是押韵的，渊明一共换了五次韵，那么也就是说渊明用韵脚把此文分成了五段。现在有些本子选《归去来兮辞》，将其分成四段，第一、二段没有按韵脚分。第一段只到“觉今是而昨非”。大概编选者觉得从开头到这儿都是说渊明归隐的心理的，下面从“舟遥遥以轻飏”开始就是说归隐的具体行动了。但如果按渊明韵脚划分，那么从开头到“恨晨光之熹微”是第一段，是写其从彭泽回家

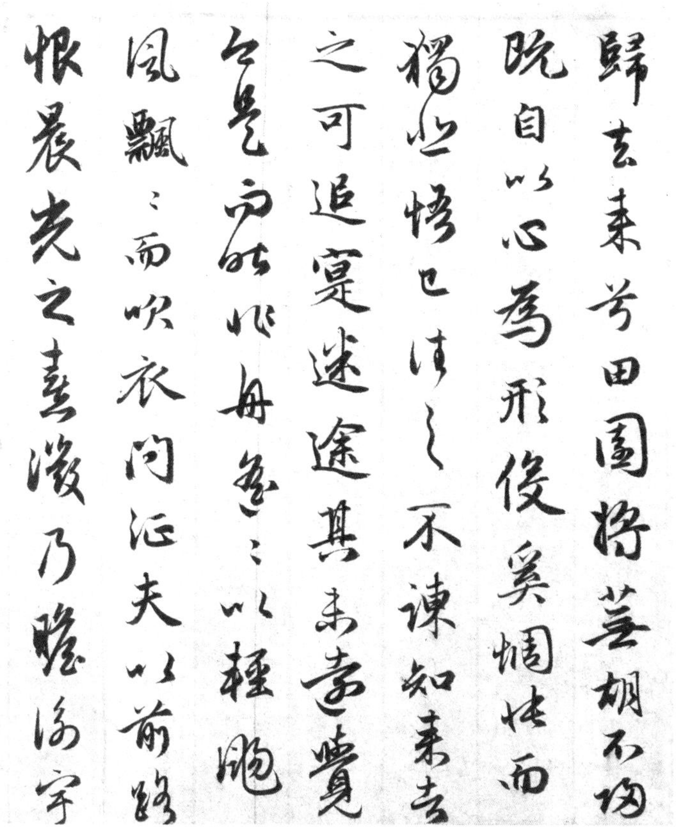

［元］赵孟頫《归去来兮辞》（局部）

路上的心情及所见。下面“乃瞻衡宇”，就看见自己的家门了，自然另起一段了。不过“携幼入室，有酒盈樽”和“引壶觞以自酌，眄庭柯以怡颜”虽然换了韵，但从意义上讲还是接得很紧的，因此我们就将其合并为一段。由于很多人都会背这篇文章，所以我就不做过多的文字上的解释了。只是结合原文，提一提古人比较有代表性的评论。

归去来兮，田园将芜胡不归？既自以心为形役，奚惆怅而独悲！悟已往之不谏，知来者之可追；实迷途其未远，觉今是而昨非。舟遥遥以轻飏，风飘飘而吹衣。问征夫以前路，恨晨光之熹微。

对于开篇“归去来兮”四字，文章用了两次，而最后一段以“已矣乎”开始，清代吴淇在《六朝选诗定论》中分析其作用颇为到位，他说：“‘已矣乎’，用代‘归去来兮’四字，盖前用‘归去来兮’一唤，如梦初觉；至于归去来未久，犹恐是梦非觉，再用一唤；至此已久，是觉非梦，不须再唤‘归去来兮’，只用‘已矣乎’，见死心塌地遁世无闷矣。”

而对于“田园将芜”，清代林云铭提出：“篇首‘田园’两字，是通篇纲领。”吴淇也说：“‘田园’二字，作两大柱。”为什么说“田园”是两大柱呢？因为第二段写回家，写的是“园”（如“三径就荒”就是说园荒芜了），第三段写耕种西畴，写的是“田”。

而对于“既自以心为形役，奚惆怅而独悲”这两句，宋代许顗认为“是此老悟道处，若人能用此两句，出处有余裕矣”（《彦周诗话》）。所谓“出处有余裕”，就是指无论是出仕还是归隐，心态都会很平和。关于渊明的出处，清代邱嘉穗则认为这篇文章是说渊明要躲避东晋末期官场的混乱，并伤感晋将灭亡，他认为文中的很多词句都寄托了这个意思。[注2]

对于“觉今是而昨非”一句，吴淇认为这是全篇的主脑，他说：“通篇以‘觉今是而昨非’为主。”这是很有道理的，因为“今是”指归隐，“昨非”指居官。这句不只是渊明这一篇文字的主脑，更是他一生的分水岭。

乃瞻衡宇，载欣载奔。僮仆欢迎，稚子候门。三径就荒，松菊犹存。携幼入室，有酒盈樽。引壶觞以自酌，眄庭柯以怡颜。倚南窗以寄傲，审容膝之易安。园日涉以成趣，门虽设而常关。策扶老以流憩，时矫首而遐观。云无心以出岫，鸟倦飞而知还。景翳翳以将入，抚孤松而盘桓。

前面引朱熹的话，说本文“实用赋义，而中亦兼比”，意思是本文以叙事为主，中间偶尔也用了比喻的手法。这第二段就很符合朱熹的论述。比如“云无心以出岫”比喻自己离乡做官本无心之举，“鸟倦飞而知还”比喻自己厌倦了官场而归隐园田。在同一时期的《归园田居》中，渊明也用了类似的比喻：“羁鸟恋旧林，池鱼思故渊。”宋代叶梦得评价“云无心”两句说：“此陶渊明出处大节，非胸中实有此境，不能为此言也。”（《避暑录话》卷上）

而对于这段结尾处的“孤松”，元代吴师道在《吴礼部诗话》中说：“（松）皆以自况也。人但知陶翁爱菊而已，不知此也。”（渊明爱菊爱松，见本书《菊解制颓龄》章）而“景翳翳以将入，抚孤松而盘桓”，描绘出了在太阳将要落下时，渊明独自抚摩孤松的情景。“日”往往是帝王的象征（如“天无二日，民无二王”），落日则是王朝没落的象征；松是后凋之树，通常用来比喻坚贞守操之士。因此人们很容易从这几个意象联想到渊明对晋王室将要灭亡的忧虑，以及对自己决心做晋之遗民的决心。虽然我不愿穿凿附会，但从渊明的出身以及所处时代背景来看，他有这种想法也是十分可能的。

> 归去来兮，请息交以绝游。世与我而相违，复驾言兮焉求？悦亲戚之情话，乐琴书以消忧。农人告余以春及，将有事于西畴。或命巾车，或棹孤舟。既窈窕以寻壑，亦崎岖而经丘。木欣欣以向荣，泉涓涓而始流。善万物之得时，感吾生之行休。

渊明是个非常讲究亲情友情的人，也是个爱弹琴爱读书的人。因此这段“悦亲戚之情话，乐琴书以消忧”就特别值得注意。清代伍涵芬认为，陶渊明《归去来兮辞》使人读来有翩然欲仙之感，如果没有这“悦亲戚”两句话，那么我们都要怀疑渊明是“孤僻一流”了。[注3]也就是说，正是因为渊明人情味特别重，他才不是那种不近人情的孤傲隐士、不食人间烟火的神仙。

至于渊明为什么会在“善万物之得时”的时候，忽然“感吾生之行休”？到底发生了什么事？请您阅读后面《谁解归园田》一章。

> 已矣乎！寓形宇内复几时，曷不委心任去留？胡为乎遑遑欲何之？富贵非吾愿，帝乡不可期。怀良辰以孤往，或植杖而耘耔。登东皋以舒啸，临清流而赋诗。聊乘化以归尽，乐夫天命复奚疑！

“富贵非吾愿”好理解，“帝乡不可期”一句便有歧义。“帝乡”一词指的是仙境，出于《庄子·天地》：“千岁厌世，去而上仙，乘彼白云，至于帝乡。”但不少古人都认为这个“帝”字是双关，明指神仙，暗指晋朝的皇帝。那么“帝乡”就是指“晋王室”或“晋政治集团”了。这也不是没有这个可能，但如果说这句只是指“求仙不可能”也行，因为渊明有很多诗都说过这个意思，比如《形赠影》的“我无腾化术”——既然渊明没有“腾化术”，那么“帝乡”（仙境）自然是不可期望的了。

对于“归尽”二字，吴淇认为一指渊明寿命将尽，一指晋王室气数将尽。而且他认为，正是因为陶渊明有这种忠贞之心，所以朱熹的《资治通鉴纲目》只把一个隐士去世作为历史大事记录下来了，这个人就是陶渊明。[注4]

而清代方宗诚结合第一段和最后一段中的句子，参合《孟子》一书来解读渊明的人生：

> “既自以心为形役，奚惆怅而独悲”，即《孟子》从其小体之意。“寓形宇内复几时，曷不委心任去留”，即从其大体之意。“聊乘化以归尽，乐夫天命

复奚疑”，即君子居易以俟命、无入而不自得之意。(《陶诗真诠》)

什么叫“从其小体”“从其大体”呢？这两句出于《孟子·告子》上：

(公都子问)曰：“钧是人也，或从其大体，或从其小体，何也？”

(孟子)曰：“耳目之官不思，而蔽于物，物交物，则引之而已矣。心之官则思，思则得之，不思则不得也。此天之所与我者，先立乎其大者，则其小者弗能夺也。此为大人而已矣。”

公都子问孟子：“同样是人，有些是君子，有些是小人，这是什么缘故呢？”孟子说：“求满足身体重要器官的需要(从其大体)的是君子，求满足身体次要器官的欲望的(从其小体)是小人。”公都子又问其缘故，孟子说：“耳朵眼睛这类器官不作思考，常为外物所蒙蔽。外物纷纭，互相牵连，便把这类器官引向迷途了。心这个器官职能就是思考，(人的善性)一思考便能得到，不思考便得不到。这个器官是上天特意给我们人类的。因此，这是重要器官，要先把它树立起来，那么次要的器官便不能把这善性夺去了。这样便成了君子了。”

而“居易以俟命”“无入而不自得”都出自《礼记·

中庸》：

> 君子素其位而行，不愿乎其外。素富贵，行乎富贵；素贫贱，行乎贫贱；素夷狄，行乎夷狄；素患难，行乎患难。君子无入而不自得焉。在上位不陵下，在下位不援上，正己而不求于人则无怨。上不怨天，下不尤人。故君子居易以俟命，小人行险以徼幸。

儒家“素位而行”这个重要的人生态度就出自这段话。这段话的大意是，君子在他现在所处的位置上做他应该做的事情，不羡慕此外的事物。身处富贵，就按富贵之人的原则行事（不过分节俭）；身处贫贱，就按贫贱之人的原则行事（不过分铺张）；身为少数民族，就按少数民族行事原则行事；身处患难之中，就按患难之时的原则行事。所以君子在任何情况下都能泰然处之。君子居于高位，不会欺凌下属；君子居于低位，不会谄媚上级。他只是纠正自己的错误，而不苛求别人，这样君子就不会招来怨恨。君子上不抱怨命运，下不埋怨旁人。因此君子处于很平凡的位置，等待命运的降临；小人则铤而走险来谋求那些不应该得到的东西。

渊明的《归去来兮辞》是千古鸿文，这一点自古就毫无争议。因此想模仿它、追和它的人很多。最著名的就是苏轼。宋代洪迈《容斋随笔》卷三有一篇题目就叫《和归去来》，记载了自从苏轼和了《归去来兮辞》开始，他门下的宾客便开始追随东坡狂和《归去来》，甚至出现了“陶渊明纷然一日满人目前”的局面。就连方外和尚参寥子也跟着和起来了。当时晁以道就很不以为然。金代王若虚更是说：“《归去来辞》本自一篇自然真率文字，后人模拟已不自宜，况可次其韵乎？次韵则牵合而不类矣。”（《滹南诗话》）

东坡除了和辞之外，对本文小序中“瓶无储粟”一句还发了通议论：

> 俗传书生入官库，见钱不识。或怪而问之，生曰：“固知其为钱，但怪其不在纸裹中耳。”予偶读渊明《归去来辞》云：“幼稚盈室，瓶无储粟。”乃知俗传信而有征。使瓶有储粟，亦甚微矣。此翁平生只于瓶中见粟也耶！（《东坡题跋》卷一《书渊明归去来序》）

苏轼开始讲的故事是说，一个书呆子到了官府的库房中，看见放着的大量的钱却不认识。有人很奇怪，问他怎么不认识钱啊，书呆子说：“我倒是知道这是钱，但是我很奇怪它怎么不在纸里裹着罢了。”苏轼引这个故事，是为了说书呆子没见过多少钱，所见的钱都很珍惜地包在小纸包里，从没见过官库中堆积如山的钱。而苏轼再提到渊明“使瓶有储粟，亦甚微矣”，就是说一个瓶都盛满了，也没有多少粮食，而“此翁平生只于瓶中见粟”，正是说渊明太穷了，没见过大量的粮食。

今人袁行霈在他的《陶渊明集笺注》中否定苏轼的说法：

> 苏说恐未当，此序乃十分严肃之文字，言其贫状，不涉诙谐，全是写实手法。且渊明虽贫，尚不至在汲水缾或酒缾中储粟也。

然后袁氏考证了一通《说文》，认为“缾”字本来应该是别的字，或以竹编，或以蒲编，都是储米之物。苏轼本是借题发挥，而袁氏就认起真来考证，姑不论考证得对与不对，就这个做法就够让东坡在九泉之下掀髯大笑了。

明代张自烈则又就苏轼的故事再次发挥：

> 近世书生入官库，见钱不识者少矣。士方髫时，才记数百篇干禄文字，便拊掌筹画，私语人曰：“此吾家金钱田宅库藏也。”及拜一官，则四出行劫矣。岂复有书生见钱不识者哉！岳武穆（指岳飞）曰：“文官不爱钱，武臣不惜死，天下可治。”愚谓武臣不惜死，容有之；若文官，未有不爱钱者。或曰武弁唯肯轻生，志贪封爵，究竟为钱死耳。此天下所以不复治也。（《笺注陶渊明集》卷五引）

“私语人曰”“四出行劫”真把个读书人的猥琐与贪婪刻画得淋漓尽致！因此从渊明“不爱钱”这点来看，这又不是借题发挥了。

宋代陈知柔认为渊明此文让今天（指宋代）的人歌唱，依然是“顿挫抑扬，自协声律”，他认为这篇文章就连神仙的音乐——黄帝在洞庭研究的乐曲、钧天的广乐以及《霓裳羽衣曲》——也是比不了的：

谓洞庭钧天而不淡，谓霓裳羽衣而不绮。[注5]

[注1] 余观此士既以违己交病，又愧役于口腹，意不欲仕久矣，及因妹丧即去，盖其孝友如此。世人但以不屈于州县吏为高，故以因督邮而去。此士识时委命，其意固有在矣，岂一督邮能为之去就哉？躬耕乞食，且犹不耻，而耻屈于督邮，必不然矣。（宋·李公焕《笺注陶渊明集》卷五引韩子苍语）

观其语意，乃以妹丧而去，不缘督邮。所谓矫厉违己之说，疑心有所属，不欲尽言之耳。词中喜还家之乐，略不及武昌，自可见也。（宋·洪迈《容斋随笔》五笔卷一《陶潜去彭泽》）

盖元亮生于晋祚将移之时，世道人心，皆不可问，而气节学术，无所用之，徒劳何益。五斗折腰之说，有托而逃，犹张翰因秋风而思莼鲈，断非为馋口垂涎起见。（清·林云铭《古文析义初编》卷四）

窃意先生有托而去，初假督邮为名，至属文，又迁其说于妹丧以自晦耳。其实闵（“闵”通“悯”）晋祚之将终，深知时不可为，思以岩栖谷隐，置身理乱之外，庶得全其后凋之节也。故曰“景翳翳以将入，抚孤松而盘桓”，又曰“帝乡不可期”，一篇之中，三致意焉。（清·陶澍集注《靖节先生集》卷五）

[注2] 篇中辨去就出处之分最明。如“心为形役”“今是昨非”，是辞幕府县令而决意归来也。如“晨光之熹微”“景翳将入”，是晋将亡而不可复为也。以至“云出岫”“鸟知还”“抚孤松”“世与我违”“吾生行休”“富贵”“帝乡”等，无非此意。（清·邱嘉穗《东山草堂陶诗笺》卷五）

[注3] 陶元亮《归去来辞》，一种旷情逸致，令人反覆吟咏，翩然欲仙，然尤妙于“息交绝游”一句下即接云：“悦亲戚之情话，乐琴书以消忧。”若无此两句，不将疑是孤僻一流，同于槁木乎？（清·伍涵芬《读书乐趣》卷三）

[注4]“归尽”二字，无闷之极，正映前段“景翳翳”二句来。当时宋代晋之时，即先生当尽之年也……故忠臣殉节，史不胜书，处士书卒，终《纲目》唯先生一人而已。（清·吴淇《六朝选诗定论》卷十一）

[注5] 追今人歌之，顿挫抑扬，自协声律。盖其词高甚，晋、宋而下，欲追蹑之不能。汉武帝《秋风词》，尽蹈袭《楚辞》，未甚敷畅。《归去来》则自出机杼，所谓无首无尾，无终无始，前非歌而后非辞，欲断而复续，将作而遽止，谓洞庭钧天而不淡，谓《霓裳羽衣》而不绮，此其所以超然乎先秦之世，而与之同轨者也。（宋·陈知柔《休斋诗话》）

第五章　赠答形影神

你有没有想过这样一个情景：有一天，你不再是一个囫囵的你了。你的身体、你的影子、你的精神成了三个独立的个体，它们之间对谁优谁劣展开了一场激烈的讨论。这个创意听起来很像相声《五官争功》，但《五官争功》最后要表达的是五官是一个密不可分的整体。而形影神则分出了名次：形第三，影第二，神第一。

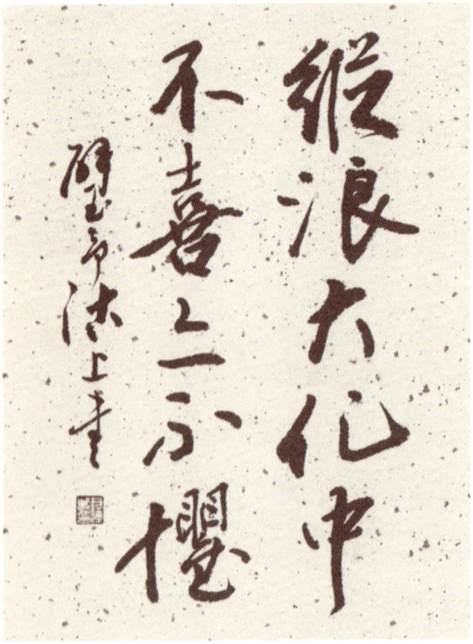

［当代］尹连城先生书陶渊明《神释》诗句

渊明在诗中很少进行比较抽象的人生思考，但《形影神》这组诗是个例外。务实的渊明如何会写出这样一篇“虚”的作品来呢？宋代周密认为，渊明的创意来自《列子·力命》一篇。《力命》开篇就把“力”和“命”假设为两个有人格的个体，让他们俩进行对话，分个高下。按我理解，“力”就是指人力（人的能力与奋斗），“命”指命运。《力命》是这样争论的：

> 力谓命曰：“若之功奚若我哉？”
>
> 命曰：“汝奚功于物，而欲比朕？”
>
> 力曰：“寿夭、穷达、贵贱、贫富，我力之所能也。”
>
> 命曰：“彭祖之智不出尧舜之上，而寿八百；颜渊之才不出众人之下，而寿四八（一作“十八”）；仲尼之德不出诸侯之下，而厄于陈、蔡；殷纣之行不出三仁之上，而居君位；季札无爵于吴，田恒专有齐国；夷齐饿于首阳，季氏富于展禽。若是汝力之所能，奈何寿彼而夭此，穷圣而达逆，贱贤而贵愚，贫善而富恶邪？”
>
> 力曰：“若如若言，我固无功于物，而物若此邪，此则若之所制邪？”
>
> 命曰：“既谓之命，奈何有制之者邪？朕直而推之，曲而任之。自寿自夭，自穷自达，自贵自贱，自富自贫，朕岂能识之哉？朕岂能识之哉？”

力认为命的功效不如他，而命问力有什么本事，力说他可以让人们通过后天努力改变自己的寿命、处境、身份、经济状况。命举了一大堆好人倒霉、恶人享福的例子，来驳斥力。力无言以对，但他反过来问命，难道好人倒霉、恶人享福就是你造成的吗？命说，命运是没有人能控制的，我虽然是命，但我也不了解什么是命——这才是命啊！

渊明好读异书、道家书，《列子》当然是必读书目之一。说渊明赋予“形影神”人格的艺术创作手法来源于此，倒也不为过。不过渊明使用“形影神”这三个概念，则是受当时佛教净土宗慧远大师的影响。元兴三年（404）慧远创作了《形尽神不灭论》[注1]，义熙九年（413）慧远又创作了《万佛影铭》[注2]，其中有“体神入化，落影离形”的说法。这样一来，“形”“影”“神”这些概念就汇集在一起了。所以一些人认为渊明此诗是作于义熙九年之后的。而关于“形神”的争论，是当时很时髦的话题。渊明虽不信佛，但他与慧远私交不错，又处在这样一个环境中，自然对“形”“影”“神”这些概念不陌生。

近代很多人认为渊明的《形影神》是针对慧远的《形尽神不灭论》《万佛影铭》写的，目的是反对宗教迷信。实际渊明只不过借用了“形”“影”“神”三个名词，并赋予这三个名词新的含义，和慧远用的“形”“影”“神”含义是不同的。慧远是怎么理解“形”“影”“神”的呢？简单地说，“形”指人的形体，“影”指佛的法身，“神”指精神、佛性。慧远用它们来揭示人的形体虽然会灭尽，但精神不随之灭尽，且将轮回不已。而渊明所说的“形”指追求物质享乐的人生态度（“形”，形体，与

“肉身”大体相同）；“影”指追求美好名誉的人生态度（俗话说“人的名，树的影”，用“影”来寓言“名”是很常见的）；“神”指顺应自然的人生态度。可见三者的含义是不相同的，如果再要进行争论的话，明显是偷换概念了。渊明可不会这样不讲理，他只是借“形”“影”“神”来表达自己的人生观而已。

这三首诗看似玄虚，实则很好理解。渊明是老实人，不爱故弄玄虚，他在前面写了个小序，把写这三首的宗旨说得清清楚楚：

> 贵贱贤愚，莫不营营以惜生，斯甚惑焉。故极陈形影之苦，言神辨自然以释之。好事君子，共取其心焉。（作者按，断句有作“故极陈形影之苦言”者）

小序的意思是，天下人无论贵贱贤愚，没有人不珍惜生命的（从好的一面说是“珍惜生命”，从坏的一面说是“惜命怕死”），这很想不开呀。所以我写了这三首诗，前两首极力陈述“形”和“影”的痛苦，最后一首让“神”以“自然”的人生态度来化解“形”与“影”的痛苦。喜欢研究人生的人们，也许会认同我这份心思吧。

从小序看，渊明认为“形”“影”都是苦的，因为它们都“惜生”。说“形”（肉体，物质生活）“惜生”好理解，为什么说“影”（名声）也“惜生”呢？因为追求长生是人与生俱来的生命本能，所以自古就有很多人试图通过吐纳、练气、服药、求仙达到长生甚至永生。后来有些人慢慢看明白了，长生是不可能的，但追求长生又是人的生命本能，于是就开始变相地追求长生。他们不追求肉体的永存，而追求美名永传、精神不朽。这就是古人说的“千载之下，凛凛有生气”，亦是臧克家说的“有的人死了，他还活着”，以及现在人们经常说的“永远活在人们心中”。而渊明自己，也有这种人亡而名在的体会，就如他《咏荆轲》中说的那样：“斯人虽已没，千载有余情。”

渊明这三首诗，认为追求美名高于物质享乐，顺应自然又高于追求美名。这在当时算是很独到的见解，在今天的人看来却一点也不深奥，甚至是老生常谈了。即使这样，这三首诗读起来还是很有意思，正如明代黄文焕所说：

> 诗心之妙，在三首互换，腐理恒谈，顿成幽奥。（《陶诗析义》）

可见渊明此诗，除了人生哲理外，其寓言、破立的手法也用得很巧妙。下面我们对这三首诗做一下解读。

形赠影

> 天地长不没，山川无改时。草木得常理，霜露荣悴之。谓人最灵智，独复不如兹。适见在世中，奄去靡归期。奚觉无一人，亲识岂相思！但余平生物，举目情凄洏[注3]。我无腾化术，必尔不复疑。愿君取吾

言，得酒莫苟辞。

有形之物如天地、山川，都是长存不朽的，草木虽有枯荣却年年复生，只有号为万物灵长的人，生命只有一次。人活在世上，很快就死去了。死了之后，人们甚至忘了他曾经活过，时间久了连亲朋好友都不再想念他，只剩下生前留下的东西，让人看了伤感。我（“形”自指）是没有长生之术的，一定也会这样默默地死去。希望您（“君”指“影”）听我的话，得酒便饮，要什么虚名浮名，今朝有酒今朝醉吧！（按，宋·柳永《鹤冲天》：“忍把浮名，换了浅斟低唱。”）渊明用饮酒指代物质的享乐。

影答形

存生不可言，卫生每苦拙。诚愿游昆华，邈然兹道绝。与子相遇来，未尝异悲悦。憩荫若暂乖，止日终不别。此同既难常，黯尔俱时灭。身没名亦尽，念之五情热。立善有遗爱，胡为不自竭？酒云能消忧，方此讵不劣！

长生是不可能的，仔细保养身体有时也无济于事，病该来还来，人该死还死。我也真愿意成仙遨游于昆仑、华山，但谁都明白这是不可能的。我（“影”）和你（“形”）从生下来就在一起，咱们喜怒哀乐都是一样的。你在树荫下休息，我（影子）就暂时和你分开；当你站到阳光下面，咱们还是紧密地联系在一起。但是咱俩也不可能永远在一起，因为人死了，形消了，影也就灭了。这就如同人的生命与名字一样，生命消失了，名字也就要被这个世界忘记了，想起来怎么不让人感慨万千呢。只有努力做善事，给后世留下恩惠，这样死后人们才会记住我们的名字。既然这样，我们为什么不努力呢？酒虽然能消除烦恼，但和做善事留下千秋万岁之名比起来，不就差得多了么！

古人颇重“名”，如《论语》中记载孔子的“名不正，则言不顺”的一段议论，以及孔子感慨“君子疾没世而名不称焉”（君子痛恨自己到死名声都不被人称道），甚至后人便以“名教”来称“儒教”。

神　释

大钧无私力，万理自森著。人为三才中，岂不以我故？与君虽异物，生而相依附。结托善恶同，安得不相语！三皇大圣人，今复在何处？彭祖爱永年，欲留不得住。老少同一死，贤愚无复数。日醉或能忘，将非促龄具？立善常所欣，谁当为汝誉？甚念伤吾生，正宜委运去。纵浪大化中，不喜亦不惧。应尽便须尽，无复独多虑。

天地无私，万物自有其规律。天地间万事万物，唯有人得以和天地并称“三才”，难道不正是因为人有“我”（“神”）的缘故么？我和你们（“形”“影”）虽然不同，但也是自一个人生下来就和你们互相依附在一起的。咱们在一起，我怎么能不告诉你们生命的真谛与你们的误区呢？要说追求万世之名，就是像三皇这样的大圣人，虽有万世美名，但不是也死了么？要说追求长生，就算你长寿如彭祖，活到八百岁，到时不还是得死么？无论是老，无论是少，无论是贤，无论是愚，死都是不可避免的。“形”，你说通过饮酒来忘记忧愁，忘记对死亡的恐惧，可酒能伤身，反过来不恰恰加速了你的死亡么？“影”，你追求立善，希望传万世美名，可你做了善事就一定能留下名字么？有几个人肯为你引誉传名呢？你们都想得太多了，人想得太深会伤害生命的，我看咱们就应该顺应自然，听凭天命。纵身于造化之中，放浪于自然之内，没有了所谓的欢喜和恐惧（北宋范仲淹“不以物喜，不以己悲”亦此义）。生命走到尽头时就让它结束吧，一切顺应自然（该喝酒还是要喝酒，但不是酗酒；该立善还要立善，不管是否能留名），何必想那么多呢？

顺应自然，我们不把自己看成是和自然对立的，而是自然的一部分，那么自然无尽，我们无论生死，也就随自然一样无尽了。就如清代何焯《义门读书记》中说的那样：

> 纵欲足以伐生，求名犹为愿外，但委运以全吾神，则死而不亡，与天地俱永也。

渊明采取了顺应自然、与自然同其不朽的方式，解决了人追求长生而不得的困惑。

由于“自然”二字不是儒家的哲学术语，孔孟之书都未见“自然”二字，因此很多人认定渊明的《神释》是在肯定道家思想。渊明受道家思想影响很深，但我们并不能这样简单地认定他推崇道家，而非儒家。（参见本书《道丧向千载》章）《形影神》这组诗虽然是渊明阐释自己的人生态度，但这组诗不过是“坐而论道”之谈；要看渊明的人生态度，还是要从他那些日常生活的诗中看他是如何“作而行之”的。

如果从艺术上来论《形影神》这组诗，我并不看好。陶诗胜在真趣，而拙于思辨。《形影神》这组诗是以说理为主，虽然说理说好了，诗会有“理趣”，但渊明并不善于这类“理趣”。就连晋代的“玄言诗”（说一些抽象哲理的诗）在说理方面做得都不好，何况很少写“玄言诗”的渊明了。就拿第一首《形赠影》来说，前六句真好，从天地万象说到人类（天地大于山川，山川大于草木，草木众于人），无深意而有真趣。但后面就开始思辨了，说明人生无常及时行乐的道理，写得就一般了。我认为此诗倘只存前六句，看似断章，实为完篇：

> 天地长不没，山川无改时。草木得常理，霜露荣悴之。谓人最灵智，独复不如兹。

这样一来，含不尽之意而理趣自见。我以为，渊明有很多诗都应该删些句子，这些句子都是说理的。又如第二首《影答形》，通篇思辨，几无可取处。只有“与子相遇来，未尝异悲悦。憩荫若暂乖，止日终不别”四句，摹写形影之趣，尚可读也。第三首《神释》起句结尾均佳，但中间又太黏着于思辨了，其意不深，其句不警。而到了“纵浪大化中，不喜亦不惧”之处，我觉得诗至此就该结束，可渊明却在后面又续了两句“应尽便须尽，无复独多虑”，这是渊明太多虑，生怕自己没说清，别人看不懂，反而不美了。（按，前人曾说杜甫《丹青引赠曹将军霸》一诗后四句也该删去，这样才更有回味。我们虽然不敢轻易删前辈名家的作品，但还是有一定道理的。）总之，作诗不可存有想要努力说明一个道理或是辩驳某某观点的意思，这样做出来的诗绝大多数有遗憾。倒不如直接写成文章，毕竟一种文体有一种文体适用的范围。

过了许多许多年，唐代白居易模仿陶诗写了一组“心”与“身”问答的《自戏三绝句》：

心问身

心问身云何泰然，严冬暖被日高眠。放君快活知恩否，不早朝来十一年。

身报心

心是身王身是宫，君今居在我宫中。是君家舍君须爱，何事论恩自说功。

心重答身

因我疏慵休罢早，遣君安乐岁时多。世间老苦人何限，不放君闲奈我何。

白居易的诗真是浅显易懂，这组诗不过是说，我“心”不想当官了，所以让我“身”享受清闲了，“身”不该感谢“心”么？而“身”说，你“心”是在我“身”里面的，没我你待在哪里呀，跟我夸什么功劳呀！“心”又说了，虽然我在你“身”里面，但我要是个热衷于功名的人，天天为功名去奔波，你想闲也闲不下来，还是我说了算呀！

刚才我们说了渊明这组诗很多不妥之处，对比乐天此诗，真是一天一地了——渊明是在解决人生问题，而白居易不过是无聊之作。

当然，我因一向不喜乐天，所以对他的说法有点太刻薄了。倒是东坡居士评陶、白说得含蓄：

渊明形神自我，乐天身心相物。而今月下三人，他日当成几佛？（《刘景文家藏乐天身心问答三首戏书一绝其后》）

[注1]《形尽神不灭论》：慧远所作《沙门不敬王者论》卷五有“形尽神不灭”一说，用木与火的关系比喻形与神的关系，认为就如同火燃尽一木，转而再燃一木一样，神也由一形体轮回进入另一形体。当时慧远的弟子多持“神不灭论”，著

名学者、陶渊明的朋友颜延之也是“神不灭论”者。

［注2］《万佛影铭》：古印度有佛影窟，为著名圣地。据《观佛三昧经》卷七记载，佛陀尝于此石窟度化龙王眷属，因龙王至诚劝请留止于此，佛陀遂于窟中作十八变，踊身入石，犹如明镜，在于石内，复映现于外。距十余步远望，则如见佛金色相好、光明炳然之真形；近观，则冥然不见，以手触之，唯余四壁。诸天众等闻佛还入窟中，皆来供养佛影，影亦为其说法。……东晋法显、道整、慧景等皆曾至此。唐朝玄奘来时，此地已荒废，道路劫贼甚多，往返极为困难。东晋慧远闻佛影传说，欣感于怀，于义熙八年在庐山营筑龛室，淡彩图写佛影，第二年写了五篇铭文（即《万佛影铭》），刻于石，江州太守孟怀玉、别驾王乔之、常侍张野、晋安太守殷隐、黄门毛修之、主簿殷蔚、参军王穆夜、孝廉范悦之、隐士宗炳等，都为此写过铭文赞语。谢灵运亦撰《佛影铭》。

［注3］洏：涟洏，流涕貌（流泪的样子）。洏，现代汉语读ér，诗中押韵可读为ní。

第六章　谁解归园田

义熙元年（405）十一月，渊明挂冠彭泽，归隐田舍。第二年开春之后，他写了著名的《归去来兮辞》和《归园田居》组诗。《归去来兮辞》与《归园田居》的关系，就如同后世苏轼《赤壁赋》与《念奴娇·赤壁怀古》（大江东去）的关系一样，是同一时期、同一题材而用不同体裁表现的作品。《归园田居》五首中的第一首和第三首，大部分人在中学阶段就从课本中学过。对于从组诗中单选一首出来的做法，我始终有自己的看法：如果这一组诗没有太严密的内在逻辑，那么选诗者可以从中选一两首让大家读——如《古诗十九首》、渊明的《饮酒》等；如果这一组诗有着比较严密的内在逻辑，那么选诗者最好不要从组诗中单选出一首来——如渊明的《形影神》、杜甫的《秋兴八首》——这样难免使人产生片面的理解。而《归园田居》是介乎这两种组诗之间的，这五首诗看似写渊明归隐时期的一段生活，没有太严密的逻辑，但读者细读之后会发现这五首诗揭示了渊明归隐后心理变化的过程。单读一首诗，这种变化是体会不出来的。

归园田居五首

其一

少无适俗韵，性本爱丘山。误落尘网中，一去三十年。羁鸟恋旧林，池鱼思故渊。开荒南野际，守拙归园田。方宅十余亩，草屋八九间。榆柳荫后檐，桃李罗堂前。暧暧远人村，依依墟里烟。狗吠深巷中，鸡鸣桑树颠。户庭无尘杂，虚室有余闲。久在樊笼里，复得返自然。

这首诗里有一桩关于渊明的公案，就是“误落尘网中，一去三十年”。这桩公案历来争论不休，“三十年”，有人认为是“十三年”，有人认为是“逾十年”，有人认为是“已十年”，因为这涉及考证渊明究竟活到多大年纪的问题。这个问题我们暂且不论，今仅就诗言诗。这首诗写了渊明刚刚归隐时喜悦（甚至是兴奋、激动）的心情，相当于《归去来兮辞》的从开始的“归去来兮”到“门虽设而常关”这一部分（参见《从此归去来》一章中《归去来兮辞》原文）。人们喜欢这首诗，可能就是因为这首诗表现的是彻彻底底的“喜悦”，不像后面四首都有“痛苦”在里面。人生这种纯粹的喜悦真是太短暂了！但这短暂的

［清］石涛《渊明诗意册页》（局部）

喜悦又确实是人生最美好的记忆。渊明此诗所表达的之所以是“纯粹的喜悦”，是因为他刚从恼人的官场中解脱出来，刚刚投身自然田园之中，还没有开始从事那些具体而辛苦的农业劳动。就渊明的生活而言，这正是两段漫长的痛苦中间夹着的一瞬间的喜悦，这便如叔本华的理论，人生便如钟摆，在“求之不得的痛苦”“瞬间的满足”“满足过后的空虚”之间来回往复。渊明生命的钟摆此时恰恰处于瞬间满足的那一刻！想想我们的人生，恐怕也都拥有过这样的时刻，同样也拥有过前后无穷的痛苦。因此对于渊明此诗中“纯粹的喜悦”，根本不用解释，我们都能感受到它的珍贵。这首诗是公认的好诗，但是人们很少能说出它好在哪里。我认为此诗的好处就在于：此诗无深意，无含蓄，无曲折，无寄托，无奇想，只是一味自然。并且我以为，这首诗的好坏，不用等到你读了之后才能判断，而是在你读诗之前就已经“预知”了。为什么这样说？此诗的好处、高处、妙处，全在诗外（此诗不以字句技巧取胜，开端结尾处尚有用力之痕迹，然诗之高处却不在此），这首诗完全是一种人生境界的体现。如果你是这种境界中的人，即使你不读此诗也已经预知此境之妙了，读这首诗只不过是“印证”一下这种境界的妙处罢了。如果你不是这种境界中的人，就算把你放到这种境界中，你也是漠视无睹，读起来没有一点儿感觉。从技巧上讲，写诗应当注意开阖，而此诗从“方宅十余亩”至“鸡鸣桑树颠”几句都是平平叙来的（说好听点是“娓娓道来”，说不好听点就是“平铺直叙”），虽有前后俯仰这些角度的变化，但毕竟算不上什么大开大阖。但此诗的佳处，却正在平铺直叙当中，因为乡野村落本来就是平常之境，本来就没有一丝一毫的幽绝险怪或苍茫阔大可言。身处在这种平凡之境中还能欣然而喜者，正是渊明的不可及之处！而且要注意，渊明在此诗的最后拈出了喜悦的根源——“自然”，这与《形影神》最后一首《神释》是相合的。《形影神》序中说：“言神辨‘自然’以释之。”可见“自然”正是渊明所谓的“神”的境界。

其二

野外罕人事，穷巷寡轮鞅。白日掩荆扉，虚室绝尘想。时复墟曲中，披草共来往。相见无杂言，但道桑麻长。桑麻日已长，我土日已广。常恐霜霰至，零落同草莽。

和上一首比起来，初归隐那一瞬间的喜悦已经过去，渊明从这首诗便真正开始进入田园生活了。村居偏远，穷巷之间甚至很少有车马经过（轮鞅，指车马；鞅，驾车时套在马脖子上的皮带）。白天可以关上门一个人在屋里待着，再没有名利场的纷扰。偶尔在村落中走走，农夫和他见了面没有别的话题，只是谈论庄稼。庄稼一天天长大了，荒废的田地也经过重新开垦了。但是渊明现在已经是个靠天吃饭的农夫了，他开始担心的就是各种自然灾害使得他辛辛苦苦种出来的桑麻像杂草一样零落，颗粒无收。渊明此诗前四句炼字炼句好像太狠，尤以“罕”“寡”二字为甚，但到了“时复墟曲中”以下，便顺畅无碍，句句能见出刚刚归隐从事农耕的渊明的那份欣喜之情。而结尾二句陡起忧患，使读者欢娱之心顿时黯然，渊明的笔力真是厉害！至于最后两句是否有寓意，古来也是争论不休。如元代刘履《选诗补注》中就说这两句是“盖是时朝廷将有倾危之祸，故有是喻。然则靖节虽处田野而不忘忧国，于此可见矣”，也就是说，桑麻土地比喻朝廷，霜霰比喻叛乱之人。清代方东树不同意此观点，他在《昭昧詹言》中说：“只就桑麻言，恐其零落，方见真意在田园，非喻己也。”渊明不是不关心时事的人，但渊明关心时事不以这种形式，不以这种题材的作品出现。他那种有寓意的诗，通首都在比兴寄托，是一眼就能看出来的，如《饮酒》中的某些作品，这是渊明的写作习惯。而此时渊明正因脱离“尘网”、断绝“尘想”而欣喜，是不会把这一组诗暗与政治挂钩的。

其三

种豆南山下，草盛豆苗稀。晨兴理荒秽，带月荷锄归。道狭草木长，夕露沾我衣。衣沾不足惜，但使愿无违。

上一首和这一首，可和《归去来兮辞》中“请息交以绝游”到“农人告余以春及，将有事于西畴”一段对应。而这首诗既可以看成通篇写实，又可以看成通篇比兴（有寓意），双解皆妙。既写实又比兴，这矛盾么？不矛盾，诗的字面全部写实，这种“种豆”的生活是当时渊明生活的真实写照。而渊明毕竟是文人，自然能从这种“种豆”

［清］石涛《渊明诗意册页》（局部）

的生活中悟出一种人生哲理。解读上一首诗时已说过，渊明这组诗是不会与政治挂钩的，这里怎么又说他用比兴寄托呢？这是因为渊明此诗不是寓言政局时事的，而是寓言自己的人生体悟。身在普通生活中，而心能超越生活现象，有抽象的感悟，这正是文人的价值所在。渊明体会的这种人生境界是什么呢？我很小的时候读这首诗中“带月荷锄归”一句，感觉写得太美了，一个人在月下扛着锄头踽踽而归，颇觉此非渊明种豆，真似黛玉葬花。其实渊明种豆与黛玉葬花，其行为具有同样的意义。渊明种豆，恐草之侵苗；黛玉葬花，惧泥之陷洁（林黛玉《葬花辞》：“质本洁来还洁去，强如污淖陷渠沟。”）。所以我这样联想，也不纯是痴人说梦。我还记得，前几年叶嘉莹先生在家里和学生们讨论陶诗，叶先生的学生钟锦认为陶诗之高处就在有持守处，就如此诗，可称是一路向上，但“采菊东篱下，悠然见南山”这首就可上可下，如果向下会转出王维这一路不知甘苦的田园旁观者。但我以为，钟锦是就后人而言，不是在论渊明本身。是上行还是下转，完全是由后人的资质决定的，和渊明无干。即使没有渊明这个人存在，王维该羡闲逸还是会羡闲逸，该不知甘苦还是不知甘苦。而我以为，渊明正是因为有那种“采菊东篱”的高致，才能有“种豆南山”的操守。一个人没有“悠然自得”之处，其痛苦的操守必不真，亦不能久。

其四

久去山泽游，浪莽林野娱。试携子侄辈，披榛步荒墟。徘徊丘垄间，依依昔人居。井灶有遗处，桑竹残朽株。借问采薪者，此人皆焉如？薪者向我言：死没无复余。一世异朝市，此语真不虚！人生似幻化，终当归空无。

耕种田园的生活并不像想象中的那么美丽，也不闲逸。这一组诗一开始渊明就说自己“性本爱丘山”，但如果你真成了一个农夫，除了农闲你是很少有时间有心情去游山玩水的——地里的庄稼一天也离不开你，你抛弃了它，它就不给你粮食。这首诗，当与《归去来兮辞》中“或命巾车”至“感吾生之行休”一段对应。在《归去来兮辞》中，渊明说“善万物之得时，感吾生之行休”，这两句之间的转折是很突然的。当然，从文学创作的角度来看，这种突转是不难理解的。但如果从渊明当时的生活来说，究竟是什么让他在欣赏“木欣欣以向荣，泉涓涓而始流”的时候突然有了生命将尽的感慨呢？答案就在这首诗里。渊明在躬耕之余，终于抽出点时间，带着侄子辈的小孩子去周围游玩。但渊明也不能远游胜景，只是到周围去散心，他们“披荆斩棘”来到一个荒村（小孩子应该很喜欢，有探险的味道）。看见一切都荒废了，甚至有樵夫来这里砍柴，渊明问樵夫：“这里的人都哪儿去了？”樵夫说：“全死了。”在当时而言，无论是战乱还是疾病，让一个小村子的人全部死掉是很平常的事。渊明乍闻之下顿生感慨：“古语说‘一世异朝市’，真不是虚言呀！（按，三十年为一世，意思是说三十年社会就会发生一次大的变动。所谓“三十年河东，三十年河西”，亦有此意。）人生便如同幻化一样，最终都是要归于‘空无’的。”这很像《形影神》中的“纵浪大化中，不喜亦不惧”，但感情基调完全不同，《形影神》是“不喜不惧”，而此诗则有虚无幻灭之感。但渊明用字还是很讲究的，也很能体现他的心境。比如“人生似幻化，终当归空无”这两句，上句说“似”，下句说“当”。“似”是好像，存有疑问，并不真的相信人生是幻化；“当”是应当，是必然，是肯定，不管人生是不是幻化，归于“空无”是人生的归宿，这一点是无疑的。所以说，渊明感慨虽深，终不以人生为幻化；五情虽热，犹能以空无为所归。

其五

怅恨独策还，崎岖历榛曲。山涧清且浅，遇以濯吾足。漉我新熟酒，只鸡招近局。日入室中暗，荆薪代明烛。欢来苦夕短，已复至天旭。

就像第三首和第二首接得很紧一样，这首诗和上一首接得也很紧。这首一开始好像就是接上一首游荒村而来，是说从荒村回来。我一直都这么认为，但有一天忽然注意到，上一首游荒村是渊明“携子侄辈”去的，而这一首一开始就说“独策还”——是一个人拄着拐杖回来的。这到底是不是一次发生的事呢？我觉得这是无法考证的，从人数上似乎可以认定不是一次，但事实上完全有可能是渊明带着这些子侄们回到村子附近，小孩子们就自己跑回家了，渊明却自己走了一段。无论是不是一次，渊明的“怅恨”应该就是紧接上一首的“人生似幻化，终当归空无”来的。渊明回来自己又走了很久，走到一个山涧旁，濯足于此——想想也很惬意，濯足山涧的惬意也许能稍微抵消一点怅恨之情吧，或许此时渊明也会一边冲脚，一边吟着“沧浪之水浊兮，遇以濯吾足”的古歌。回家之后，新酿的酒熟了，渊明杀了一只鸡（多了杀不起啊），请邻居们来聚会。天晚了，屋子里暗下来了，家里没有钱买蜡烛，就拿柴火代替（估计有点呛人），在大家的欢笑中，时间过得很快，不觉之间天都亮了。此诗最后两句，明显带有《古诗十九首》中“生年不满百，常怀千岁忧。昼短苦夜长，何不秉烛游”那种及时行乐的味道。而这又与《形影神》第一首“形”所宣扬的“得酒莫苟辞”的人生态度相吻合了。《归去来兮辞》和《归园田居》是互为表里的一组作品：《辞》为表，诗为里。诗之所以为里，又正因这最后一首。因为从内容上讲，《辞》和诗几乎是完全对应的，唯有这最后一首诗所写的内容与心态，在《辞》中是找不到的。所以，《归去来兮辞》之高，正在无《归园田居》中第五首诗的内容与心态；《归园田居》之真，正在有这第五首。

无论是从时间上讲还是从内容上讲，《归去来兮辞》和《归园田居》都是紧密连接在一起的作品，我写此书为什么偏要在这两章中间插入一章《形影神》呢？又为什么把此章定名为“谁解归园田”呢？因为我解读《归园田居》恰恰是依靠《形影神》这一组诗。我的结论是：《形影神》与《归园田居》是一组相反相成的作品。说它们相反，它们是真的“相反”。我们来看看这两组诗各首的主旨：

《形影神》	《归园田居》
第一首《形赠影》：及时行乐	第一首：回归自然
第二首《影答形》：立善扬名	第二、三首：持守立善（种豆除草的寓意）
第三首《神释》：顺应自然	第四、五首：及时行乐

很明显，《形影神》和《归园田居》是一个“互逆过程”。为什么会这样呢？因为《形影神》是思辨，多想当然之空想；《归园田居》是体验，有莫奈何之真境。说通俗一点，《形影神》是渊明在吃饱了饭以后思考人生意义问题，差不多是在进行比较纯粹的抽象思考（当然，我们不能说渊明对人生的思考与其人生经历无关，但此时他确实更多的是依赖思辨），而《归园田居》则是渊明躬耕的乡村生活的真实感受。他由那种“复得返自然”的欣喜，到“零落同草莽”的忧虑，到“带月荷锄归”的辛苦，到“终当归空无”的感慨，到最后以“只鸡招近局”来排遣心中的“怅恨”，可以说渊明的境界是一路“堕落”下去的。当然用“堕落”这个词有些不恰当，或许用“滑落”好一些，但就“形”“影”“神”一个比一个境界高而言，渊明归园田居后的这一段生活，其所坚持的境界真的是在一步一步下降，由自己所推崇的“神”几乎一路降到了“形”，由精神滑落到了物质。为什么会有这样的滑落？当时在叶嘉莹先生家讨论时，很多人不同意我这个观点。至于为什么不同意，他们说不出理由。我后来仔细想了想，原来当时这些在座的硕士、博士甚至博士后，几乎没

有一个真正走出过学校的大门，真正走入过社会。我还记得我当时突然意识到这点时，我问了在场的一个大约四十岁左右的博士后：“从小学到现在，您离开过学校么？”他说：“没有。”确实，学校纵有再多的灰色与黑暗，与真实的社会比起来，它依然是梦中的桃花源。而我能注意到这一点，能这样去理解渊明，正是因为我大学本科毕业后，因为各种因素放弃了治学，投入社会为衣食而奔波了。我也经历过如渊明这样的自精神到物质的一路滑落，那个过程太痛苦了，痛苦到自己不认识自己，自己不愿意面对自己。而很多搞学术的人看不出这一点，是因为他们始终在象牙塔里，根本没有过这样的心理体验。诗是学术，但诗更是生活，很多时候我们解读一首诗靠的不是知识，而是阅历。这也是大多数人都很喜欢李商隐那种相思的情调，却很少有人真正去理解杜甫，理解陶渊明的原因。《形影神》只是反映了渊明的思辨，而《归园田居》才完整地记录了渊明的心路历程。渊明似乎堕落到了只能靠酒、靠亲朋聚会才能排遣痛苦的地步，这也就是为什么《形影神》这组诗里虽然“神”的境界最高，但渊明却能把“形”和“影”说得那么透彻。因为渊明始终没有脱离“形”和“影”的层面，对于“形”“影”的层面，他有时厌恶，有时又不得不依赖。或者简单说，渊明认为自己从理论上讲应该达到“神”的境界，但从实践来看不可能完全达到。

虽然我因这种滑落而鄙视自己，但我并不因此而小看渊明。无论是靠逃避到醉乡，还是靠“固穷”之节，渊明后半生在物质极度匮乏的情况下（他的物质匮乏程度我们没法与之相比）终于坚持住了自己的操守。而渊明后半生恰恰更多依靠了酒与“不赖固穷节，百世当谁传”（《饮酒》其二）的信念。有人认为，“饮酒”是在麻醉自己，“固穷”是在硬把持自己，对于坚持操守来说都没有达到“自在”的境界。他们不愿意理解渊明的痛苦，不愿意理解渊明的动摇，不愿意理解渊明是如何努力把持住自己的。他们觉得，如果那样的话，渊明的人生境界就会降低很多，于是他们似乎在善意地努力给渊明“拔高”。而我以为，修身的前提是正心、诚意，如果渊明心里不那样想，你非要渊明那样想的话，那么你就是在让渊明“自欺”。相对“固穷”来说，“自欺”毫无境界可言！所以我说，一个人如果能坚持住操守，哪怕是“硬把持”住的，他也是个真正的汉子！

渊明不仅坚持住了，他还时时能到“神”的境界中去坐一坐：

> 采菊东篱下，悠然见南山。（《饮酒》其五）
>
> 五六月中，北窗下卧，遇凉风暂至，自谓是羲皇上人。（《与子俨等疏》）

闷热的夏天忽然吹来一阵凉风，这种享受真是低到最基本的生理要求，这重境界真是高到我无法用语言来表达了。

第七章　贫富常交战

太古之诗，最为淳朴，如浑金璞玉，无斧凿痕迹。后世于音韵、对仗、字句、章法日益讲究，斧凿痕迹也越来越重。尤其是炼字，后来很多诗人过分耽于此道，也因此有了“诗眼”之说。所谓“诗眼”之“眼”，大约就是“画龙点睛”之“睛”。龙不点睛，便是死龙；一旦点睛，通体皆活，乘云气，绝天地。诗眼也是如此，有此一字，通篇皆活。诗中炼字不宜太多，锤炼太多，伤真气，容易使全诗气窒，流动不起来。一条龙就两只眼，点双睛则炯炯有神；点八个眼睛，那成蜘蛛精了。

晋宋时期的诗，也开始注意炼字，但未成风气。渊明的诗，以天然去雕饰为人所赏，所以人们不大提渊明诗中炼字的功夫。但如果以后世炼字的标准来读陶诗，则会发现渊明非常精于此道。只不过“雕虫篆刻，壮夫不为”，偶一“点睛”，便成绝唱。

如《乞食》诗的第一句：

饥来驱我去

[清] 石涛《渊明诗意册页》（局部）

古今描述饥饿的，真没有谁能超过这个“驱”字。人活着最痛苦的就是两个字——“心”与“物”的矛盾。按现在的哲学基本原理讲，大概就是“物质与意识”吧。人的这一副皮囊，就是你的物质基础，由低至高，物质会让你产生出无限的欲望。饮食男女，人之大欲存焉。而饮食又是男女的基础，所谓“饱暖思淫欲，饥寒起盗心”。当你饿得要死时，见到一个美女，估计想吃她的心思更多一点吧……所以王国维在《红楼梦评论》里上来就引用《老》《庄》之言：

> 老子曰：“人之大患，在我有身。”庄子曰：“大块载我以形，劳我以生。”（按，《老子》原文作：“吾所以有大患者，为吾有身。”）

并说：

> 生活之本质何？“欲”而已矣。欲之为性无厌，而其原生于不足。不足之状态，苦痛是也。既偿一欲，则此欲以终。然欲之被偿者一，而不偿者什伯。一欲既终，他欲随之。故究竟之慰藉，终不可得也。即使吾人之欲悉偿，而更无所欲之对象，倦厌之情即起而乘之。于是吾人自己之生活，若负之而不胜其重。故人生者，如钟表之摆，实往复于苦痛与倦厌之间者也，夫倦厌固可视为苦痛之一种。有能除去此二者，吾人谓之曰快乐。然当其求快乐也，吾人于固有之苦痛外，又不得不加以努力，而努力亦苦痛之一也。且快乐之后，其感苦痛也弥深。故苦痛而无回复之快乐者有之矣，未有快乐而不先之或继之以苦痛者也。又此苦痛与世界之文化俱增，而不由之而减。何

> 则？文化愈进，其知识弥广，其所欲弥多，又其感苦痛亦弥甚，故也。然则人生之所欲，既无以逾于生活，而生活之性质，又不外乎苦痛，故欲与生活，与苦痛，三者一而已矣。

那个“钟摆”的悲观论调是非常著名的，影响了一代又一代的人，让我们不免觉得人生黯淡，进而产生厌世之想。

对于欲望，儒、释、道三家有不同的态度。先秦的儒家和道家讲究清心寡欲，但都肯定人的正常欲望。儒家认为只要是在不违背礼制的情况下，饮食男女的欲望都不算什么。相对于儒家而言道家更寡欲一些，但也不完全禁止。甚至道家有一支讲求纵欲的，到汉代之后就发展成“黄白之术”（炼金银）、“房中术”这类很淫靡的方术。至于佛教，到中土是讲究“禁欲”的，我想和尚之所以吃素，除了“不杀生”的信念外，可能也是怕吃得营养太好，精力太旺盛，生出诸多的欲望来。便如我写此章时，正是大病一场未愈之际，只觉得平时喜好的诸多事情一概提不起兴趣来。总之，“寡欲”大概还是有些作用的。

但是“寡欲”得有个限度，就是得保证最基本的温饱。温饱都无法保证，人就没有最基本的快乐可言了。渊明本人于物质确实无太多追求，但他经常连最基本的温饱都得不到满足，甚至饿得去要饭。

我说这个“驱”字好，一是因为其写出了那种高贵的精神不得不被低级的欲望所驱使的可悲，更重要的是觉得这个字用得太真切了。多少人曾经饿得睡不着，不自觉地起来去找东西甚至是偷东西吃啊！我想渊明当是翻尽了家中一切储粮器具，才不得不出门讨一口饭的。这让我想起了卧雪的袁安，渊明在《咏贫士》（其五）诗中也提到过：

> 袁安困积雪，邈然不可干。阮公见钱入，即日弃其官。刍藁有常温，采莒足朝餐。岂不实辛苦？所惧非饥寒。贫富常交战，道胜无戚颜。至德冠邦闾，清节映西关。

袁安，字邵公，后汉汝南汝阳（今河南省商水县西北）人。《汝南先贤传》中说，袁安家非常贫穷，当时他客居在洛阳，赶上天降大雪，洛阳令出来巡行，看见人家都把门前的积雪扫净外出，很多人都出来乞食。但到了袁安门前，积雪盈门，无有行路。他以为袁安已经冻死了，让人除雪进屋，发现袁安僵卧。问他为什么不出来找人求点粮食糊口。袁安回答说："大雪人皆饿，不宜干（"干"，求）人。"洛阳令认为他是贤人，举为孝廉。此诗还咏了一位身世不详的阮公，也是不肯受贿而弃官的廉士。

既然渊明这样欣赏袁安，为什么自己不学袁安高卧呢？我不敢为渊明辩护，只是说说自己的想法。一是袁安赶上的是个大雪天，出去乞食的人太多，所以他不出去了。而渊明可能是自己田地的收成出现问题了，正如他在《咏贫士》（其二）中说的那样："凄厉岁云暮，拥褐曝前轩。南圃无遗秀，枯条盈北园。倾壶绝余沥，窥灶不见烟。”但也不排除是这一带地区出现了灾情。如果是一带皆荒的话，恐怕乞食逃难的人也很多，渊明确实就不能和袁安比了。另一点，我猜想袁安是只身一人客居洛阳，而渊明则有妻室家小。有家的人，不能让家人富贵也就罢了，总不能让家人陪着自己饿死吧。正如宋代戴表元《韩君美经历赋孟夏木长五诗示仆因写鄙怀通呈阮使君君美与诸公讲易》诗中说：

> 吾评陶渊明，略似段干木。诗文虽家满，不饱妻子腹。

总之，渊明是去乞食了。

乞　食

> 饥来驱我去，不知竟何之。行行至斯里，叩门拙言辞。主人解余意，遗赠岂虚来？谈谐终日夕，觞至辄倾杯。情欣新知欢，言咏遂赋诗。感子漂母惠，愧我非韩才。衔戢知何谢，冥报以相贻。

对于这首诗，最早评论的是唐代诗人王维，他在《与魏居士书》中说：

> 近有陶潜，不肯把板屈腰见督邮，解印绶弃官去。

后贫，《乞食》诗云：“叩门拙言辞。”是屡乞而惭也。尝一见督邮，安食公田数顷。一惭之不忍，而终身惭乎？此亦人我攻中，忘大守小，不恤其后之累也。

按照王维的说法，陶渊明为五斗米折腰见督邮也是“惭”，乞食也是“惭”，正是因为他不肯委曲求全做官，才导致后来出来要饭。王维认为陶渊明的选择是错的，因为巴结一下上级是“小惭”，叩门乞讨是“大惭”。说实话，小时候读王维诗的时候还是很喜欢他的，但后来因为他的这一论调，对他的看法大打折扣。无论怎么说，还是“浊富易为，清贫难耐”的。和王维的广置田园、悠游其间比起来，陶渊明真是个不识时务者。宋代王应麟《困学记闻》：“王摩诘议其《乞食》，何伤于日月乎？”可见王维之议渊明，正是暴露了自己的浅薄。

后来宋代苏轼在《书渊明乞食诗后》中说：

渊明得一食，至欲以冥谢主人，哀哉！哀哉！此大类丐者口颊也，哀哉！哀哉！非独余哀之，举世莫不哀之也。饥寒常在生前，功名常在身后，二者不相待，此士之所以穷也。

陶渊明说的“冥报以相贻”是说自己这辈子是报答不了主人的恩情了，只有死后做鬼保佑主人，或者是来生再回报了。苏轼认为这种口气太像乞丐了，很同情陶渊明。“饥寒常在生前，功名常在身后，二者不相待，此士之所以穷也”这几句，也就是杜甫所说的“千秋万岁名，寂寞身后事”。其实苏轼说得很入情入理，但后世那些一味崇拜渊明的人，听不得渊明一点不好。明代张自烈就说：“东坡读书慧眼，至渊明《乞食》诗‘冥报相贻’一句，亦云‘何大类丐者口颊’。凡作者语意，不尽为人窥测，类如此。”（《笺注陶渊明集》卷五）其实渊明《乞食》诗之妙处就是把“开口告人难”的乞人言行心态表现得惟妙惟肖。难道说渊明乞食时说的话类似“丐者口颊”就是侮辱渊明了么？这种不明事理的追星族历代都有。如果张自烈活在今天，我说他有点“脑残粉”，不为过吧？

苏轼在《书李简夫诗集后》又说：“孔子不取微生高，孟子不取於陵仲子，恶其不情也。陶渊明欲仕则仕，不以求之为嫌；欲隐则隐，不以去之为高；饥则扣门而乞食，饱则鸡黍以延客。古今贤之，贵其真也。”（微生高、於陵仲子分别见《论语》《孟子》。）

渊明《乞食》之可贵，便在一个“真”字上。后来老杜《奉赠韦左丞丈二十二韵》的“朝扣富儿门，暮随肥马尘。残杯与冷炙，到处潜悲辛”，亦贵在一个“真”字上。

自宋明理学兴起，士人讲求“孔颜乐处”之后，有些人亦把陶渊明的《乞食》看成很平和的作品。如明代薛应旂《方山纪述》：“陶靖节之乞食而咏，邵康节之微醺而吟，非有所自得者，能若是乎？过此以往，孔、颜之乐其乐矣。”鲁迅在《魏晋风度及文章与药及酒之关系》中说道：“到东晋，风气变了。社会思想平静得多，各处都夹入了佛教的思想。再至晋末，乱也看惯了，篡也看惯了，文章便更和平。代表平和的文章的人有陶潜。他的态度是随便饮酒，乞食，高兴的时候就谈论和作文章，无尤无怨。所以现在有人称他为‘田园诗人’，是个非常和平的田园诗人。他的态度是不容易学的，他非常之穷，而心里很平静。家常无米，就去向人家门口求乞……”这未免把渊明说得太简单了一些。

还是梁启超说得好：

寻常诗人叹老嗟悲，无病呻吟，许多自己发牢骚的话，大半言过其实，我们是不敢轻信的。但对于陶渊明不能不信。因为他是一位最真的人，我们从他全部作品中可以保证。他真是穷到彻骨，常常没有饭吃。那《乞食》篇说的（略）。乞食乞得一顿饭，感激到他“冥报相贻”的话，你想这种情况，可怜到什么程度！但他的饭肯胡乱吃吗？哼哼！他决不肯。本传记他一段故事道：“江州刺史檀道济往候之，偃卧瘠馁有日矣……道济馈之以肉，麾而去之。”他并不是好出主角的人，待人也很和易，但他对于不愿意见的人不愿意做的事，宁可饿死，也不肯丝毫迁就。孔子说的“志士不忘在沟壑”，他一生做人的立脚，全在这一点。《饮酒》篇中一章云（按，指“清晨闻叩门”首，略）。这些话和屈原的《卜居》《渔父》一样心

事。不过屈原的骨鲠在外面，他却藏在里头罢了。(《陶渊明之文艺及其品格》)

陶渊明一生追求的不过是“刍藁有常温，采莒足朝餐”的生活。古时穷人没有被褥，就睡在刍藁（干草）上取暖。可是有时渊明连这样的日子都不一定能过上。晋安帝义熙四年（408）六月中旬，渊明在上京的住所被一场火烧了个干净，当时他四十多岁，只好暂时住在门前的船中。到新秋之时，渊明写下了一首《戊申岁六月中遇火》：

草庐寄穷巷，甘以辞华轩。正夏长风急，林室顿烧燔。一宅无遗宇，舫舟荫门前。迢迢新秋夕，亭亭月将圆。果菜始复生，惊鸟尚未还。中宵伫遥念，一盼周九天。总发抱孤介，奄出四十年。形迹凭化往，灵府长独闲。贞刚自有质，玉石乃非坚。仰想东户时，余粮宿中田。鼓腹无所思，朝起暮归眠。既已不遇兹，且遂灌我园。

清代钟秀在《陶靖节记事诗品》中说：

《遇火》当与《挽歌》三首同读，才晓得靖节一生学识精力有大过人处。其于死生祸福之际，平日看得雪亮，临时方能处之泰然，与强自排解、貌为旷达者，不翅有霄壤之隔。大凡躁者处常如变，无恶而怒，无忧而戚；静者处变如常，有恶而安，有忧而解。盖以心有主宰，故不为物所掌。此无他，分定故也。较之《贺失火书》，更为超脱矣。

《贺进士王参元失火书》是唐代柳宗元写给他朋友的一封信，信中对朋友家遭逢火灾表示同情，又以道家的无为思想对其进行劝慰。不过那毕竟是别人家失火，再旷达也算不了什么。至于渊明，那是自己亲遇火灾，自己宽慰自己，这才是真旷达。

前文说过，人活着最痛苦的莫过于“心”与“物”的矛盾。此诗中所说的“形迹”即“物”，“灵府”即“心”。“形迹凭化往，灵府长独闲”，是说无论外物怎样改变，我的心永远保持着一份清明。其实我还是很相信“物质决定意识”的；但是我更相信，这个世界上一定有那种“意识对物质的能动作用”足够强大，强大到能够不为外物所转移的人。尽管这样的人永远占极少数，但正是这些极少数的人，成了为黑夜中前行者指明方向的璇玑。

这首诗的最后一部分最值得品味。渊明在困苦中忽然想起了以前吃得饱穿得暖的日子，但他最后说，那样的日子既然已经没有了，我还是好好过现在的生活吧。活在对过去的回忆与对未来的幻想中，虽然有诗意，但都解决不了真正的生活问题。渊明把活在当下的无奈写出来了，那么现实，却依然是诗。

在这个世界上，贫富问题总是纠缠着我们。但贫富本身并不是问题的关键，关键是如何而贫，如何而富。就像孔子说的那样，“富而可求也，虽执鞭之士，吾亦为之。如不可求，从吾所好”“不义而富且贵，于我如浮云”。但儒家同时也说：“君子素其位而行，不愿乎其外。素富贵行乎富贵，素贫贱行乎贫贱，素夷狄行乎夷狄，素患难行乎患难，君子无入而不自得焉。”（《礼记·中庸》）真正的君子是不仇富的，真正的君子视如寇仇的是不辨义利的小人。

《韩非子》中有这样一段话：

> 子夏见曾子。曾子曰：“何肥也？”对曰：“战胜，故肥也。”曾子曰：“何谓也？”子夏曰：“吾入见先王之义则荣之，出见富贵之乐又荣之。两者战于胸中，未知胜负，故臞（qú，瘦）；今先王之义胜，故肥。”

真正明白了这一点，渊明才能说出：

> 贫富常交战，道胜无戚颜。（《咏贫士》其五）

第八章　有酒斟酌之

两人对酌山花开，一杯一杯复一杯。我醉欲眠卿且去，明朝有意抱琴来。

——李白《山中与幽人对酌》

我每与人说及此诗，总是说前两句便如儿戏，全仗后两句振起，乃使全诗格调清雅，不堕入俳谐戏谑之中。此诗转得最有力的是第三句，而这第三句，几乎用的全是渊明的话：

潜若先醉，便语客："我醉欲眠，卿可去。"其真率如此。（沈约《宋书·隐逸传》）

"我醉欲眠卿可去"——这不是陶渊明的诗（那时七言尚不流行，渊明无七言诗），而是他随意说出的一句醉话。此话在境界上便是诗，更奇特的是在音律上与后代讲究平仄的近体诗亦暗合——我醉欲眠卿可去：仄仄仄平平仄仄——难怪太白改都不改（“且”字或许未必是刻意改动的，而是李白对这话记得不十分准确），拿来就入了自己的七绝，全诗因之而活。

太白用渊明语意诗意尚不止此。宋代吴曾在《能改斋漫录》中说，有些诗人一个意思用了两回，比如：

> 太白“举杯邀明月，对影成三人。”又云：“独酌劝孤影。”此意亦两用也。然太白本取渊明“挥杯劝孤影”之句。

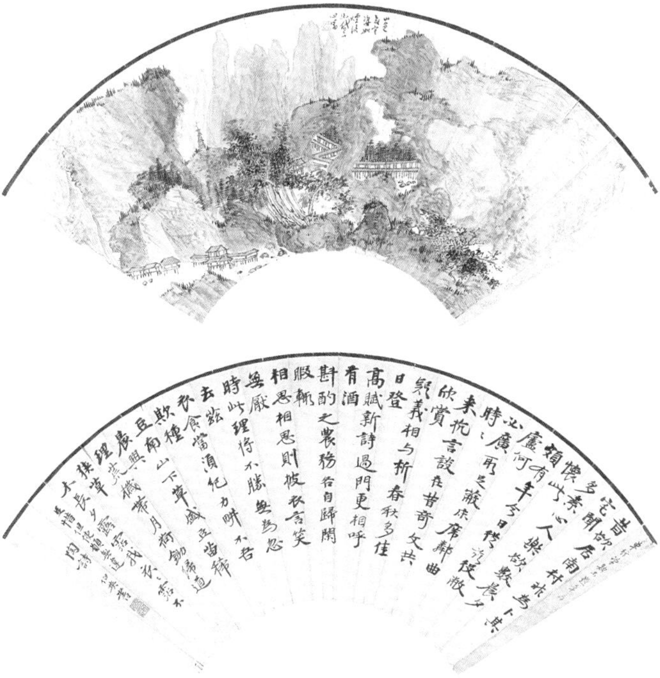

［近代］溥心畬　张伯英《山色如黛　陶渊明诗》扇面

也就是李白偷了渊明“挥杯劝孤影”这一句的意思，还改头换面用了两次，可见太白对这句诗欣赏的程度了。而明代王圻在《稗史》中则说李白不止这句是用渊明的，还有另一句：

> 陶云：“但得琴中趣，何劳弦上声。”而李云：“但得酒中趣，勿为醒者传。”

虽然陶是说谈琴（见本书《何劳弦上声》章），李是说饮酒，但思路句法全部因袭渊明。也许正是因为李白这样爱用渊明的语意，所以清代马位在《秋窗随笔》中才说：“二公（指陶渊明与李白）风流孤迈，一种旷世独立之致，异代同情。”这话说得很漂亮，但稍一深究，就会发现这话和陆九渊说“李白、杜甫、陶渊明，皆有志于吾道”同样莫名其妙！（见本书《道丧向千载》章）渊明、太白，大概除了喝酒，就没有什么相似之处了。另外，除了诗仙李白用过渊明语意外，诗圣杜甫也化用过陶诗。陶渊明说：“酒能消百虑。”（《九日闲居》）杜子美说：“一酌散千忧。”（《落日》）

渊明好饮酒，是他亲口说的：

> 性嗜酒，而家贫不能常得。亲旧知其如此，或置酒招之。造饮辄尽，期在必醉，既醉而退，曾不吝情去留。（《五柳先生传》）

“曾不吝情去留”，意思就是在人家喝酒喝够了，想走就走。以此推测，很可能渊明在家里设酒局，喝高了，想睡就睡，不会刻意打点精神，勉强与客人周旋。当时他是否说过“我醉欲眠卿可去”不得而知，但想来以渊明之为人，他很可能说过。这句话最早见于沈约《宋书·隐逸传》的记载。沈约晚于渊明，没有亲见渊明其人，这话要么闻之于见过渊明的故老之口，要么就是人们根据渊明的性格演绎出来的。但即使是演绎，这七个字也是极能传渊明之神韵的。

史书中有很多关于渊明饮酒的故事，甚至人们说渊明出来当官，原因之一也是为了饮酒。据说渊明在担任彭泽令期间：

> 公田悉令吏种秫稻。妻子固请种秔，乃使二顷五十亩种秫，五十亩种秔。（沈约《宋书·隐逸传》）

秫（shú），就是一种比较黏的高粱，主要用来酿酒。秔，也作“粳”，是一种不黏的稻子，可以食用，现在老百姓说的“粳米粥”，就是用秔熬制的。担任彭泽令的渊明让下属把公家的田全部种了秫，就是要全部用来酿酒喝。可他的妻子孩子没他那么大酒瘾，坚决请求种能吃的秔，最后这三顷公田，也只拿出了五十亩来种秔，其他二顷半还是种了酿酒用的秫。后来昭明太子萧统写《陶渊明传》，这段基本没改，只是在“公田悉令吏种秫”后面加了一句陶渊明的话：

> 吾常得醉于酒足矣。

这句话看来也是萧统根据渊明的性格演绎出来的。由这段“公田种秫”来看，渊明不只是“嗜酒”，简直就是超级大酒鬼！但是这个酒鬼未能如愿以偿地喝到公田之秫酿的酒。为什么呢？因为公田种秫不久，就发生了中国文化史上的一件大事——陶渊明之归去来：

> 郡遣督邮至，县吏白应束带见之。潜叹曰：“我不能为五斗米折腰向乡里小人。”即日解印绶去职，赋《归去来》。（沈约《宋书·隐逸传》）

所以宋代洪迈在《容斋随笔》中感慨地说：“（渊明）犹望一稔而逝。然仲秋至冬，在官八十余日，即自免去职。所谓秫秔，盖未尝得颗粒到口也，悲夫！”洪迈同情渊明只做了八十多天的官，没等到秫成熟就辞官归园田了，所以那些秫“未尝得颗粒到口”，也就是说渊明打算用公田之秫酿的酒他一滴也没有喝到。这对于一个酒鬼来说，真够残酷的。不过还是宋代马永卿在《懒真子·靖节公田之利》中说得入情入理，他认为按照当时的制度，公田的收入有定额，定额以外的收入，是可以归县令私人所有的，于是后人因为渊明好酒，就附会了“公田种秫”之说。况且按马永卿分析，“仲秋至冬，在官八十余日，此非种秫时也。”确实，从秋至冬，这根本不是种粮食的季节！所以他认为只要是传记中记载的与《归去来序》不同的事情，当以《序》为准——毕竟《归去来序》是渊明的亲笔，而史传则多搀入传闻了。（《序》中言“公田之利，足以为酒”，是陶渊明有此念头，未必当时实施。又云：“犹望一稔。”此“稔”亦未必指当年粮食成熟，可以指来年。南方农作物有一年两熟甚至三熟者，然彭泽在江西省北部，当为一年两熟的地区，晚稻亦应在农历六月前后播种。渊明仲秋为官，当非耕种之季节也。）

除了“公田种秫”之外，渊明饮酒的故事还有很多。比如在渊明四十五岁前后（依梁启超考证）：

> 颜延之为刘柳后军功曹，在寻阳（即“浔阳”），与潜情款。后为始安郡，经过，日日造潜，每往必酣饮致醉。临去，留二万钱与潜，潜悉送酒家，稍就取酒。（沈约《宋书·隐逸传》）

颜延之是陶渊明的好友，渊明死后的《陶徵士诔》就是颜延之为他写的。《诔》中称渊明“性好酒德”，可见渊明嗜酒，颜延之是亲眼见过的，而且俩人还经常喝得大醉。颜延之临去始安郡上任时，给渊明留了二万钱。史传中并没记载颜延之这二万钱是给陶渊明贴补家用的，还是专门供他喝酒的，反正渊明是全部押到了酒馆柜上，慢慢去喝，直到喝完这二万钱为止。

义熙末年，大约是渊明四十七岁之时，江州刺史王弘想结识陶渊明，但是怎么请也请不来。后来他听说陶渊明要去庐山，就让渊明的朋友庞通之准备好酒，在去庐山途中的栗里这个地方请来渊明饮酒，然后王弘自己假装碰巧路过，想借此结识渊明。据说当时的情况是这样的：

> 潜有脚疾，使一门生二儿舆篮舆。既至，欣然便共饮酌。俄顷弘至，亦无忤也。（沈约《宋书·隐逸传》）

还真不错，王弘假装凑巧碰见渊明，渊明也没有给他下不来台，就和他喝喝酒，聊聊天。一个刺史要见一个隐士，却要如此费尽心机，一则见出渊明之高洁，使人高山仰止；二则见出王弘虽非高士，却是个可人。

《宋书》还记载，有一年重九，渊明家中无酒，王弘送酒之事：

> 尝九月九日无酒，出宅边菊丛中坐久，值弘送酒至，即便就酌，醉而后归。

此段文字虽然不多，但真是美。渊明无酒，王弘便派人送酒来，王弘真是可人。然渊明无酒，便“出宅边菊丛中坐久”，真是雅得无一毫做作（因为渊明也不知有人要来送酒）。世人皆知“采菊东篱下，悠然见南山”是渊明《饮酒》诗中名句，但不知此时渊明所饮之酒，或许就是王弘送来的呢。

有时渊明去别人那里喝酒，正赶上酒刚酿熟，还没来得及过滤，渊明就“取头上葛巾漉酒，毕，还复著之”（沈约《宋书·隐逸传》），这就是渊明“葛巾漉酒”的故事。

朱熹在《奉和尤延之提举庐山杂咏》中，写到庐山当时有一块大石，据说陶渊明当年喝醉了酒在上面酣睡过，他说：

> 每寻高士传，独叹渊明贤。及此逢醉石，谓言公所眠。

看来开发这种虚无缥缈的旅游景点的做法，并不是今人的专利。不过渊明醉则卧石，倒让人联想起《红楼梦》中的“史湘云醉卧芍药茵”来了。不知雪芹写这个豪放不羁的湘云时，是否融入一些陶渊明的影子？据俞平伯分析，黛玉葬花化自唐伯虎事。然则湘云醉卧则亦可能化自渊明故事了。

总之，渊明好酒，举世皆知。白居易《效陶潜体诗十六首》中说：“吾闻浔阳郡，昔有陶徵君。爱酒不爱名，忧醒不忧贫。”欧阳修《偶书》中说：“吾见陶靖节，爱酒又爱闲。”但是渊明喝的是什么酒，是怎么个喝法呢？

渊明家贫，有时至于断酒，更不可能每饮必是美酒。

在这一点上，倒是苏轼于贬谪之中得了渊明神韵，人称苏轼“饮酒但饮湿”，至于酒之好坏，则在所不计了。

另外，喝酒的人往往爱热闹，不爱一个人喝寡酒。例如白居易喝酒，便如宋代张耒所述：必有“丝竹钟妓之奉”（乐队歌女在旁边伺候着），“洛阳山水图物甲天下”（置身美景之中），“其所与游，如裴度、刘禹锡之徒，皆一时名士也”（社会名流相伴）。其实不只白乐天如此，苏轼在《书渊明诗》中写道：

> 孔文举（孔融）云：“坐上客常满，樽中酒不空，吾无事矣。”此语甚得酒中趣。及见渊明云：“偶有佳酒，无夕不倾，顾影独尽，悠然复醉。”便觉文举多事矣。

读东坡所引渊明这几句（见《饮酒二十首并序》），再加上前面李白抄渊明的“挥杯劝孤影”，仿佛渊明是个十分享受独酌的酒客。实则渊明是真得酒中之趣者：聚饮亦欢，独酌亦欢，无酒亦欢。正如《晋书·隐逸传》所说：“惟遇酒则饮，时或无酒，亦雅咏不辍。”

清代宋咸熙《耐冷谭》则认为饮酒的古人中，以渊明品格最高：

> 古之酒人，当以渊明为最，太白次之，若阮籍、刘伶，直是沉湎酣身矣。

第九章　饮酒复止酒

苏轼是北宋四大书法家之首。虽然他的字左枯右润，被有些人讥为“墨猪”，又因为字形太扁，被黄庭坚讥为“石压蛤蟆”；但是当时向他求字的人还是很多。有一次有人求他写一首陶渊明的《饮酒》诗，于是他就选了其中第十一首（颜生称为仁）。诗的正文写完了，纸还有些空余，东坡又开始卖弄自己的聪明了，他补了这样几句：

> 此渊明《饮酒》诗也。正饮酒中，不知何缘记得此许多事？元丰五年三月三日，子瞻与客饮酒，客令书此诗，因题其后。（《书渊明饮酒诗后》）

有时没人找东坡求字，他自己也写写借以消遣。一次，他写了渊明的《饮酒》诗，写到最后两句“但恐多谬误，君当恕醉人”时，他又添了几句议论：

> 此未醉时说也；若已醉，何暇忧误哉！（《书渊明诗》）

[清] 石涛《渊明诗意册页》（局部）

从这两段来看，苏轼似乎总是觉得陶诗写饮酒不大像饮酒。按他的意思，饮酒嘛，就要酩酊大醉，说话颠三倒四。陶渊明的诗有时条理太清楚，根本不像是酒后的醉话。但我觉得，在饮酒方面，东坡没资格评渊明。为什么？因为东坡本人酒量极小，喝一杯就醉了。他说：

善饮者，澹然与平时无少异也。若仆者，又何其不能饮，饮一盏而醉，醉中味与数君无异，亦所羡尔。（《书渊明诗》）

东坡觉得别人喝好多杯才醉，他喝一杯就醉，但是醉中的滋味他和那些海量的人并没有区别。其实东坡错就错在把“醉”当成了一个目的，“醉”是一个过程，酒徒们享受的也正是这个渐入佳境的过程。恐怕正是这个过程的魅力，才让人们明知醉后的头疼也要豁出去饮酒。以东坡这种一杯倒的酒量，是体会不到那种豪饮的感觉的。或许同样一杯酒，渊明喝下去后还很清醒，东坡已经开始胡说八道了。所以东坡老是觉得渊明《饮酒》诗写得醉味不浓，也许正是因为东坡太容易醉了。

渊明爱饮酒，也爱写饮酒。萧统的《陶渊明集序》就说，当时有人“疑陶渊明诗篇篇有酒”。篇篇有酒这当然是夸张的说法，不过我粗略统计一下，渊明之诗有四十五个题目（每一题目下有一首诗至二十首诗不等），专写酒的有四个题目（《连雨独饮》《饮酒》《止酒》《述酒》），内容涉及饮酒的有十九个题目。这四十五个题目中有二十三个涉及了酒，占到一半还多。

上一章说过，渊明喝酒是人多也行，独酌也行。但他专门写饮酒的诗却大多是在独饮时作的，如《连雨独饮》。又如《饮酒》诗序中说的：“顾影独尽，忽焉复醉。”这也好理解，和别人喝酒的时候，除了喝酒可能还有很多事值得写，所以题目就不能用“饮酒”来概括了。我们先来看看渊明的《连雨独饮》：

> 运生会归尽，终古谓之然。世间有松乔，于今定何间？故老赠余酒，乃言饮得仙。试酌百情远，重觞忽忘天。天岂去此哉，任真无所先。云鹤有奇翼，八表须臾还。自我抱兹独，黾勉四十年。形骸久已化，心在复何言。

此诗不难理解，大意是说人生短暂，学仙无凭，有老友送酒，说喝了可以成仙。渊明喝一杯，似乎一下子就超越了人生各种情感，再喝一杯，连“天”都忘了。自己像一只云间鹤，展开奇翼，六合八荒，瞬息而至，须臾而回。渊明感觉自己活了四十多岁，肉体虽然随着生命而变化而衰老，但这酒后的真心却是永恒不变的，而这“真心”也是无法用语言来描述的。其中“试酌百情远，重觞忽忘天。天岂去此哉，任真无所先”四句，真是一波三折，一唱三叹。明代黄文焕评此四句说：

> 曰“忘天”，曰“天岂去”，曰“无所先”，三语三换意，生尽之感，天实为之，一觞未能忘也，重叠则忽忘之矣。苍苍之天忘，而胸中磊落之天，乃愈以存矣。（《陶诗析义》）

然而，陶诗写饮酒艺术境界最高的是他那二十首的

《饮酒》组诗。他在序中说：

> 余闲居寡欢，兼比夜已长，偶有名酒，无夕不饮。顾影独尽，忽焉复醉。既醉之后，辄题数句自娱。纸墨遂多，辞无诠次。聊命故人书之，以为欢笑尔。

按他的说法，这组诗非一日所写，但大体是一个时期的作品。似乎这个时期他得了好酒，每天晚上都一个人喝到醉，醉了就随手写几句。这些作品积攒起来，诗与诗之间也没有特殊的关联、章法。他让朋友们抄抄写写，也算是他提供的谈笑之资吧。

渊明这二十首诗，却有好多诗都和饮酒没有直接关联。比如最著名的这一首：

> 结庐在人境，而无车马喧。问君何能尔？心远地自偏。采菊东篱下，悠然见南山。山气日夕佳，飞鸟相与还。此中有真意，欲辨已忘言。

这首诗一句也没有提到饮酒。历来解此诗，也很少有人穿凿其与酒的关系，最多说到“采菊”是“佐饮之需”（服食菊花以下酒，参见本书《菊解制颓龄》章）。一般皆是欣赏字句，或评价渊明的人生境界。这首诗有个公案：“见南山”还是“望南山”。有的版本“悠然见南山”作“悠然望南山”，甚至白居易在《效陶潜体诗十六首》中还拟了两句："时倾一樽酒，坐望东南山。"对于这个"望"字，苏轼就很不以为然：

> "采菊东篱下，悠然见南山"，因采菊而见山，境与意会，此句最有妙处。近岁俗本皆作"望南山"，则此一篇神气都索然矣。（《东坡题跋》）

东坡此论极是，但说得似乎不大清楚，什么叫"因采菊而见山，境与意会"？还是后人替东坡解释得明白："望"有意，"见"无意；"见"客观，"望"主动。（见清·吴淇《六朝选诗定论》卷十一，并可参见本书《菊解制颓龄》章）否则，用"望"不用"见"，王国维也不会在《人间词话》中把此句当作"无我之境"的代表了。

为什么《饮酒》组诗中，有许多诗根本没有提到酒呢？清代邱嘉穗在《东山草堂陶诗笺》中提出了一种说法："其不着题者，亦可想见其当筵高论、停杯浩叹之趣。"也就是说，这些没直接说到"酒"的诗，其内容大概就是当时渊明在酒席上和别人谈论的话题。这个想法确实很新奇，但与《序》中提到的"顾影独尽"相矛盾了。

其实最早解释这个问题的，就是梁昭明太子："有疑陶渊明诗篇篇有酒，吾观其意不在酒，亦寄酒为迹者也。"（《陶渊明集序》）八大家之首的韩愈也在《送王秀才序》中说渊明是"有托而逃焉者也"。但这二人说得都比较笼统，只是说陶有"寄"有"托"，至于寄托的是什么，则要读者自去体悟。直到大宋将亡，文天祥在《海上》诗中明确地说：

> 天边青鸟逝，海上白鸥驯。王济非痴叔，陶潜岂醉人。得官须报国，可隐即逃秦。身事盖棺定，挑灯看剑频。

按照古时士人的人生原则，处于改朝换代之时的士人，身居前朝高官的须死节，曾经做过前朝官或获得过前朝功名的须归隐，没有得过前朝功名的则可以出仕新朝。这也就是文天祥一定要死节的原因，他并没有要求所有人都和他一起死，他说："得官须报国，可隐即逃秦。"可隐的前提就是当时未居要职。渊明的祖先为晋大司马陶侃，家中先人屡仕晋朝，他也做过一些小官，所以在宋受晋禅（实际是灭了晋）之时，按照士人的气节讲，渊明是应该归隐不仕的，而渊明也恰恰做到了这点。所以明代王祎在《自建昌州还经行庐山下记》说：

> 梁昭明太子谓耻复屈身异代，要为得其心。夫岂以一督邮为此悻悻乎？靖节既归，益放情于酒，人知其乐于酒，而固莫窥其所以然也。

他认为萧统说的"寄酒为迹"就是说渊明以在宋代做官为耻，所以就放情于酒，借酒避祸，借酒浇愁。这种观点世人基本赞同。逃于酒，这是魏晋士人普遍的做法。但同是饮酒，也有高下之分。处于魏晋之交的阮籍，也借酒避祸，但是他的名声最终不如陶渊明，就是他逃来逃去，最终还是不能像渊明这样真的与这些权贵断绝往来，出于人性的软弱，阮籍还是写了《劝进表》，为晋篡魏政摇旗呐喊。因此有很多古人觉得，就饮酒的境界而言（实际是人生的境界，陶的人生是既有洒脱之处，又有执着之处），竹林七贤[注1]、饮中八仙[注2]，加在一起也抵不上一个陶渊明。

《饮酒》二十首，渊明自称“辞无诠次”，但后世还是有很多人说这一组诗章法森然，并努力阐释各诗之间的关系。不过我还是觉得刻意去解释这些诗之间的关联未免穿凿附会。然而这些诗都反映了渊明的人生思想，很多作品可以互相参考，这是毫无疑问的。这里只以其中三首为例。其二云：

> 积善云有报，夷叔在西山。善恶苟不应，何事立空言！（一作“空立言”）九十行带索，饥寒况当年。不赖固穷节，百世当谁传。

这首诗先举了武王伐纣时，伯夷叔齐不食周粟，饿死首阳山的故事。渊明在诗中提出这样的质疑：如果真是“善有善报，恶有恶报”，为什么善如伯夷叔齐者，竟然会饿死在首阳山？如果善恶真无报应，那么古人为什么要让人们行善，说“天道无亲，常与善人”呢？实际这种质疑最早并不是自渊明提出的，司马迁在《史记·伯夷列传》中便有此问。后面渊明又引了《列子·天瑞》中古之隐者荣启期的典故：孔子在泰山下碰见了荣启期穿着破衣服，弹琴而歌。孔子问他为什么这么高兴。荣启期说："吾乐甚多。天生万物，唯人为贵。而吾得为人，是一乐也。男女之别，男尊女卑，故以男为贵。吾得为男矣，是二乐也。人生有不见日月、不免襁褓者，吾既已行年九十矣，是三乐也。贫者士之常也，死者人之终也。处常得终，当何忧哉？"孔子说："善乎！能自宽者也。"而后文的"固穷"二字，出于《论语·卫灵公》记载的子路与孔子的对话。孔子和弟子被困陈蔡而绝粮，子路很生气地对孔子说："君子亦有穷乎？"孔子说："君子固穷，小人穷斯滥矣。"意思是君子在困境中坚持操守，小人为了摆脱困境就会无所不为了。依我所见，渊明此诗前四句主要是阐述当时人的一种观点，而他还是肯定这种"积善""固穷"的儒家人生态度的。

与此诗观点不同的是《饮酒》中的另一首，其十一云：

> 颜生称为仁，荣公言有道。屡空不获年，长饥至于老。虽留身后名，一生亦枯槁。死去何所知，称心固为好。客养千金躯，临化消其宝。裸葬何必恶，人当解意表。

这首诗开篇提到了颜回和荣启期，认为他们虽然被后人称为"仁"，称为"有道"，但他们一生饥寒交迫，虽有身后之名，这一生却很辛苦。死了什么也不知道了，身后名与他们生前一点关系也没有，所以人活着还是称心如意最好，不要为了求名而刻意苦了自己。而人也不要过分珍爱生命，活得小心翼翼，为了健康，该吃不敢吃，该乐不敢乐。你再珍视生命，死时也是神形俱消。所以汉代杨王孙临死说得最好："吾欲裸葬，以反吾真。"（《汉书·杨王孙传》）其实这更是庄子的意思，庄子将死，弟子欲厚葬之，庄子说："吾以天地为棺椁，以日月为连璧，星辰为珠玑，万物为赍送。吾葬具岂不备邪？"（《庄子·杂篇·列御寇第三十二》）因此，此首诗又很明显地具有庄子的道家人生态度。

这样一来，渊明岂不是自相矛盾了？当然，我们可以将"固穷"看成一种"实名"，而非"虚名"，渊明要追求的是"实名"而非"虚名"。但即使这样，这两首诗宣扬的思想好像还是有些龃龉。所以《饮酒》第十三首就非常值得重视了：

> 有客常同止，取舍邈异境。一士长独醉，一夫终年醒，醒醉还相笑，发言各不领。规规一何愚，兀傲差若颖。寄言酣中客，日没烛当秉。

我以为，此诗里提到的住在一起的一醒一醉两个人，正是渊明人生思想中的两个方面。渊明非大思想家，他不讲究思想要在理论上统一，他只在意内心真实的感受，所以他

［清］石涛《渊明诗意册页》局部

时时能感觉到自我的冲突。有人说渊明“外儒而内道”，我则以为渊明是“时儒而时道”，无内外之分。当然渊明思想的主体还是儒家。

渊明《饮酒》有寄托毫无疑问，但我们不能说渊明之意不在酒。如明代茅坤说：

> 吾悲其（指渊明）心悬万里之外，九霄之上，独愤翮之縶而蹄之蹶，故不得已以诗酒自溺，踯躅徘徊，待尽丘壑焉耳。（《论陶》）

说渊明只是借酒自溺，也不是真懂渊明。因为渊明确实爱喝酒，当他很年轻的时候就喜欢喝酒，酒是他之所好。《论语·述而》中记载了孔子的话："富而可求也，虽执鞭之士，吾亦为之。如不可求，从吾所好。"对于"富贵非吾愿，帝乡不可期"的渊明来说，此时他饮酒，只是"从吾所好"罢了。

除了《饮酒》组诗外，渊明还有一首《止酒》：

> 居止次城邑，逍遥自闲止。坐止高荫下，步止荜门里。好味止园葵，大欢止稚子。平生不止酒，止酒情无喜。暮止不安寝，晨止不能起。日日欲止之，营卫止不理。徒知止不乐，未知止利己。始觉止为善，今朝真止矣。从此一止去，将止扶桑涘。清颜止宿容，奚止千万祀。

这首诗并不难懂，大意是说因为饮酒伤身，要"止酒"（戒酒）了。但这首诗的"止"字解释起来还真麻烦，如果全按"停止"（戒除）解释，"坐止高荫下，步止荜门里。好味止园葵，大欢止稚子"这四句就解释不通了。"止"在古代还有一个意思，就是"止于"，说得直白点，就是“停留在……上面”，那么“高荫”“荜门”“园葵”“稚子”就都是渊明乐意停留在上面的了。这四句的“止”解释为“止于”也可以，即“到……（境界）就为止了”。但按这个意思解释后面“止酒”又解释不通了。因为“徒知止不乐，未知止利己”，这两句明显是说“只知道戒了酒不爽快，但不知道戒了酒对自己有好处”。看来本诗中的“止”字，前后还是分成两个意思的。另外，这首诗在形式上有个特点，即每句都带一个“止”字。朱自清在《陶诗的深度》中说：

> 《止酒》诗每句藏一“止”字，当系俳谐体。以前及当时诸作，虽无可供参考，但宋以后此等诗体大盛，建除、数名、县名、姓名、药名、卦名之类，不一而足，必有所受之。逆推而上，此体当早已存在，但现存的只《止酒》一首，便觉得莫名其妙了。

朱先生推测此体早已有之，但在渊明此诗之前，又没有例子流传下来。既然早有此体，怎么一首也没留传下来呢？这未免让人对朱先生的推测难以信服。清代陈祚明《采菽堂古诗选》中说这首诗“故作创体，不足法也”，清代吴瞻泰《陶诗汇注》中说此诗“一句一‘止’字，创调”，都认为这种每句中含有同一字的写法是陶渊明开创的。即使诚如朱先生所说，此前已有此体，渊明也当是此体较早的作者之一。当然这种写法被后人发扬光大了。清代薄命才女贺双

卿，有一首《春从天上来·饷耕》，就是这种诗的极致。[注3]

渊明《饮酒》之诗真如陈年老酒，越品越厚。他提及酒的诗虽不能一一征引，但他诗中的名句却可以胪列于此，每一句可算是渊明敬大家的一杯酒。

有酒有酒，闲饮东窗。（《停云》）

过门更相呼，有酒斟酌之。（《移居》）

天运苟如此，且进杯中物。（《责子》）

未言心相醉，不在接杯酒。（《拟古》）

欲言无予和，挥杯劝孤影。（《杂诗》）

欢言酌春酒，摘我园中蔬。（《读〈山海经〉》）

直到将要离开这个世界的时候，渊明犹自以生前喝酒太少，身后不复能饮为遗憾：

但恨在世时，饮酒不得足。（《挽歌诗》其一）

在昔无酒饮，今但湛空觞。春醪生浮蚁，何时更能尝。（《挽歌诗》其二）

不过我最爱的，还是《饮酒》组诗的最后两句：

但恨多谬误，君当恕醉人。

［清］石涛《渊明诗意册页》（局部）

［注1］竹林七贤：三国魏末阮籍、嵇康、山涛、向秀、阮咸、王戎、刘伶相与友善，常宴集于竹林之下，时人号为“竹林七贤”。

［注2］饮中八仙：唐代贺知章、李琎、李适之、崔宗之、苏晋、李白、张旭、焦遂八人，豪饮不羁，时人称为“饮中八

仙”。杜甫有《饮中八仙歌》。

[注3] 贺双卿《春从天上来·饷耕》:“紫陌春情,漫额裹春纱,自饷春耕。小梅春瘦,细草春明。春日步步春生。记那年春好,向春燕、说破春情。到于今,想春笺春泪,都化春冰。 怜春痛春春几?被一片春烟,锁住春莺。赠与春侬,递将春你,是侬是你春灵。算春头春尾,也难算、春梦春醒。甚春魔,做一场春梦,春误双卿!”

第十章 述酒晋宋间

都无晋宋之间事，自是羲皇以上人。

——辛弃疾《鹧鸪天》

这是稼轩居士对偶像陶渊明的评价。说渊明是“羲皇以上人”，这不是稼轩的创见，乃是渊明在《与子俨等疏》中的夫子自道。而说渊明无“晋宋之间事”，则是稼轩对渊明的一种特殊评价了。不过想来稼轩是要说渊明归隐躬耕，远离官场，于朝代更迭之间能独善其身。然而渊明既是晋宋之间人，岂能无晋宋之间事？

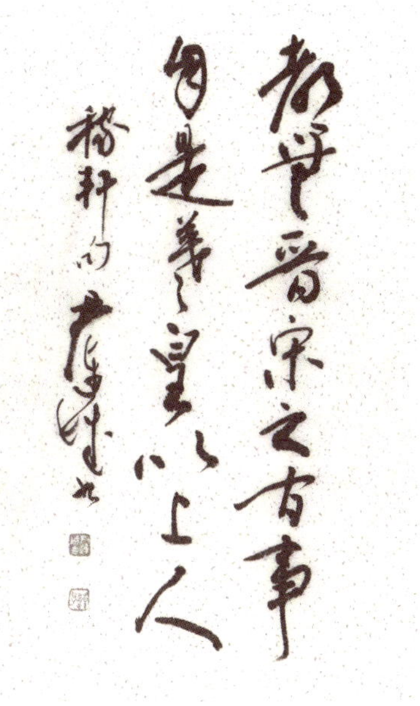

［当代］尹连城先生书稼轩句

加上渊明乃东晋名臣陶侃的后代，因此即使他不喜官场应酬，也不可能对政治漠不关心。

那么渊明既已归隐山林，躬耕垄亩，人们又从何处能见其关心晋宋之间事呢？

最早论及这点的是沈约的《宋书·隐逸传》：

> （陶）潜弱年薄官，不洁去就之迹。自以曾祖晋世宰辅，耻复屈身后代，自高祖王业渐隆，不复肯仕。所著文章，皆题其年月，义熙以前，则书晋氏年号；自永初以来，唯云甲子而已。

他说渊明早年做过小官，并不是完全远离官场之人。如果以官场为“污浊”的话，那么渊明也算得上“不洁去就之迹”了。但渊明在晋代做官是可以的，因为他的祖先陶侃是东晋定国功臣之一，是治世之能臣。也正是因为这一点，对于势力一天比一天大的乱国奸雄桓玄、刘裕，渊明的憎恶之情就不言而喻了。渊明于晋安帝义熙元年辞官，赋《归去来》而隐，此后再也没有出来做官。按沈约的说法，等到刘裕篡晋，定国号为宋，定年号为永初之后，渊明再写诗作文，就只题甲子，不写年号了。这样做是表示自己不承认刘宋王朝，以晋之遗民自居。所以朱熹在《资治通鉴纲目》卷二十四宋文帝元嘉四年冬十一月写道：

> 晋徵士陶潜卒。

陶渊明死在宋朝，而朱熹称他是“晋徵士”，这是对陶渊明人生最大的肯定（当然，最早称陶渊明为“晋徵士”的是颜延之的《陶徵士诔》，但后来南朝梁钟嵘《诗品》就称陶渊明为“宋徵士”了）。这就如龙榆生先生编《近三百年名家词选》，他所选的作者基本都是清代人，而他不称此书为《清词选》，就是因为此书所收的第一个作者陈子龙是一位不屈而死的反清志士。虽然陈子龙的很多作品都是入清之后写的，但龙先生认为把陈子龙归到清代，是对他最大的侮辱，因此为了陈子龙一人，他就把此书定名为《近三百年名家词选》。对于这些名分上的事情，今人可能不大理解，但古人还是非常重视的。这也算是“微言大义”的春秋笔法吧。

题甲子和年号有什么区别呢？举个例子，宣统三年，那年甲子是辛亥（辛亥革命即在此年），按公历纪年是公元1911年。如果是忠于清王朝，那么就要称此年为宣统三年，如果只是客观地说时间，可以直接说辛亥。当然甲子纪年六十年一轮回，所以如果只说辛亥，每六十年就会有一个辛亥，在漫长的历史中人们可能会闹不清这个辛亥到底指的是哪一年。但抛开后人考证不谈，只就当时的人来说，旧时人生七十古来稀，一个人很少能活到八九十岁，而文人传世的作品大多是二十岁以后写作的，二十岁加上一个甲子六十年，也就是八十岁。古代有几个人能活到八十岁？所以这个活了不到八十岁的人说到“辛亥”，和他生活年代相差不远的人就很容易判断是指哪一年了。

在渊明入宋不书年号这一点上，昭明太子萧统、作《南史》的唐代李延寿、唐代注《文选》的六臣（见陶渊明《辛丑岁七月赴假还金陵夜行途口作》诗注），都沿袭了沈约的说法。但是宋代思悦提出了异议：

> 《文选》五臣注云："渊明诗，晋所作者，皆题年号，入宋所作，但题甲子而已。意者耻事二姓，故以异之。"思悦考渊明诗有题甲子者，始庚子距丙辰，凡十七年间，只九首耳，皆晋安帝时所作也。中有《乙巳岁三月为建威参军使都经钱溪作》，此年秋乃为彭泽令，在官八十余日，即解印绶，赋《归去来辞》。后一十六年庚申，晋禅宋，恭帝元熙二年也。岂容晋未禅宋前二十年，辄耻事二姓，所作诗但题甲子，以自取异者？矧诗中又无标晋年号者，其所题甲子，盖偶记一时之事耳。后人类而次之，亦非渊明本意。世之好事者，多尚旧说，今故著于三卷之首，以明五臣之失，且袪来者之惑焉。（清·陶澍集注《靖节先生集》卷三）

这段话大意是说，渊明有很多诗是在晋安帝时期写的，而这些诗也是只题甲子，没题年号。从渊明诗中最早题甲子的那一年算起，到刘裕篡晋，其间大约二十年，渊明哪可能有那么远的先见，在刘裕篡朝二十年之前就开始以题甲子的方式来显示自己的忠义了？况且渊明诗中也没有写晋年号的。所以思悦认为，渊明题甲子或年号的做法，和晋宋异代没有什么必然联系。

后来又有人认为，沈约在《宋书·隐逸传》中说渊明“所著文章，皆题年月”，所以渊明只题甲子不题年号的是“文章”不是“诗”。还有人说渊明在晋是有时书年号，有时书甲子，但到了宋之后则是只书甲子，绝不书年号。总之，这种年号甲子的争论一直持续到近代，朱自清在《陶渊明年谱中之问题》中曾专论此事，他认为，无论人们怎么争，有一点是大家公认的，就是陶集中确实没有书宋年号的地方。他又说：

> 然此不书者，有意耶？无意耶？以《述酒》诗征之，或不为偶然。

看来这不书宋年号一事是否是渊明有心的行为，还是需要参考渊明《述酒》一诗的。宋代的韩子苍（驹）认为，你只要读懂了渊明的《述酒》，就读懂了渊明的生活，至于渊明写不写年号这种细节，是不足以影响世人对渊明的评价的。他说：

> 今人或谓渊明所题甲子，不必皆义熙后，此岂足论渊明哉！惟其高举远蹈，不受世纷，而至于躬耕乞食，其忠义亦足见矣。（宋·李公焕笺注《陶渊明集》卷三引）

这段精彩的论述就是韩子苍在论《述酒》诗时所说的。那么，我们接下来就看看这首连江西诗派宗师黄庭坚都看不懂的《述酒》诗吧。

本书前面二章，一章记述了渊明饮酒之事，一章论述了渊明饮酒之诗，为什么独把《述酒》一诗置于此章呢？一是因为此诗虽以“述酒”为名，但内容与酒毫无关联；二是因为此诗太难解释，需要大量篇幅考证，真是作者难写，读者难读。不过我可以预先透露一点《述酒》诗的主旨。这首诗是渊明为灭亡的晋朝唱的挽歌。渊明写此诗时天下已经是刘宋王朝了，如果为了避祸而不去抒发亡国之慨，那么渊明的一腔忠愤真是无处宣泄！如果写得太明白了，那么杀身之祸很可能接踵而来。因此渊明只有一个办法：以隐晦之题、隐晦之笔，制作一个隐晦的诗谜。

要想读懂《述酒》，我们先要简要叙述一下东晋末期的一些重要历史事件。知道了这些历史事件，对于《述酒》中有些句子，虽不能尽解，但也可以隐约地感知个大概。

晋太元二十一年	孝武帝司马昌明崩，安帝立。会稽王司马道子专权，曾辱桓玄。
晋元兴元年	桓玄杀会稽王司马道子及其子元显，并让朝廷封自己为豫章公。
晋元兴二年	二月乙卯，桓玄称大将军。 八月，桓玄又矫诏自号相国、楚王，加九锡[注1]。桓玄使人诈云江州甘露降王成基家竹上，以为朝代更迭祥瑞之兆。 十二月壬辰，桓玄迫使晋安帝禅位，建号楚。降安帝为平固王。辛亥，迁帝居寻阳。
晋元兴三年	刘裕等起兵，杀桓玄。

晋义熙元年	正月，晋安帝复位。
晋义熙二年	安帝封刘裕为豫章郡公。
晋义熙十二年	安帝下诏，封刘裕为相国，封十郡，为宋公，备九锡之礼。
晋义熙十三年	刘裕以祥瑞迷惑天下人，使天下人以为天命将归于己身。安帝封刘裕为宋王，诏书曰："自公大号初发，爰暨告成，灵祥炳焕，不可胜纪。岂伊素雉远至，嘉禾近归已哉！" 一说，义熙十四年夏六月，刘裕为相国，进封宋公。是年巩县人献嘉禾（祥瑞之兆），刘裕以之献安帝，安帝以嘉禾归刘裕。
晋义熙十四年	十二月戊寅，刘裕密使王韶之缢晋安帝于东堂，时年三十七，葬休平陵。立安帝母弟，是为恭帝。
晋元熙二年	六月壬戌，刘裕至于京师。傅亮承裕密旨，劝恭帝草写禅位诏书，恭帝欣然谓左右："桓玄之时，天命已改，重为刘公所延，将二十载。今日之事，本所甘心。"乃书赤纸为禅位诏书。 六月甲子，恭帝逊位。群臣上表劝刘裕登基，刘裕假意辞让，太史令骆达陈天文符瑞数十条，群臣又固请，刘裕乃从之登基，建号宋。刘裕封恭帝为零陵王，居于秣陵。恭帝自此之后，深虑祸机，褚皇后常在帝侧，饮食皆褚后亲自备办，故宋人无加害之机会。
宋永初元年	刘裕以毒酒一罂授张祎（一作"张伟"），使酖（通"鸩"）杀零陵王（恭帝），祎自饮而卒。
宋永初二年	九月丁丑，刘裕使褚后之兄叔度请后，趁机使兵人逾垣而入，进毒药于零陵王，王不肯饮，遂掩杀之于内房，时年三十六。谥恭皇帝，葬冲平陵。

注：以上大事表从《晋书》《宋书》及各家注陶诗中汇总而出，史书对于时间的记述本有出入，但大体事件当不差。

知道了以上这些事件，我们再来看看历代比较重要的评论家对《述酒》诗题目、大义的解释，以及对题目下“仪狄造，杜康润色之”这八字小序的看法。

对于《述酒》诗，最早的评论出自宋代的黄庭坚，这位一代诗学大师对此诗的评价是：

> 此篇有其义而亡其辞，似是读异书所作，其中多不可解。（宋·李公焕笺注《陶渊明集》卷三引）

当然，以今天的眼光来看，“读异书所作”之说是不成立的。但黄山谷的这段话有两点还是值得注意的：一是说“似是读异书所作”，也就是说以山谷的博学以及对诗歌技巧的熟悉程度，此诗尚有很多典故（或典故的用法）不敢断定其出处，试想如果是一看就懂的典故，山谷就不会有“读异书”的感觉了；二是说“其中多不可解”，可见这些典故凑在一起似乎没有什么脉络，即便知道诗中的典故，也不知道渊明用这些典故想要说什么事。

在黄庭坚之后，韩子苍第一个揭示出此诗是渊明感慨晋室灭亡而作：

> 余反覆之，见“山阳归下国”之句，盖用山阳公事，疑是义熙以后有所感而作也。（宋·李公焕笺注《陶渊明集》卷三引）

韩子苍的线索是“山阳”这个典故。“山阳公”，一般认为指汉献帝刘协（唯逯钦立以为用西汉昌邑王刘贺之事，恐非，详辨于后），《后汉书·孝献帝纪》记载：

> （延康元年）冬十月乙卯，皇帝逊位，魏王丕称天子，奉帝为山阳公……魏青龙二年三月庚寅，山阳公薨。自逊位至薨，十有四年，年五十四，谥孝献皇帝。

汉献帝是禅位于魏的亡国之君，逊位后被封山阳公，因此陶渊明用此典故，当是寓言晋室禅位的君主。但东晋末期曾经有过两次禅位：一是晋安帝禅位于桓玄，封平固王；一是晋恭帝禅位于刘裕，封零陵王。山阳公影射安帝、恭帝都有可能。如果说是指安帝，山阳公逊位后十四年始薨，而刘裕帮助安帝复位，改年号义熙，刘裕总揽大权，安帝形同傀儡。自安帝复位到后来刘裕杀安帝，其间恰好也是十四年。如果说是指恭帝，山阳公（献帝）为亡国末世之君，与恭帝为晋朝的末代皇帝一样。所以韩子苍并没有明确说“山阳”是指谁，只是含混地说此诗是指“义熙以后”的事，这样“山阳”指安帝、恭帝就皆有可能了。而后人又因汤汉认定此诗是“零陵哀诗”（见后），从而断定“山阳”就是指恭帝。而我则以为“山阳”是指安帝，此处应当是他在叙述桓玄篡位，刘裕虽重新立安帝，但安帝如傀儡一般地苟活了十四年（具体考据辩论见后文）。韩子苍的贡献在于，他是第一个指明此诗是感慨晋室灭亡的作品的人。

在韩子苍之后，宋代的汤汉认定此诗“决为零陵哀诗也”，他引了这样一段事来说明其理由：

> 刘裕废恭帝为零陵王。明年以毒酒一罂授张祎，使酖王，祎自饮而卒。继又令兵人逾垣进药，王不肯饮，遂掩杀之。此诗所为作，故以《述酒》名篇也。（宋·汤汉注《陶靖节先生诗》卷三）

汤汉的说法对后世影响极大。因为他把这首诗的内容缩到了一个很小的范围，仅仅定为“零陵哀诗”。既然这首诗是给恭帝写的挽诗，那么诗的主要词句都应该是写恭帝的了。因此后人沿袭这条思路，对诗中一切典故、词句的阐释，都想方设法与恭帝的事迹挂钩。至于题目下的注，汤汉认为：“仪狄，杜康乃自注，故为疑词耳。”——他认为这是陶渊明惧怕诗义太明而招祸，故意迷惑读者，把读者的思路引入歧途的。

后世大部分注家都是按照汤汉的思路来解释此诗的。偶有例外的，也都说得比较含糊。如清代温汝能说：

> 题名《述酒》而绝不言酒，盖古人借以寄慨，不欲明言，故诗句与题义两不相蒙者往往有之。陈祚明谓作《离骚》《天问》读，不必着解，得之矣。（温

汝能纂集《陶诗汇评》卷三）

他认为《述酒》诗题目和内容完全没有关系，渊明借此诗寄托感慨，因为他的感慨本不想明说。这个说法当然没有什么问题，但温汝能并没有说明渊明具体要寄托什么感慨。温汝能还提到了蒋丹厓对此诗的看法。蒋认为此诗是渊明在饮酒时述往事（古代的故事），所以叫《述酒》。温认为蒋的说法太过拘泥，行不通。再有就是清代黄丕烈、张谐之的说法，与温说类似，虽然没有具体说明诗句的含义，但是能从整体上把握渊明的心思：

> 靖节时当禅代，虽同五世相韩之义，但不敢直言，而借廋辞（指隐语、谜语）以抒忠愤，向非诸公表微阐幽，乌能白其未白之志哉！（清·黄丕烈《士礼居藏书题跋记》卷五）

> （陶公）痛晋祚之亡，君父之变，遂以《述酒》名篇，而于《饮酒》《止酒》诸作三致意焉。读者详稽时事，以意逆志，则知陶公之心，日月争光，而其情亦足悲已。（清·张谐之《陶元亮述酒诗解》）

唯有今人逯钦立认为，此诗写的不仅仅是恭帝一人，而是东晋末期灭亡的整个过程，是从孝武帝（司马昌明）一直说到安帝的。他在自己校注的《陶渊明集》中结合《述酒》题下的旧注说：

为了篡位，桓玄酖杀（“酖”此处当通“鸩”，以毒酒害人）司马道子，刘裕酖杀晋安帝，都是用毒酒完成篡夺。所以陶以述酒为题，以“仪狄造，杜康润色之”为题注。仪狄、杜康，古代善酿酒者，酒由仪狄造出，再由杜康润色。比喻桓玄篡位于前，刘裕润色于后，晋朝终于灭亡。

对于逯钦立的说法，今人袁行霈不以为然：

韩、汤之说，大体可信。唯“仪狄造，杜康润色之”系自注之说恐不可信也。汤注本、李注本皆有“旧注”二字。然更早之汲古阁藏十卷本、绍兴本、曾集本，均无“旧注”二字。此二字疑为汤汉所加，李注本因袭之。汤汉曰：“仪狄，杜康乃自注，故为疑词耳。”此乃汤汉之判断，未必有版本依据也。逯钦立据汤汉，以此句为渊明自注，而为之解说，更难成立矣。至于逯注以桓玄杀司马道子、刘裕杀晋安帝相提并论，显然不妥。司马道子虽执掌大权然非皇帝，刘裕虽使王韶之杀安帝，但因德文常在帝左右，不得间，遂以散衣缢帝，非以酒酖杀也。逯所谓“比喻桓玄篡位于前，刘裕润色于后，晋朝终于灭亡”之说，似嫌牵强。（袁行霈《陶渊明集笺注》）

然而我认为，逯氏之说大体可信，只是失于考据，误以为安帝是以酒鸩杀的。夷考《晋书》，司马道子嗜酒无度，后被御史杜竹林承桓玄之旨鸩杀。至于袁行霈提到较早诸版本中没有“旧注”二字，可惜的是我没有机会一一翻阅这些珍贵的古籍，不敢妄言。但袁氏的说法似乎只能说明较早的版本中没有“旧注”二字，而不是《述酒》诗题下没有“仪狄造，杜康润色之”八字。倘然各本均有此八字，那么我们不能轻易判断这八字不是渊明所写。因此“旧注”二字就算是汤汉加的，他也是为了说明这八个字是原来就有的，怕读者将其和新注弄混了。另外，桓玄篡位于前，刘裕篡位于后，东晋遂亡，这是不争的事实，因此虽然逯氏在“鸩杀”这一点上出现了漏洞，但他由东晋末世整体时局所得出的“比喻桓玄篡位于前，刘裕润色于后，晋朝终于灭亡”的说法，一点也不牵强。

实话说，渊明的《述酒》诗以前我很少读，也说不上喜欢。但现在既然要写渊明，对于这首对他的评价起到至关重要的诗作就不能避而不谈。人们现在常说“赏析”文学作品，赏是欣赏之意，析是分析之意，二者是有很大区别的。如果你只是欣赏一首诗，那么你就读诗本身就可以了，主要把握住作品本身带给你的那份感动。如果你要分析一首诗，那么对于我来说比较常用的方法就是孟子提到的“知人论世”——了解作家平生，了解作家所处的时代。很不幸，我现在要分析《述酒》了。于是我开始阅读历代诸家对《述酒》的评论。有意思的是，我看了从宋代汤汉到今人袁行霈的各种解释，唯独没有看逯钦立的（而我最后只赞同逯氏之说)。为什么不读逯注呢？因为逯先生对陶的研究大部分是在新中国成立后到“文革”间进行的，难免受到当时意识形态的影响，有时对陶的评价带有过多的阶级分析的味道，有点“左”，让人看了有些反感。于是我把逯注的《陶渊明集》放在一边，只想从其他人的解说中讨一个说法。但我看来看去，所有人的说法都不能令我满意。没办法，我只能仔仔细细地读《晋书》《宋书》了。对于晋宋更迭这一段历史，我不能只知道个大概，必须把历史的细节弄得很清楚。于是我开始细读晋简文帝、晋孝武帝、晋安帝、晋恭帝、会稽王司马道子、桓温、桓玄、宋孝武帝（刘裕）这些人的传记。回过头来再读渊明的诗，我便有了自己解读《述酒》的角度。

我以为解读《述酒》的关键是“诸梁董师旅，芈（很多版本误作“芊”，形近而误也）胜丧其身”一句。解释这句，必须将典故与晋代历史相结合。“诸梁”这两句典故出于《国语·楚语》和《史记·楚世家》[注2]。“芈”是楚国的祖姓（实际上《史记·楚世家》中记载的楚国王室都姓熊了，但“芈”才是他们的祖姓）。芈胜是指楚平王孙子，太子建的儿子。太子建曾逃亡到郑国，被郑国所杀，于是芈胜逃亡到了吴国。在楚惠王二年，令尹子西使人召回芈胜。沈诸梁（叶公）认为不可，去拜见子西，陈述芈胜不可用的理由，但子西并未听从，还让芈胜担任巢大夫，号为白公。惠王六年，芈胜因杀父之仇想要伐郑，子西没有让他出兵。惠王八年，晋国伐郑，郑国向楚国求救，并贿赂了子西，楚国于是派子西去救郑。芈胜因郑国与他有杀父之仇，子西今却欲救郑，于是大怒，派勇士杀死了子西等人，并趁机劫持楚惠王，他把惠王安置在高府（楚国一间府的名字），想要弑惠王而篡位。惠王的从人偷偷把惠王救走，于是芈胜自立为王。一个多月后，沈诸梁闻此事率兵来救楚，和楚惠王手下的人一起讨伐芈胜，芈胜被杀，楚惠王复位。

对于“诸梁董师旅，芈胜丧其身”这两句诗的作用，很多古人是这样看的：明代黄文焕认为“晋之能为诸梁者，何人乎”，也就是说，晋国无人能像沈诸梁一样剿灭叛乱；清代陈沆也说“中兴之世，如白公胜谋篡，而叶公诸梁倡义旅而讨之，今亦不可见矣”；清代陶澍说“东晋初有王敦、苏峻之乱，即有陶侃、温峤之功，国犹有人也，今亦不可见矣”。总之，以上诸家都认为这两句是说楚国芈胜之乱有沈诸梁平定，暗示晋国之乱无人可平。我对这种解释不太满意，如果要说晋国没有诸梁这样的人来平定芈胜，应当说“诸梁无师旅，芈胜不丧身”，这才是感慨之法。我觉得渊明也没有必要怕这样感慨会被人看破。因为既然诗里已经用到“沈诸梁”的典故了，人家只要找到这个典故的出处，那么无论你是正用还是反用，读者都是可以看明白的。所以我认为，渊明不应该故意反用，用言外之意来慨叹晋国无人。（前面“神州”二句亦如此。清代陈沆以为“神州”二句“言此皆盛世荒服来宾之事，固不可得见矣”。但如果是不得见，当云“神州无嘉粟，西灵不复驯”，方与《论语·子罕》中孔子慨叹“凤鸟不至，河不出图”是一个意思。所以渊明说“神州献嘉粟，西灵为我驯”，还当是正面说。）而袁行霈则在此处含混地说：“以楚国内乱暗喻晋朝内讧，至于具体所指难以确定，众说纷纭，均未切，姑存疑。”实际此处考之史实，其所指应该是非常明确的，不存在什么难以确定的情况。

东晋末期的历史是，会稽王司马道子掌权误国，桓玄杀会稽王道子，后篡位，降晋安帝为平固王，刘裕率领各路人马兵杀桓玄，安帝复位，后十四年，刘裕弑安帝，立恭帝，后二年，刘裕篡位，晋亡宋兴。在这一段历史上，只有桓玄短期篡位，为刘裕所灭。后刘裕执掌晋国朝政十六年，并未再次出现过这样重臣篡位又被平定的事情。而从典故人物的对应上讲：子西掌楚国之政，司马道子掌晋国之政；芈胜篡楚王位，桓玄篡晋帝位；芈胜置惠王于高府，桓玄迁安帝于寻阳；楚惠王先废后立，晋安帝先废后立；沈诸梁（叶公）率军杀芈胜，刘裕率军杀桓玄。皆可一一对应。

但有人认为以沈诸梁比喻刘裕不合适，因为沈诸梁守臣节至死，而刘裕后来篡位，两人一忠一奸。王叔岷《陶渊明诗笺证稿》笺注《述酒》时引齐益寿之语，便持这个观点：

逯（指逯钦立）以为芈胜比喻桓玄，诸梁比喻刘

> 裕。以芈胜比喻桓玄，固无不可，因两人都是先篡逆而终被杀。以沈诸梁比喻刘裕，便不妥当。沈诸梁与刘裕固然救平篡祸，迎楚惠王与安帝复位。然而沈诸梁平定芈胜之乱后，功成身退，谨守臣节，《左传》（哀公十六年）云："叶公既平白公之乱，自兼二事。国宁，乃使宁为令尹，使宽为司马，而老于叶。"沈诸梁是何等胸襟人！陶渊明无理由以之比喻弑君篡国之刘裕。

王叔岷也赞成这种说法。他说："叶公诛芈胜，喻刘裕诛桓玄，则是褒刘裕矣。陶公恐无此意。"

但是我认为，诗人用典故，往往不能如学者考据史实那么精确。诗人只是取典故中最核心部分来表达自己的意思。就平定叛乱一事本身而言，如我上文所对比，则只有沈诸梁之典故最为贴切。而在平定桓玄之乱上，刘裕确实如沈诸梁。推想刘裕平乱之时，天下必然有很多人赞誉刘裕之忠，喻之为沈诸梁！倘刘裕卒于此时，则后代评价其人，则真如沈诸梁一般了。这便如唐代白居易《放言》诗说的那样：

> 周公恐惧流言日，王莽谦恭未篡时。向使当时身便死，一生真伪复谁知！

而刘裕不死，后竟篡位，则当时之诸梁，摇身化为王莽！

刘裕之伪，终不可掩，而当年之“沈诸梁”安在！故渊明用此典故，既可以表明刘裕在平定桓玄之乱中的作用，又可表明他以忠臣面目欺世的虚伪。

就如此诗前面“神州献嘉粟，西灵为我驯”两句，前人大都认为这两句是说刘裕为篡位假造祥瑞之事，王叔岷先生也无异议。可陶渊明在诗中也没有点破这祥瑞之兆是虚假的。这对于熟知时事之人来说，是无须点破的。同样，此诗后面以沈诸梁喻刘裕，这对于熟知时事的人来说，刘裕之伪忠亦无须点破。所谓无须点破，乃不点自破也。

我说“诸梁董师旅，芈胜丧其身”这句是解读《述酒》的关键，就是因为在晋代末期的历史上，只有刘裕平定桓玄叛乱之事可以使用“沈诸梁杀芈胜”这个典故。若以此句为时间坐标的话，那么《述酒》诗中此句之前的各句，都应当是在叙述桓玄篡位前的事，此句之后的各句，都应当是在叙述刘裕掌权后的事。

也许有人会认为，陶渊明为了使此诗隐晦，所以诗句没有严格的时间顺序，内容也是颠倒错乱的。我不这样看。因为渊明此诗在典故、遣词造句上已经很晦涩了（可与渊明其他用典的诗比较），单从字面上已经使人很难看懂了（连黄庭坚都看不懂），所以他不应该在诗的内在脉络上再颠倒错乱。也就是说，渊明此诗必然有其内在脉络的，只是字面难解而已。因此我以“诸梁”两句为关键，考之《晋书》《宋书》中的史实，认定此句是写刘裕平定桓玄之事，而全诗叙述的则是东晋末世逐步灭亡的过程。

但我所读到由汤汉到袁行霈诸家的解释，皆深受汤汉“零陵哀诗”的影响——把所有诗句都紧密地只和零陵王被弑一件事联系起来。于是我把各代名家主要解说汇总在一起，打算做一个集解。就在这时，为了聊备一说，我翻开了逯钦立先生校注的《陶渊明集》。我这才发现，原来逯先生持说和我是一样的，而且逯先生的考据也是相当细致的（偶有个别错误）。虽然我和逯先生在具体诗句的解释上偶有出入，但整体的思路是一样的。而后来某些研究陶诗者恣意非议逯说，但是在批驳逯说之时，又拿不出什么有力的证据，常常使用障眼法（比如逯在这一点上出了点小错误，他就用逯这一点错误批驳逯的其他观点，甚至进而否定全部观点），真是连基本逻辑都不顾了。现在人们眼中，搞文科的人和搞理科的人相比，仿佛总是搞理科的人严密，搞文科的人荒疏——说得书面一点儿，就是理性思维较差；说得直白一点儿，就是没脑子。而我以为，创作文学的人可以“没脑子”，而研究文学的人不能没逻辑。对于研究者来说，不管你处在哪个时代，不管你研究哪个领域，没脑子都是最可悲的！

既然此诗公认难解，那么如果我们含糊地说过去，也就没有什么意思了。但是逐一评判历代解释的得失，这对于不喜欢考据的读者来说又太辛苦。因此我只把我读此诗的心得简要阐述一下，也请大家看看我的思路可行与否。

述 酒

仪狄造，杜康润色之。

原文	诗义
重离照南陆，鸣鸟声相闻。	晋室南渡，偏安江左，东晋初建，有群贤辅佐。
秋草虽未黄，融风久已分。	晋室虽未亡，而司马氏势力已衰微。
素砾皛修渚，南岳无余云。	水涸云散，晋王室气数已尽。
豫章抗高门，重华固灵坟。	桓玄、刘裕势力兴起之时，正是孝武帝身死之日。
流泪抱中叹，倾耳听司晨。	安帝哀桓玄杀司马道子，朝政为桓玄所把持。
神州献嘉粟，西灵为我驯。	桓玄伪造各种祥瑞，篡安帝位（降安帝为平固王）。
诸梁董师旅，芈胜丧其身。	刘裕率各军讨伐桓玄叛乱，桓玄兵败被杀。
山阳归下国，成名犹不勤。	安帝复位，成为刘裕之傀儡，十四年无所作为。
卜生善斯牧，安乐不为君。	刘裕加紧篡夺，安帝如刘禅之懦弱。
平王去旧京，峡中纳遗薰。	刘裕弑安帝，葬休平陵，恭帝被逼即位。
双陵甫云育，三趾显奇文。	刘裕光复洛阳（西晋帝陵在焉）不久便篡位（时亦有符瑞之事）。
王子爱清吹，日中翔河汾。	晋王室覆灭，晋历代帝王之魂游恋故国不去。
朱公练九齿，闲居离世纷。	渊明隐居，似求长生，实避乱世。
峨峨西岭内，偃息常所亲。	渊明不称臣于宋，如伯夷叔齐之不食周粟，饿死西山。
天容自永固，彭殇非等伦。	坚持操守者精神长在，万世景仰，非身与名俱灭者可比。

以上便是我对《述酒》的大体解释，其中对于有些句子我也是有几种想法，但为了简要，在这里只选取了一种。至于我为什么这么解释，历代各家又是如何解释的，我做了一个《述酒》的集解，附于书后。有兴趣的读者，可以自行裁汰，此亦读书之一大乐事。

索引《述酒》，我花了整整两天的时间，在书桌前坐得整个人都僵了。和梁启超先生只花三天就能写出《陶渊明年谱》的速度比起来，前辈功力之深湛，真是让人佩服！虽然考据工作很辛苦，但实话说，我是非常喜欢做这种考据索引的事情的。我觉得考据就像拼寻宝图，过程虽然辛苦，最终找到宝藏，却是狂喜不已！

说了半天，考据了半天，虽然也有了自己的观点，但实际上我对渊明《述酒》很多句子到底该怎么解释，还是不敢下定论。我以为，《述酒》这种诗就如同李商隐的无题诗。各家对无题诗中所隐喻的事件莫衷一是，但在李商隐的诗是政治抒情诗这个总原则上各家的看法还都是一致的。作为普通人，我们喜爱李商隐的诗，不是喜爱诗背后隐藏的政治事件，而是单纯地喜欢诗表面流露出的那种朦胧的情思。从这个角度来看，同样是政治抒情诗，陶渊明的《述酒》艺术成就远不及李商隐的“无题诗”。因为我们不知道无题诗在说什么，但仅仅是无题诗的字面和情绪就已经深深地感染我们了。渊明《述酒》诗的表面并没有什么可以拿得住人的特别好处（虽然也不坏）。因此从艺术角度来说，渊明的《述酒》不读也罢；但从知人论世的角度来说，《述酒》恰能表现出渊明鲜为人知的一面：对晋王朝灭亡的刻骨悲痛。

最后，我们也从《述酒》诗知道了渊明：此身既是晋宋之间人，此心岂无晋宋之间事！

［注1］九锡：传说古代帝王尊礼大臣所给的九种器物。各书记载九锡名目大同小异。《经礼补逸》中记载九锡为：一车马，二衣服，三乐器，四朱户，五纳陛，六虎贲，七弓矢，八鈇钺，九秬鬯。汉末献帝赐曹操九锡，采用此说，历代相袭沿用。前汉王莽阴谋建立新王朝前，先加九锡，后来魏晋南北朝掌政大臣夺取政权、建立新王朝前，都加九锡，成为例行公事。

［注2］《国语·楚语》：子西使人召王孙胜，沈诸梁闻之，见子西……子西笑曰："子之尚胜也。"不从，遂使（胜）为白公……及白公之乱，子西、子期死。叶公闻之……帅方城之外以入，杀白公而定王室，葬二子之族。

《史记·楚世家》：惠王二年，子西召故平王太子建之子胜于吴，以为巢大夫，号曰白公。白公好兵而下士，欲报仇。六年，白公请兵令尹子西伐郑。初，白公父建亡在郑，郑杀之，白公亡走吴，子西复召之，故以此怨郑，欲伐之。子西许而未为发兵。八年，晋伐郑，郑告急楚，楚使子西救郑，受赂而去。白公胜怒，乃遂与勇力死士石乞等袭杀令尹子西、子綦于朝，因劫惠王，置之高府，欲弑之。惠王从者屈固负王亡走昭王夫人宫。白公自立为王。月余，会叶公来救楚，楚惠王之徒与共攻白公，杀之。惠王乃复位。

第十一章　菊解制颓龄

> 菊花、古剑和酒
> 被咖啡泡入喧嚣的庭院

这是我小时候流行过的唐朝乐队的主打曲目《梦回唐朝》的开端。歌词我已经不能记全了，只有这两句十几年来未曾抹去。当我读了无数的名文古诗，不再是一个白丁时，我依然喜欢这两句。“菊花、古剑和酒”，只这三个意象就代表了全部的中国传统文化，紧接着一句“被咖啡泡入喧嚣的庭院”，就这两句便把这样一种感觉写了个淋漓尽致：现代的喧嚣逐渐取代了古时的静谧。后来我仔细想想，菊花、古剑、酒这三个意象选择得确实不错，但和“梦回唐朝”的主题略有不合：菊花不是唐人最爱的花。

宋代周敦颐在《爱莲说》中说：

> 予谓菊，花之隐逸者也；牡丹，花之富贵者也；莲，花之君子者也。噫！菊之爱，陶后鲜有闻；莲之

爱，同予者何人？牡丹之爱，宜乎众矣！

他说从陶渊明之后就一直很少有人喜爱菊花了。周敦颐是宋人，去唐未远，可见有唐一代大家还是喜欢富贵雍容的牡丹的。因此“菊花、古剑和酒”并不能代表唐朝的风格。然而在写这本书的过程中，我却越来越觉得“菊花、古剑和酒”这三个意象，几乎能概括陶渊明的精神。菊花代表了渊明的隐逸之气，古剑代表了渊明的猛志与气节（从《咏荆轲》《读山海经》等诗中可以见出），酒则是渊明用以调和痛苦的良药。

如果要在中国历史上找一位与菊花精神相契合的人，那么这个人只可能是陶渊明。就像要找与梅花精神契合的人，这个人只可能是林逋一样。林逋爱梅，写过“疏影横斜水清浅，暗香浮动月黄昏”这样为梅花传神的句子。而我有时觉得很奇怪，渊明虽然爱菊，虽然诗中也写菊，但并没有什么特别的名句。渊明诗中写菊的句子，大约就是这几处：

芳菊开林耀，青松冠岩列。（《和郭主簿二首》其二）

采菊东篱下，悠然见南山。（《饮酒》其五）

秋菊有佳色，裛露掇其英。（《饮酒》其七）

酒能祛百虑，菊解（一作“为”）制颓龄。（《九日闲居》）

仅此而已。而“采菊东篱”虽是名句，却不像“疏影”那样专为梅的风神与品格写照。甚至渊明诗中都没有一句像苏东坡“菊残犹有傲霜枝”[注1]这样直写菊花精神的句子。那么为什么只有渊明与菊花的精神最契合呢？原来，爱一种花，并不是要把它写到自己的诗里，而是要把它写进自己的生活里。渊明与菊花的契合，恰恰是在他的生活中见出的：

> 尝九月九日无酒，出宅边菊丛中坐久，值弘（指江州刺史王弘）送酒至，即便就酌，醉而后归。（沈约《宋书·隐逸传》）

> 尝九月九日出宅边菊丛中坐，久之，满手把菊，忽值弘送酒至，即便就酌，醉而归。（萧统《陶渊明传》）

萧统在沈约文字的基础上加了“满手把菊”四字，虽然很可能是出于他的臆测，但写得真是美。即使没有“满手把菊”，只是“出宅边菊丛中坐久”，已是让人钦慕不已了。后来王维把这段话改成了一首诗，题为《偶然作》，其中两句写得非常自然：

> 九月九日时，菊花空满手。

同样是用菊花的意象，前些年流行的某首歌曲里有一句

“大雁飞过菊花插满头”，被很多人讥为“最烂的歌词”，还有网友在天涯社区说：“有没有毛病啊，菊花插满头……”确实，戴花哪有插一脑袋菊花的道理？杜甫诗云：“安得健步移远梅，乱插繁花向晴昊。”（《苏端薛复筵简薛华醉歌》）也只是说“乱插梅花”而已。歌词并不能只是意象典故的堆砌。“满手把菊”，其人必为高士；“菊花插满头”，其人则近乎大观园中之刘姥姥了。

再有就是前面《饮酒复止酒》一章中提到的“见南山”还是“望南山”的公案。苏轼在《题渊明〈饮酒〉诗后》中说：“近岁俗本皆作‘望南山’，则此一篇神气都索然矣。”宋代陈善在《扪虱新话》中说：“采菊之时，无意于山，而景与意会，此渊明得意处也。”明代梁桥《冰川诗式》中说得更细一点：

> 陶渊明意不在诗，诗以寄其意耳。“采菊东篱下，悠然望南山”，则既采菊又望山，意尽于此，无余蕴矣，非渊明意也。“采菊东篱下，悠然见南山”，则本自采菊，无意望山，适举首而见之，悠然高情，趣闲而思远，此未可于文字精粗间求之。

“意不在诗，诗以寄其意”，是说陶渊明非刻意要写好诗给世人看，只是借诗记载自己的一种生活状态罢了。从这点上讲，渊明与菊花是最相称的。

当然，说渊明咏菊无“佳句”，这个“佳”只是从后

[清] 石涛《渊明诗意册页》（局部）

人极力锻炼描摹的角度来看，实则渊明写菊，是从大处写其精神。如“秋菊有佳色”一句，宋代李公焕《笺注陶渊明诗》卷三引了定斋、艮斋两人的评语：

定斋曰：自南北朝以来，菊诗多矣，未有能及渊明之妙。如“秋菊有佳色”，他花不足当此一佳字。然通篇寓意高远，皆由菊而发耳。

艮斋曰：“秋菊有佳色”一语，洗尽古今尘俗气。

有人说渊明爱菊，是爱其象征意义。唐代元稹《菊花》云：

秋丛绕舍似陶家，遍绕篱边日渐斜。不是花中偏爱菊，此花开尽更无花。

这是在说自己，更是在说陶渊明。

明初以忠烈倔强著称的方孝孺在《菊趣轩记》中写道：

渊明之属意于菊，其意不在菊也，寓菊以舒其情耳。乐乎物而不玩物，故其乐全；得乎物之乐，而不损己之天趣，故其用周。

清代陈伟勋在《酌雅诗话》中说：

其寓情于菊者，正韩魏公所云“晚节黄花”之意，正其抚时傲世之心性所见端。周子谓“菊之爱，陶后鲜有闻；牡丹之爱，宜乎众矣”。周子岂沾沾取先生之爱菊而已哉，盖别有取焉者也。知周子之所以爱莲，则知先生之所以爱菊矣。

这两段文字有一个特点，就是说陶渊明爱菊，主要是爱其象征意义："黄花晚节"——以后凋之菊花象征保持晚节之高士。方孝孺说渊明"其意不在菊"，更是直接说渊明只是爱其象征意义罢了。这恐怕是因为后世理学家反对"玩物丧志"，以致人们对自己的爱好都要加上一些精神的象征意义。

对于渊明爱菊的理由，朱自清《诗多义举例》给的理由最有趣，就是菊花可以吃，可以泡酒喝。朱先生还引了许多前人吃菊花饮菊花酒的诗文为例，来证明渊明确实吃菊饮菊。[注2]其实这并不是什么新鲜事，屈原《离骚》中便说过"朝饮木兰之坠露兮，夕餐秋菊之落英"。除了朱先生引的诗文，还有就是晋代葛洪在《抱朴子》中记河南南阳山中人家，因饮了遍生菊花的甘谷水而延年益寿的事。《西京杂记》中则称："菊花舒时，并采茎叶，杂黍为酿之，至来年九月九日始熟，就饮焉，故谓之菊花酒。"《荆楚岁时记》中记载："九月九日……佩茱萸，食饵，饮菊花酒，云令人长寿。"较渊明晚些的梁简文帝在《采菊篇》中则有"相呼提筐采菊珠，朝起露湿沾罗襦"之句，也是说采菊酿酒。明代高濂《遵生八笺》中仍有饮菊花酒的记载。可见从魏晋开始直到明清，饮菊花酒是重阳节的一种传统习俗。

渊明除了爱菊，还爱松。《论语·子罕》中记载了孔子对松柏象征意义的解释：

子曰："岁寒，然后知松柏之后凋也。"

这种象征意义在文学作品中使用得太普遍了，大家都能理解。只是渊明与菊的那份契合，使得人们往往忽视了他对松的喜爱。渊明作品中时常将松与菊并列来写：

三径就荒，松菊犹存。（《归去来兮辞》）

芳菊开林耀，青松冠岩列。（《和郭主簿二首》其二）

因此金代赵秉文在《东篱采菊图》一诗中说陶公："平生忠义心，回作松菊伴。"也是说松菊最能象征渊明耻为宋臣的坚贞操守。而渊明作品中单独写到松的句子有：

景翳翳以将入，抚孤松而盘桓。（《归去来兮辞》）

青松在东园，众草没其（一作"奇"）姿。凝霜殄异类，卓然见高枝。连林人不觉，独树众乃奇。（《饮酒》其八）

另外渊明《拟古》其六中写的"苍苍谷中树，冬夏常如兹。年年见霜雪，谁谓不知时"，此树似亦是松柏之属。

渊明爱松，宋代洪迈在《容斋随笔》中就提出来了，他还特别强调，渊明爱松，特别是爱“孤松”：“所谓孤松者是已，此意盖以自况也。”也就是说，渊明以孤松来自比。元代吴师道《吴礼部诗话》中评价《归去来兮辞》中“三径就荒，松菊犹存”“景翳翳以将入，抚孤松而盘桓”两句说：“系松于径荒景翳之下，其意可知矣。”很明显，渊明此处用比兴之法，以孤松自喻忠贞，以荒园晚景比喻末世衰时。而明代潜玉则更强调渊明爱“孤松”的“孤”：

> 靖节先生，孤士也。篇中曰孤松，曰孤云，皆自况语。人但知义熙以后，先生耻事二姓，孤隐于醉石五柳间，而不知义熙以前，虽与镇军、督邮，同尘错处，而先生之孤自若。故其诗云：“自我抱兹独，俯仰四十年。”又云：“此士胡独然？实由罕所同。”慨不生炎帝、帝魁之世。而赋《感士不遇》云：“拥孤襟以卒岁，谢良价于朝市。”盖合晋、宋而发慨也；岂其参军事，令彭泽，即云良价哉！颜延年曰：“物尚孤生。”先生真孤生也。（清·陶澍集注《靖节先生集》《诸本评陶汇集》）

所谓的义熙前后，就是指刘裕篡晋的前后。

其实除了菊与松，渊明诗中还写过其他的花木，皆有寄托。如他写幽兰：

幽兰生前庭，含薰待清风。清风脱然至，见别萧艾中。（《饮酒》十七）

这四句写幽兰，真是传神。古人以花之芬芳象征君子之品格，幽兰外形不过如一丛草，与萧艾（《离骚》中指恶草，象征小人）没有什么差别。但只有当清风吹过，当世间发生了重要的变故时，我们才能嗅出兰的芬芳，才能见出君子之忠贞。明代黄文焕《陶诗析义》中称这几句："'含''待'二字，写得兰花有情有品。""风来始香远，否则同丛无复分别。"清代蒋薰以四句诗评陶此诗：

幽兰不久开，清风不常吹。世人少觉悟，徒为失路悲。（清·蒋薰评《陶渊明诗集》卷三）

除了兰花，渊明还写过桑树。《拟古》的最后一首，通篇以桑树寄兴：

种桑长江边，三年望当采。枝条始欲茂，忽值山河改。柯叶自摧折，根株浮沧海。春蚕既无食，寒衣欲谁待！本不植高原，今日复何悔。

此诗大意是说，在长江边上种桑树，本期望三年长成，桑叶可以养蚕，蚕丝可以制衣，但没想到发生了自然灾害，大水将此桑树冲断，桑树顺水漂走，悔不当初将此桑树种在高地，也免得毁于此水患之中。此诗明显带有寄托，所谓“山河改”，乃指朝代的更迭，而“此桑”则象征士人立身：种在江边，则是出仕于官场；植于高原，则是隐居于山林。朝代更迭之时，出仕者或有杀身之祸；隐居者或能幸免于难。此诗很可能写出了渊明提早归隐的一个原因，并抒发了对一些遇害者的惋惜之情。此诗的立意是从屈原《离骚》中这几句化出来的：

> 余既滋兰之九畹兮，又树蕙之百亩。畦留夷与揭车兮，杂杜衡与芳芷。冀枝叶之峻茂兮，原俟时乎吾将刈。虽萎绝其亦何伤兮，哀众芳之芜秽。

屈原说自己像种兰蕙一样，培养了许多优秀的年轻人，等待他们为国家效力，但没想到他们都变质了。

无论是菊花、孤松，还是幽兰、桑树，我们皆可从中看出渊明的精神。然而在众多花木之中，却只有菊花与渊明的精神最为契合。千载之下，人们都能想见这样一幅画面：

> 采菊东篱下，悠然见南山。

[注1] 苏轼《赠刘景文》：“荷尽已无擎雨盖，菊残犹有傲霜枝。一年好景君须记，最是橙黄橘绿时。”

[注2] 吴淇《选诗定论》说：“采菊二句，俱偶尔之兴味。东篱有菊，偶尔采之，非必供下文佐饮之需。”这大概是

古今之通释。渊明为什么爱菊呢？让他自己说：“芳菊开林耀，青松冠岩列。怀此贞秀姿，卓为霜下杰。”（《和郭主簿二首》其二）我们看钟会的《菊赋》：“故夫菊有五美焉：……冒霜吐颖，象劲直也……”可见渊明是有所本的。但钟会还有“流中轻体，神仙食也”一句，菊花是可以吃的。渊明自己便吃，《饮酒》其七云：“秋菊有佳色，裛露掇其英。泛此忘忧物，远我遗世情。”可见是一面赏玩，一面是将其放在酒里喝下去。这也有来历，“泛流英于清醴，似浮萍之随波”，见于潘尼《秋菊赋》。喝菊花酒也许还有一定的日子。渊明《九日闲居》诗序曰“秋菊盈园而持醪靡由，空服九华”，诗里也说：“酒能祛百虑，菊解制颓龄……尘爵耻虚罍，寒花徒自荣。”似乎只吃花而没有喝酒，很是一种缺憾。这个风俗也是早就有之了。魏文帝九日与钟繇书里说：“至于芳菊，纷然独荣。非夫含乾坤之纯和，体芬芳之淑气，孰能如此。故屈平悲冉冉之将老，思‘餐秋菊之落英’。辅体延年，莫斯之贵。谨奉一束，以助彭祖之术。”再早的崔寔《四民月令》也记着“九月九日可采菊花”的话。照这些情形看，本诗的“采菊”，也许就在九日，也许是“供佐饮之需”；这种看法，在今人眼里虽是有些煞风景，但是可能性很大。九日喝菊花酒，在古人或许是件雅事呢。

第十二章　何劳弦上声

一千六百年前的一个清晨，在陶渊明那门前种着五柳的乡间茅舍里，他和一些朋友喝酒喝到微醺。忽然渊明起身，从墙上摘下一张琴来，用手来回地抚摩着。朋友说：“渊明弹一曲吧，我们洗耳恭听。”渊明笑而不答。朋友们凑近一看，原来这张琴上并无一弦！朋友们哑然失笑：“原来渊明你不懂音乐呀！那你弄张无弦琴干什么呀？”渊明以指叩琴，桐木的琴身发出清越的声响，随即扫了一眼众人，悠然地吟道：

但识琴中趣，何劳弦上声……

这个场景也许在“陶迷”的心中无数次地浮现。渊明这个抚弄无弦琴的举动，在他们心中，是直与大道冥合的。这不正是《老子》所说的“大音希声”么！“无弦琴”成了渊明达观的象征，也成了后来的诗人们非常爱用的一个风雅的典故。李白化用渊明这两句话，说：

但得酒中趣，勿为醒者传。（《月下独酌》其二）

一是太白说得漂亮，一是沾了渊明的灵光，太白这两句也成了千古酒徒的箴言。白居易去寻访陶渊明的旧宅，写了一首诗，其中故做高态，说：

不慕樽有酒，不慕琴无弦。（《访陶公旧宅》）

实际上白傅对渊明还是羡慕得了不得。陶渊明的超级崇拜者辛弃疾在一首《新荷叶》里也说：

知音弦断，笑渊明、空抚余徽。

这一笑可不是嘲笑，乃是别有会心处。

历代唯一对渊明这个行为有异议的，是陶渊明的另一个超级崇拜者——苏轼。苏轼写过一篇《刘陶说》，把嗜酒如命甚至不惜死哪儿埋哪儿的刘伶和抚弄无弦琴以寄意的陶潜并列地品评了一通：

刘伯伦尝以锸自随，曰：“死便埋我。”苏子曰：“伯伦非达者也。棺椁衣裳，不害为达；苟为不然，死则已矣，何必更埋？”陶渊明作无弦琴诗云：“但得琴中趣，何须弦上声。”苏子曰：“渊明非达者也。五音六律，不害为达；苟为不然，无琴可也，何独弦乎？”

似乎在以“达观”著称的苏轼看来，刘、陶二君都不够“达观”，且说渊明会弹琴不为不达，如果不会弹琴以抚弄无弦琴为达观，那么不如干脆连琴都不要了，做一个音乐上纯粹的“精神贵族”。东坡之为人确是达观，但东坡喜欢禅机，爱弄点绕来绕去的“智慧”。与其抚弄无弦琴，不如连琴都不要了，这倒让人想起《红楼梦》中的一个场景——第二十二回《听曲文宝玉悟禅机　制灯迷贾政悲谶语》，宝玉听了昆曲《山门·寄生草》，又读了《南华经》（《庄子》），一时心有所感，翻身起来至案，遂提笔立占一偈云：

> 你证我证，心证意证。
>
> 是无有证，斯可云证。
>
> 无可云证，是立足境。
>
> 黛玉又道：“你那偈末云：‘无可云证，是立足境。’固然好了，只是据我看，还未尽善。我再续两句在后。”因念云：
>
> 无立足境，是方干净。
>
> 宝钗道：“实在这方悟彻……”

东坡说的“无琴可也”，不就是黛玉说的“无立足境”么？做一个不恰当的类比，渊明之“真”有似宝玉之“痴”，而东坡之“智慧”恰与黛玉的“一片心机”相似。

后来明代不肯为永乐帝草拟禅位诏书的方孝孺，他在

《菊趣轩记》里有一段话与东坡之论类似：

> 渊明好琴，而琴无弦，曰“但得琴中趣”，虽无音可也。嗟乎！琴之乐于众人者，以其音耳，渊明并其弦而忘之，此岂玩于物而待于外者哉，盖必如是而后可以为善用物。

很明显，这段话已经有了象征意义了，意在说明人不该依赖外物，要追求精神上的自足。

总之，在后代追随者的眼中，渊明就是一个不懂音乐，但在精神上又真懂音乐的人，是一个不会弹琴，但又弹得响“无弦琴”的圣手。

渊明真的不会弹琴么？

这要从琴的特点说起了。

《史记·孔子世家》中记载：“古者诗三千余篇，及至孔子，去其重（重复）……三百五篇，孔子皆弦歌之。”所谓“弦歌”，即自己弹琴而唱。

“弦”指古琴。古琴最早就直接称琴，因后来乐器中又有了各种各样的琴（如胡琴、扬琴、柳琴），才称为古琴的。“琴”本作“珡”，也作“琹”，是个象形字。上部是琴弦，下部是木制的琴身。

> 珡，禁也。（东汉·许慎《说文解字》）

> 禁者，吉凶之忌也。引申为禁止。《白虎通》曰：

“琴，禁也。以御止淫邪，正人心也。”（段玉裁注）

古琴的音色悠远深邃，肃穆宁静，可以使人清心寡欲，因此说它可以“御止淫邪，正人心也”。

古代比较有名的琴师，春秋时期有师旷、伯牙，汉末有蔡邕，魏晋有嵇康。这些都是了不起的大音乐家。如果以他们的标准来衡量世间的文人，那么几乎所有人都不会弹琴了。但是如果放宽标准，旧时文人又几乎人人都会弹琴。琴是古代文人必修之艺。旧时文人“四艺”为琴、棋、书、画，琴为“四艺”之首。历代能弹琴吟咏者真是不可胜数。古琴从难度上讲，在民乐中只算是中下等的。然古琴之高，高在境界。而且，按照现代琴人的推测：

远古的琴曲，可能由于记谱不够精密而有所疏漏，但一般主要是使用泛音和散音，将短小音型多次反复，构成简练而明晰的曲调，古琴界称之“声多韵少”的风格。近古的琴曲，更多地发展了按音的使用。（《古琴曲集·前言》）

何为“按音”？何为“散音”？如果你对古琴没有概念，那咱们就拿西乐的吉他来说明。左手按弦，右手弹弦，这样的音叫“按音”；左手不按弦，右手弹空弦，这样的音叫“散音”。虽然典籍中对师旷、伯牙、嵇康的演奏传得神乎其神，但我们没有亲耳听过，从音乐发展的角度猜测，估计也是“声多韵少”，难度系数并不大。也就是说，琴很容易学。以渊明的天资，当不至于一辈子也学不会几支曲子。

另外，渊明在诗文中说过自己学过琴，也喜欢弹琴。

> 衡门之下，有琴有书。载弹载咏，爰得我娱。岂无他好，乐是幽居。（《答庞参军》）

> 悦亲戚之情话，乐琴书以消忧。（《归去来兮辞》）

> 少学琴书，偶爱闲静，开卷有得，便欣然忘食。（《与子俨等疏》）

> 欣以素牍，和以七弦。（《自祭文》）

这里尤其值得注意的是，《与子俨等疏》是渊明晚年给自己的孩子们写的一封信，有些遗嘱的意思，信中历叙自己平生得意之处。当爹的在儿子面前不当说假话，否则太容易被拆穿。所以“少学琴书”，恐非虚言。而《自祭文》乃临终所作，所谓“人之将死，其言也善”，更何况真淳如渊明者，当断断不会说假话空话。

而渊明死后，好友颜延之写了一篇《陶徵士诔》，正文中明确提到：

> 陈书辍卷，置酒弦琴。

从语法上判断，“陈”“辍”“置”都是动词，那么

［明］陈洪绶《出处图卷》（局部）

“弦”字也应是动词，就跟前文说孔子“弦歌之”一样，“弦”是拨弦弹琴的意思（琴人叫“操缦”）。在给渊明盖棺论定的文字中提到了弹琴，可见当初颜延之应是亲眼见过渊明弹琴的。

渊明又怎么变成一个不懂音乐、敲琴板的形象了呢？第一个这么说的，是南朝宋的沈约，他在《宋书·隐逸传》中写道：

> 潜不解音声，而畜素琴一张，无弦，每有酒适，辄抚弄以寄其意。

所谓素琴，就是没有弦的琴。大家知道，陶渊明是晋宋之交的人，颜延之与他同时，而沈约是宋人，晚于渊明，当没有亲见其人。宋之后是梁，梁代编《文选》的昭明太子萧统是陶渊明第一个超级崇拜者，他在《陶渊明传》里采取沈约的说法，略有改动：

> 渊明不解音律，而蓄无弦琴一张，每酒适，辄抚弄以寄其意。

注意，“无弦琴”的概念出现了。随后是一位佚名的作者写的《莲社高贤传》，又有所发挥：

> 性不解音，畜素琴一张，弦徽不具，每朋酒之会，则抚弄而叩之，曰：“但识琴中趣，何劳弦上声？”

注意三点：一是此琴不只是没有“弦”，连“徽”都没有了！徽是什么？徽是古琴上面十三个圆点，是标明音高用的。就制琴的程序而言，徽是在琴身上漆之前安上去的，然后再上若干道漆，最后用砂纸打磨平整，与琴身一般平，就如同嵌在琴身里一样。试想，一张琴如果连“徽”都没有了，可想而知破到什么程度了！我想如果不是使劲拿琴往地下反复摔，怎么也不会没有“徽”的。当然，也许是这位佚名作者对“素琴”别有理解，认为“素琴”是没有上过漆的半成品，还没来得及安“徽”呢。当然，“弦徽”也可以视为偏义复词，单指“弦”。二是这段记述里多了非常著名的类似禅宗偈子的两句："但识琴中趣，何劳弦上声？"这是以前渊明的文集中没有收录过的，也不知是民间的传闻，还是作者的发挥。当然，即使是伪诗，其文学价值依然不减。三是别家皆云"抚弄"，唯此云"抚弄而叩之"——就是敲琴板啊，拿古琴当木琴了！

后来，隋朝令狐德棻编的《晋书·隐逸传》几乎照搬了前面的说法：

> 性不解音，而畜素琴一张，弦徽不具，每朋酒之会，则抚而和之，曰："但识琴中趣，何劳弦上声！"

至此渊明不懂音律，蓄无弦琴一张，喝酒喝美了后就抚弄一番，而且说"但识琴中趣，何劳弦上声"的形象就确定下来了。

我虽然也是一个陶迷，但是对这种说法很不以为然。我曾经对人说过："渊明蓄无弦琴，是因为琴弦断了，手头没有更换的弦罢了。"过了很久，我看到《百斛明珠》（佚名）里说：

> ……以是知旧说之妄也。渊明自云："和以七弦。"岂得为不知音？当是有琴而弦弊坏，不复更张，但抚弄以寄意，如此为得其真。

以及元代李治《敬斋古今黈》里说：

陶渊明读书不求甚解，又蓄素琴一张，弦索不具，曰："但得琴中趣，何劳弦上声。"此二事正是此老得处，俗子不知，便谓渊明真不著意，此亦何足与语。不求解，则如勿读，不用声，则如勿蓄。盖不求甚解者，谓得意忘言，不若老生腐儒为章句细碎耳。"何劳弦上声"者，谓当时弦索偶不具，因之以为得趣，则初不在声，亦如孔子论乐于钟鼓之外耳。

我以为二人可谓知言。依据呢？一是渊明自己的诗文，二是好友颜延之的诔文，三是古琴的特点。古时古琴皆用丝弦，丝弦颇易断，所以民间有知音听琴就会断弦的说法。如果是今天的钢弦，估计什么知音也听不断。丝弦断了可以自己绾个结，续一下，但是如果接的次数多了，弦也就不能用了。而弦并不是每个人都会做的。渊明远处幽村，如果弦真坏了，手头没有备用的弦，又不能马上到城里去买来，只能暂时挂琴于壁了。也许渊明索性就把其他六根弦也松了下来，于是就有了"素琴""无弦琴"之说了。

估计"抚弄素琴"也是空穴来风，当是渊明偶然如此，被他人看到，那人感到奇怪就到处传播"隐士八卦"。后来人们又因此推断渊明"性不解音"了吧。

也许人们觉得抚弄无弦琴才够浪漫，才是高士之举，然而渊明之伟大处，正在不以"矫情"为高。他才不会俗到故做浪漫，故做惊人举，故做惊人语呢。

想来渊明抚弄琴身时，心中依然能听到琴的旋律。就如影片《海上钢琴师》中的男主角“1900”，在他生活了一辈子的游船Virginian号被炸毁的前一刻，他忽然伸出一双手，在空气中弹奏，按下虚空的键盘。以单音为主的简单旋律，总是显得特别的干净和轻灵，仿佛是“1900”那颗安定的心一般，平缓的旋律倾泻着柔情。

不能否认，人们有意无意编出来的故事真的很美。我们也应该承认，他们是“善意”地歪曲了历史的本来面目。因为在人们心中，渊明不只是渊明，而是一种精神的象征，他是允许被合理地演绎出新的生命的。

第十三章　道丧向千载

康熙己卯三月，一代文宗从吴门借来了雪山王氏的《绍陶录》，回家给病重的儿子看。孩子躺在枕头上读一遍，忽然起身说：

少陵野老，讥陶公未必能达道，非笃论也。

不久，这个生病的孩子就去世了，只留下了伤心的父亲——朱彝尊。（见朱彝尊《题亡儿书陶靖节文》）

少陵野老是杜甫的别号。杜甫曾经写诗说陶渊明：

陶潜避俗翁，未必能达道。

这引发了中国诗史上的一段公案。公案是非，留待后文合论这两位诗翁时再议。但是连一个病重的小孩子都看得出来：渊明乃真达道者。

不过为陶渊明抱不平的，早有其人。辛弃疾在《书渊明诗后》中说：

> 渊明避俗未闻道，此是东坡居士云。身似枯株心似水，此非闻道更谁闻？

只可惜稼轩把矛头错指向了苏东坡，错把杜甫的话安到了苏轼的名下了。（苏轼《书渊明饮酒诗后》中明确说过："人言靖节不知道，吾不信也。"）即便没有安错，以"身似枯株心似水"为达道，以"身似枯株心似水"论渊明，辛稼轩这个山东老兵还真不是渊明的知己。"身似枯株心似水"——说得渊明像个参枯禅的老和尚，却不知渊明是极热情、极具生活情趣的一个活泼泼的人。正如鲁迅在《题未定草（七）》中说的那样：

> 自己放出眼光看过较多的作品，就知道历来的伟大作者，是没有一个"浑身是'静穆'"的。陶渊明正因为并非"浑身是'静穆'，所以他伟大"。

渊明是达道之士，这个古今皆无异议。只是渊明所达之道，到底是儒家的道，还是道家的道，这是历来聚讼不已的公案。因为在世人眼中，陶渊明就是一个远离浑浊官场、寄情田园、洒脱清高的隐士。这样的隐士，既可以是儒者，也可以是道家。其实在历史上真正认为渊明是道家的人并不多，但其中有一个极有分量的人，那就是南宋理学大师朱熹。《朱子语类》中记载了朱文公论渊明的话：

> 渊明所说者庄、老，然辞却简古；尧夫辞极卑，道理却密。

朱熹认为陶渊明喜欢的是老子、庄子之道，他作品的文辞却很简洁高古，有类儒家。（后半句是论北宋邵雍，文辞很质朴通俗，但所阐述的道理很缜密。）因朱熹是理学大师，理学即南宋时期上承先秦、旁参佛教发展来的新儒学，并且朱熹的《四书章句》成了后来八股文考试的必读经典。因此对于朱文公的话，后世正统读书人都很相信，即使反驳也是小心翼翼的，生怕闹不好落一个“异端”的名声。

朱熹说渊明喜欢道家之道，只是笼统说老子与庄子陶渊明都喜欢，而明代许学夷《诗源辨体》中则分得更细：

> 晋人贵玄虚，尚黄、老，故其言皆放诞无实。陶靖节见趣虽亦有类老子，而其诗无玄虚放诞之语，中如……等句，皆达人超世，见理安分之言，非玄虚放诞者比也。

也就是说，同是道家，老、庄亦异其趣。老子更多表现出来的是谨慎智慧，庄子更多表现出来的是玄虚放诞。晋代是一个以道家思想在文化人中为主流的时代，文人多好读

“三玄”，即《周易》《老子》《庄子》，因此文人在诗文中表现出来的也多是一种“玄学”思想。这三本书中，对晋人文学影响最深的应该是《庄子》，毕竟晋人之放浪形骸之外和《庄子》一书的旨趣最为近似。但是许学夷却认为渊明作品中并没有庄子“玄虚放诞”的成分。甚至同样是在水边看鱼，渊明和庄子的情趣截然不同。清代钟秀认为，渊明的“临水愧游鱼”五字，可括《庄子》“游濠梁”[注1]一段，但和庄子的“子非我安知我不知鱼之乐”一句比起来，意更靠实些，因为庄子是道家，陶公乃儒者。（见《陶靖节记事诗品》）

在民国以前，除了朱熹与许学夷两家，基本没有人认为渊明纯是道家，大家更倾向于他是儒家。比如宋代“梅妻鹤子”的隐士林逋在《省心录》中说：

> 陶渊明无功德及人，而名节与功臣、义士等，何耶？盖颜子以退为进，宁武子愚不可及之徒欤？

［宋］佚名《孔子弟子像卷·颜回》（局部）

颜子和宁武子，一个是孔子最喜欢的弟子颜回，一个是春秋时卫国的大夫宁俞，他们都是在《论语》中被孔子赞许过的人物：

子曰："贤哉，回也！一箪食，一瓢饮，在陋巷，人不堪其忧，回也不改其乐。贤哉，回也！"（《论语·雍也》）

子曰："宁武子，邦有道，则知（通'智'）；邦无道，则愚。其知可及也；其愚不可及也。"（《论语·公冶长》）

在世人心目中，同样是孤高隐士身份的林和靖先生以儒家推崇的人物来评价渊明，分量还是很重的。颜回与宁武子虽然没有建功立业，但是他们是"有所不为"的"狷者"。而顾炎武在《菰中随笔》认为："陶徵士……非直狷介，实有志天下者……大凡伉爽高迈之人，易与入道，夫子言'狂者进取'，正谓此耳。"他认为渊明是个进取的狂者——这也是孔子所推崇的。《左传》中说："太上有立德，其次有立功，其次有立言。虽久不废，此之谓不朽。"这是儒家所谓的"三不朽"（道家从不追求不朽），而渊明等人以其高尚之人格"立德"，给后人做一个精神的榜样，正是其不朽之处。清代沈德潜《古诗源》称："不惧饥寒，达天安命，陶公人品，不在季次、原宪下，而概以晋人视之何？"这又是将渊明比为孔门弟子季次、原宪。

后来又有两个儒家重要人物评价渊明。一是陆九渊：

李白、杜甫、陶渊明，皆有志于吾道。（《象山语录》）

一是真德秀：

> 予闻近世之评诗者曰："渊明之辞甚高，而其指则出于庄、老，康节之辞若卑，而其指则原于六经。"以余观之，渊明之学，正自经术中来，故形之于诗，有不可掩。（《跋黄瀛甫拟陶诗》）

陆九渊，字子静，世称象山先生，与朱熹同为南宋理学大家，观点却与其针锋相对，他和朱熹成为理学中两个派别的代表人物，陆是心学（陆王心学），朱是理学（程朱理学）。二人不仅学术观点相反，就连对渊明思想的评价也大不相同。朱熹认为渊明是道家，以今天来看，确实不大稳妥；陆九渊认为渊明"有志于吾道"，"吾道"自然是儒家之道，但是他把纵横家风味十足、又笃信神仙符箓的李白也拉到儒家的麾下，真是莫名其妙。（李白《古风五十九首》"我志在删述"云云，差有儒者气象。然考其生平，则殊不类也。）看来他也有点拉虎皮做大旗的味道，有意把这些"人气极高"的"明星"拉到自己的阵营里来，所以他只是说他们"皆有志为吾道"，至于为什么则只字不提了。

真德秀，字景元，后改希元，世称西山先生，南宋人。初时社会声望极高，但真德秀读书读得有点迂，是个书呆子，他官至宰相时，首先在天下推广理宗，然后又进献自己所著的《大学衍义》，这些都非当务之急，令大家非常失望。不过他确实是个有学问的人，其学以朱熹为宗。但是在观点上，真德秀很有主见，并没有因为自己学宗朱熹，就照搬朱熹的一切观点，也没有像陆九渊那样故弄玄虚。他说陶渊明的学问“正自经术中来”，确实是创见。他不是这样说说而已，而是举出渊明的许多诗篇，进行精要的评述：

> 《荣木》之忧，逝川之叹也；《贫士》之咏，箪瓢之乐也。《饮酒》末章有曰：“羲农去我久，举世少复真。汲汲鲁中叟，弥缝使其淳。”渊明之智及此，是岂玄虚之士所可望耶？虽其遗宠辱，一得丧，真有旷达之风，细玩其词，时亦悲凉感慨，非无意世事者。

直到近代，为维新流血的第一人谭嗣同也很赞许真西山的观点，他在《致刘淞芙书》中说：

> 真西山称陶公学本经术，最为特识。

但是与真西山不同的是，谭嗣同认为陶渊明本是个“慷慨悲歌之士”，不仅仅是个“冲澹”之人。之所以他的诗歌多中正和平之音，正是他“涵养深纯”的结果，是“经术之效也”。谭嗣同还说自己曾经说过：“学诗宜穷经，方不终身囿于词人。”可惜听到的人多不相信。

而明代的郎瑛在《七修类稿》中不完全赞同真西山的

论调，他说：

> 予又以公（指渊明）非自经术，自性理中来……陶公心次浑然，无少渣滓，所以吐词即理，默契道体，高出诗人，有自哉！

郎瑛认为渊明的伟大是本性使然，或说是从个人心性中来的，非后天读书之功所致。而我以为，大哉渊明，何必只从一处来，又何必不从某处来？

还有一些名人论渊明，如元代赵孟頫《五柳先生传论》中将渊明比作不食周粟的伯夷，不帝狂秦的鲁仲连——“此伯夷所以饿于首阳，仲连所以欲蹈东海者也。”

写《项脊轩志》的明代散文大家归有光在其《陶庵记》中说：

> 已而观陶子之集，则其平淡冲和，潇洒脱落，悠然势分之外，非独不困于穷，而直以穷为娱……推陶子之道，可以进于孔氏之门……夫穷苦迫于外，饥寒惨于肤，而情性不挠，则于晋宋间，真如蚍蜉聚散耳……予又今之穷者，扁其室云陶庵云。

他认为陶渊明是古之穷者的典范，而自己又是今之穷者，所以给自己的室题名为“陶庵”，以陶为精神导师。不过归震川先生说陶渊明“直以穷为娱”——干脆把穷困看作欢娱——真是太过迂腐，故作高人语，简直于情理不通。我最推崇的，还是宋代施德操的论调：

> 人见渊明自放于田园诗酒中，谓是一疏懒人耳，不知其平生乐道至苦……其苦心可知。既有会意处，便一时放下。（《北窗炙輠录》）

“乐道至苦”（一本作“学道至苦”，内涵则差得多了），确实，渊明苦处太多，只是自己放得下罢了，岂是真“以穷为娱”的怪人呢？

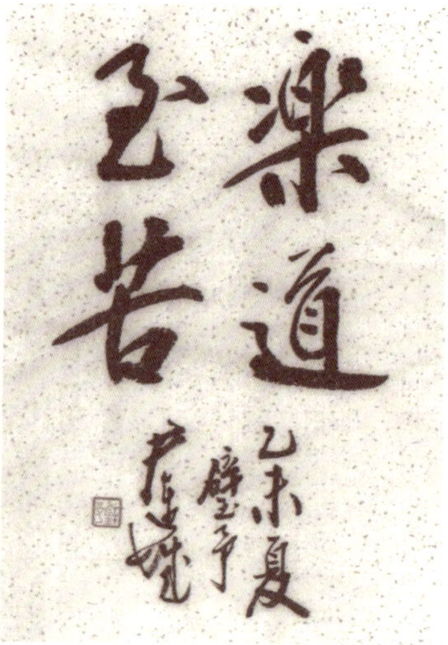

［当代］尹连城先生书法《乐道至苦》

明代黄文焕在《陶诗析义·自序》中说：

> 若夫以理学标宗，圣贤自任……斯则靖节之品位，竟当俎豆于孔庑之间，弥朽而弥高者也。

意思是，从理学家的观点来看，陶渊明死后，可以把牌位配享在孔庙的庑殿里面。孔庙两庑殿中供奉了历代著名的儒者，享受后人的香火祭礼，这是专制时期儒者最高的荣誉。不过，渊明高处，固不让宋儒，但渊明何尝标宗？渊明俎豆孔庑，自然无愧，但渊明又何屑于与后世俗儒争吃冷猪肉？

倒是明代钟惺《古诗归》说得亲切：

人知陶公高逸，读《荣木》《劝农》《命子》诸四言，竟是一小心翼翼、温慎忧勤之人。东晋放达，少此一段原委，公实补之。

再有就是明代黄文焕在《陶诗析义》中评价渊明《饮酒》诗时说得好：

多少庄论，呼应分布，遂使饮酒题目，忽成讲学坛坫，乃参差错落，却又不露一毫道学腐痕。

其实渊明有很多严肃的人生态度，只不过他不像那些迂腐的道学先生那样板起面孔来做人罢了。

而历来最能作为渊明是儒家的观点有两个，一是渊明在诗中赞美孔子，一是陶诗用典故多用《论语》。

赞美孔子，即前面所引真西山论渊明时引的四句诗：

羲农去我久，举世少复真。汲汲鲁中叟，弥缝使其淳。（《饮酒》其二十）

用《论语》典故，则是清代沈德潜在《古诗源》中提出来的：

> 晋人诗旷达者征引老、庄，繁缛者征引班、扬，而陶公专用《论语》。汉人以下，宋儒以前，可推圣门弟子者，渊明也。（沈氏此论甚有见地，只是一个“专”字，给后人留下把柄。）

这两点本来是作为认定渊明是儒家的论据的，但到了现代学者朱自清那里，就都变成了他是道家的论据了。朱自清的主要依据是，陶诗用的典故出自道家之书的多于出自儒家之书的。朱自清在《陶诗的深度》中首先针对陶诗用典说道：

> 固然所能找到的来历，即使切合，也还未必是作者有意引用；但一个人读书受用，有时候却便在无意的浸淫里。作者引用前人，自己尽可不觉得；可是读者得给搜寻出来，才能有充分的领会……从古笺定本（“古”指古直）引书切合的各条看，陶诗用事，《庄子》最多，共四十九次，《论语》第二，共三十七次，《列子》第三，共二十一次。曾用吴瞻泰《陶诗汇注》及陶澍注本比看，本书所引为两家所无者，共《庄子》三十八条，《列子》十九条；至于引《论语》处两家全未注出，当时大约因为这是人人必读书，所以从略……照本书（指古直《陶靖节诗笺定本》）所引，单是

> 《庄子》便已比《论语》多；再算上《列子》，两共七十次，超过《论语》一倍有余……历代论陶，大约六朝到北宋，多以为“隐逸诗人之宗”，南宋以后，他的“忠愤”的人格才扩大了……但是渊明的思想究竟受道家影响多，还是受儒家影响多，似乎还值得讨论。

虽然朱先生说渊明受儒家影响多还是受道家影响多“似乎还值得讨论”，但这不过是句客套话，其实他认为陶以道家为主。其实，我认为儒道二家本有“交集”。举《论语》中的两段为例：

> 子曰：“饭疏食，饮水，曲肱而枕之，乐亦在其中矣。不义而富且贵，于我如浮云。”（《论语·述而》）
>
> （曾点）曰：“莫（通‘暮’）春者，春服既成，冠者五六人，童子六七人，浴乎沂，风乎舞雩，咏而归。”夫子喟然叹曰：“吾与（与，赞许之义）点也！”（《论语·先进》）

只此两章，便知儒家并非一味入世，汲汲于功名，也有回归自然，享受生活的一面。只是儒家之书，叙述这种情致的文字太少，而道家之书，尤其是《庄子》，叙述此类的颇多。所以渊明要表达这种情趣，引用此类典故，自然会更多地用到《庄子》。但是仅凭用《庄子》典故多这一点，并不能说明陶渊明是道不是儒。用典故，关键是看怎么个用法。如渊明在《命子》诗中用了《庄子》“厉夜生子”的典故，故事虽出于道书，表现的却是一派儒家亲情。(见第十七章《莱妇与痴儿》) 而儒家之书本不太适合做诗中的典故用，渊明却能用到这种地步，已经是古今罕有其匹了，这足以说明渊明于儒家用功之勤。又如渊明终生所服膺的“固穷”二字（出于《论语》)，“固”有执着、坚持操守之义，而这一个“固”字，对于庄子这样什么都不执着的人，九泉有知，必不许渊明为自己的知音。

朱自清在《陶诗的深度》中，又针对渊明赞美孔子说：

> 我们可以看《饮酒》诗第二十云：“羲农去我久，举世少复真。汲汲鲁中叟，弥缝使其淳。”“真”与“淳”都不见于《论语》。什么叫“真”呢？我们可以看《庄子·渔父篇》云：
>
> > 真者，所以受于天也。自然不可易也。故圣人法天贵真，不拘于俗。
>
> “真”就是“自然”。“淳”呢？《老子》五十八章，“其政闷闷，其民淳淳”，王弼注云：
>
> > 言善治政者无形无名，无事无政可举，闷闷然卒至于大治，故曰“其政闷闷”也。其民无所争竞，宽大淳淳，故曰“其民淳淳”也。
>
> ……
>
> “真”和“淳”都是道家的观念，而渊明却将

> “复真”“还淳”的使命加在孔子身上；此所谓孔子学说的道家化，正是当时的趋势。所以陶诗里主要思想实在还是道家。

朱先生为了论证渊明是道家，真是旁征博引，运用训诂之学，可谓不遗余力。但是我以为，无论怎样引证，须知此处的“真”字、“淳”字，乃诗之韵脚，渊明是为了押韵而选择意义比较接近的字眼，并不会细致到为了作诗去考证这个字在各家书中的含义是什么。如杜甫的“致君尧舜上，再使风俗淳”，也是用了《论语》里没有出现的“淳”字做韵脚，但后世无一人因此认定杜甫是道家。再有，最明白不过的就是，如果渊明推崇老庄，何不言老庄弥缝天下使其淳，而言孔子？（因此明代谭元春在《古诗归》中评论“羲农去我久”四句：“一片热肠，可作孔子赞。”）所以诗歌不同于论文，必观其整体旨趣。读诗者必须知道在哪种情况下“不求甚解”，而不能对诗歌断章取义，割裂文字。朱先生此论，只可用孟子的话来评论了：“固哉，高叟之为诗也！”

至于陈寅恪在《陶渊明之思想与清谈之关系》一文中认为陶渊明“始终是天师教信徒”的观点更是惊世骇俗：

> 渊明之思想为承袭魏、晋清谈演变之结果及依据其家世信仰道教之自然说而创改之新自然说……新自然说不似旧自然说之养此有形之生命，或别学神仙，

惟求融合精神于运化之中，即与大自然为一体……故渊明之为人实外儒而内道，舍释迦而宗天师者也。

所谓天师教，指的是东汉张道陵开创的五斗米教，乃后来道家正一派之祖。陈氏此文可以证明当时许多世家有信奉天师教的传统，但并不能证明渊明“始终是天师教信徒”。至于把渊明视为“吾国中古时代之大思想家”，更是过分地拔高了。其“旧自然说”“新自然说”本不是中国历史上有的思想派别，乃陈先生自己起的名字，即便真有“旧自然说”“新自然说”，那也不是什么新鲜东西，不是魏晋时期才有的思想。早在《庄子》里就认为“吐故纳新”为务的“导引之士”（即“旧自然说”者）境界低于“淡然无极”、合乎“天地之道”的圣人（即“新自然说”者）。[注2]可见“新旧自然说”根本没有超出《庄子》的范畴，并不是什么新颖的建树。陈寅恪先生说渊明是“天师教信徒”，是“新自然说”创始人，未免有英雄欺人之嫌。

陶渊明应该是像梁启超先生说的那样：

渊明本是儒家出身，律己甚严，从不肯有一丝苟且卑鄙放荡的举动……他虽生长在玄学佛学氛围中，他一生得力处和用力处都在儒学……他只是平平实实将儒家话身体力行。

他说：

先师有遗训，忧道不忧贫。瞻望邈难逮，转

欲志长勤。（《癸卯岁始春怀古田舍》）

又说：

历览千载书，时时见遗烈。高操非所攀，谬得固穷节。（《癸卯岁十二月中作与从弟敬远》）

他一生品格立脚点，大略近于孟子所说“有所不为”“不屑不洁”的狷者，到后来操养纯熟，便从这里头发现出人生真趣味来，若把他当作何晏、王衍那一派放达名士看待，又大错了。（《陶渊明之文艺及其品格》）

渊明不是狭隘的学者，不会“纯粹”到只守儒家，别家之书、别家观点一概屏而不观。而儒家本身也有内在的派别之分，有先秦孔氏之儒、孟氏之儒、荀氏之儒，两汉今文之儒、古文之儒，宋明理学之儒、心学之儒。渊明崇奉的，只是先秦孔氏之儒罢了。孔子博大，世人赞美孔子为“德配天地，道冠古今”，渊明虽不及此，但也不是小小的学术派别所能拘泥的。如清代方东树《昭昧詹言》：“陶公所以不得与于传道之统者，堕庄、老也。其失在纵浪大化，有放肆意，非圣人独立不惧，君子不忧不惑不惧之道。圣人是尽性至命，此是放肆也。”真是腐臭不可闻！因此有些人并不将渊明刻意归入哪一家，而是赞美他：

盖其胸中似与天地同流。（明·王彝《跋陶渊明临流赋诗图》）

仙佛圣犹许人学步，惟渊明诗如混沌元气，不可收拾。（清·厉志《白华山人诗说》）

而清代薛雪《一瓢诗话》中论渊明“平畴交远风，良苗亦怀新”两句诗则说：

其妙处无从下得著语，非陶靖节能赋之，实此身心与天游耳。

“心与天游”——大哉渊明！

［注1］《庄子·外篇·秋水第十七》：庄子与惠子游于濠梁之上。庄子曰：“儵（tiáo）鱼出游从容，是鱼之乐也。”惠子曰：“子非鱼，安知鱼之乐？”庄子曰：“子非我，安知我不知鱼之乐？”惠子曰：“我非子，固不知子矣；子固非鱼也，子之不知鱼之乐，全矣！”庄子曰：“请循其本。子曰‘汝安知鱼乐’云者，既已知吾知之而问我。我知之濠上也。”

［注2］《庄子·外篇·刻意第十五》：吹响呼吸，吐故纳新，熊经鸟申，为寿而已矣。此道引之士、养形之人，彭祖寿考者之所好也。若夫不刻意而高，无仁义而修，无功名而治，无江海而闲，不道引而寿，无不忘也，无不有也。澹然无极而众美从之。此天地之道，圣人之德也。

第十四章　中土一达摩

此中有真意，欲辨已忘言。

——陶渊明《饮酒》

渊明最早被人称作“达摩”，便缘于这两句家喻户晓的名句。宋代施德操《北窗炙輠录》中引正夫的话说：“时达摩未西来，渊明蚤（‘蚤’通‘早’）会禅。”

友人孙颖剑藏《达摩图》（局部）

佛教传入中国大约是西汉末年（或云东汉时期），但当时所传佛教为小乘佛教，影响不大。佛教在中国盛行，达摩西来是非常重要的事情。达摩，天竺僧人，亦称菩提达摩。达摩西来，是梁武帝普通元年的事。武帝迎至金陵，后来二人议论不合，达摩一苇渡江至魏，止嵩山少林寺，面壁九年而化。据说达摩为天竺禅宗第二十八祖，中土初祖。

渊明乃晋宋之间人，较达摩为早，因此正夫说渊明未等达摩传法，早就悟到禅宗的深义了。那么禅宗之义是什么？禅宗以静坐默念为修行之法，讲究不立文字及顿悟。而此诗讲的“此中有真意”，颇似“顿悟”；“欲辨以忘言”，又似“不立文字”。

关于不立文字，《楞严经》中有这样一段记载：

> 如人以手指月示人，彼人因指，当应看月，若复观指，以为月体，此人岂唯亡失月轮，亦亡其指。

真理相当于“月”，文字相当于指月亮给人看的“手指”，人们不应专注于手指，而是要看到月亮。那么以渊明此诗来比附，“真意”即“月”，“言”即“手指”。这两句诗确实有点禅宗的味道。

明代王世贞《艺苑卮言》中论及渊明“问君何为（能）尔，心远地自偏。此还（间）有真意，欲辨（辩）已忘言”这四句诗与佛教的关系时说：

> 清悠澹永，有自然之味，然坐此不得入汉、魏，果中是未妆严佛阶级语。

妆严，亦作庄严，佛家指装饰美盛。如《无量寿经》：“又讲堂精舍，宫殿楼观，皆七宝庄严，自然化成。”又引申为端正尊严。《华严经探玄记》：“庄严有二义：一是具德义，二是交饰义。”王世贞说渊明是“未妆严佛阶级语”，大约是说渊明是果位（级别）还不高的佛吧。他说的“坐此不得入汉、魏”，是指渊明之诗正是因为有这种风味，所以与正统的汉魏古诗风格上有出入。确实，渊明此诗似有禅味，但并不是说这样诗就不好了，而是说汉魏诗中无一语如此似禅，所以后世学诗者从此学起则不能得汉魏之风了。

但是渊明真的是悟着了“不立文字”的禅机么？其实未必，因为《楞严经》中有“指月”的记载，而中土文字也早有了类似的内容。比如《庄子》中的“得鱼忘筌（一作‘荃’）”“得意忘言”：

> 荃者所以在鱼，得鱼而忘荃；蹄者所以在兔，得兔而忘蹄；言者所以在意，得意而忘言。吾安得夫忘言之人而与之言哉！”（《庄子·杂篇·外物第二十六》）

很明显，渊明“忘言”二字是从《庄子》来的。

另有宋代葛立方在《韵语阳秋》中评论渊明与佛教的关系：

> 不立文字，见性成佛之宗，达摩西来方有之，陶渊明时未有也。观其《自祭文》，则曰：“陶子将辞逆

> 旅之馆，永归本宅。”其《拟挽词》则曰：“有生必有死，早终非命促。”其作《饮酒》诗，则曰：“采菊东篱下，悠然见南山。”“此中有真意，欲辩已忘言。”其《形影神》三篇，皆寓意高远，盖第一达摩也。

葛立方认为渊明深谙佛理并不仅仅表现在“忘言”上，还表现在“了死生”上。于是他援引渊明《自祭文》数篇，说明渊明比达摩传达这些佛理要早，是中土“第一达摩”。

清代何文焕在《历代诗话考索》中反驳葛立方说：

> 渊明达识，葛常之引其《自祭文》及《自挽词》云云，以为第一达摩，援儒入释，甚无理也。

他认为把儒家的渊明拉入到佛家的阵营里，没有道理可言。不过具体怎样没道理，他也没有细说。倒是梁启超先生在论陶与佛的关系时说得明白：

> 他对于那些专务物质生活的人有两句批评他们道：
>
> 客养千金躯，临化消其宝。（《饮酒》）
>
> 这两句名句，可以抵七千卷的《大藏经》了。
>
> 《神释》篇的末句云：
>
> 纵浪大化中，不喜亦不惧。应尽便须尽，无复独多虑。
>
> 《杂诗》里头亦说：

> 鼟舟无须臾，引我不得住。前途当几许，未知止泊处。
>
> 《归去来辞》末句亦说：
>
> 聊乘化以归尽，乐夫天命复奚疑。
>
> 就佛家眼光看来，这种论调，全属断见，自然不算健全的人生观。但渊明却已够自己受用了。（《陶渊明之文艺及其品格》）

梁先生一方面肯定陶诗两句抵得上七千卷《大藏经》，一方面又认为渊明对于生死的看法属于“断见”。什么是断见呢？《大智度论》：

> 见有二种：一者常，二者断。常见者，见五众常心忍乐；断见者，见五众断心忍乐。一切众生多堕此二见中。

佛教认为普通人对世界有两种见（看法）：一为常见，二为断见。“常见”认为死并非消亡，身心在过去、现在及未来都常驻，永无间断。“断见”则不知自身和各种外物本性常驻，而反以身死为断灭。简言之，“常”就是常在，“断”就是消亡。这都是普通人的看法，佛家则以为生命是“相似相续，非断非常”的。后一秒的生命已和上一秒不一样，但因二者相似，所以相续。生命是流动的，后一秒与上一秒既非隔断，也非永恒不变。即使是“生死”，也是如此。梁任公认为渊明对于生死的看法属于“断见”，也就是说，渊明认为人死了就死了，什么也没有了。因此说，渊明的“了死生”确实不是佛家意义上的了生死，甚至与道家“庄子鼓盆”的豁达也不相同。渊明虽然看开了生死，但还是把生死看得很重要，“死生亦大矣”——这是王羲之《兰亭集序》中的话，也是有晋一代对生死的看法。渊明那些写到亲人去世和哀挽自己的文字，还是有很浓重的伤感味道的。这也是儒家对生死的态度。由此让人想起《论语》里面孔子哭弟子颜渊回来的情景：

> 颜渊死，子曰：“噫！天丧予！天丧予！”（《论语·先进》）

> 颜渊死，子哭之恸。从者曰：“子恸矣！”曰：“有恸乎？非夫人之为恸而谁为？”（同上）

以及《史记》里记载孔子临终前给自己唱的那首歌：

> 孔子病，子贡请见。孔子方负杖逍遥于门，曰：“赐，汝来何其晚也？”孔子因叹，歌曰：“太山坏乎！梁柱摧乎！哲人萎乎！”因以涕下……后七日卒。（《史记·孔子世家》）

达观如孔子者，临命之时，既有“逍遥于门”的一面，也有“因以涕下”的一面。这似乎正是渊明“善万物之得时，感吾生之行休”的人生态度。宋代罗大经则在《鹤林玉露》中直接说明：“(渊明) 于六经、孔孟之书，固已探其微矣，于了死生乎何有?”

把渊明与佛教相关联的，还有明代屠隆的《鸿苞集》：

> 以禅论诗，《三百篇》是如来祖师，《十九首》是大乘菩萨，曹、刘、三谢是大阿罗汉，颜、鲍、沈、宋、高、岑是有道高僧，陶、韦、王、孟是深山野衲，杜少陵是如来总持弟子，李太白是散圣，李长吉是幻师，郊、岛是苦行头陀，《玉台》《香奁》是绮语破戒僧，温、李、二罗是野狐禅。

这种“以禅论诗”的风格，在宋代严羽的《沧浪诗话》中就有了。而屠隆这篇论断，与诸人的人生思想根本没有任何关系，只是印象式的批评，说自己的一种感觉而已。就像现代有人以书法来评论京剧老生流派风格，说言菊朋似小篆、杨宝森似魏碑，实际上不过是说言派阴柔圆润、杨派古朴苍劲罢了，至于唱京戏的言、杨二人是否学过小篆或魏碑，根本没有关系。

说来说去，渊明的人生思想和佛教几乎是搭不上任何干系的。当然，由于时代风气，他也许会如梁启超先生说的那样，“却又受了当时玄学和慧远一班佛教徒的影响，形成他自己独得的人生见解”（《陶渊明之文艺及其品格》），但无论如何，佛学思想至多是渊明主体思想的一点补充而已。

不过，渊明这一生中确实有些和尚及信佛的朋友，与他们做过方外之游。据萧统《陶渊明传》记载：

> 时周续之入庐山，事释慧远，彭城刘遗民亦遁迹匡山，渊明又不应徵命，谓之浔阳三隐。

浔阳齐名的三大隐士——陶渊明、周续之、刘遗民，三人时有往来，其中的周续之就是慧远大师的弟子。而慧远更是极为器重渊明。按梁启超先生推算，大约在渊明四十三岁那年，慧远大师召集了僧俗一百二十三人，结白莲社于庐山之东林，由刘遗民写的《誓愿文》（大约相当于组织宗旨纲领一类的文字），开启了佛教净土宗的先河。据佚名《莲社高贤传》记载：

> 远法师与诸贤结莲社，以书招渊明，渊明曰："若许饮则往。"许之，遂造焉；忽攒眉而去。

慧远大师为了能让渊明入社，连饮酒这样的戒律都放宽了。但渊明来了，不知怎么了，他忽然一皱眉头就走了。有的传说是渊明到寺外，闻钟声，攒眉而去。我们实在不知渊明当时心里是怎么想的，可能渊明看见一百多人虔诚地坐在那里，不觉静谧，反觉得他们都太过"无明"（愚）吧。最有意思的是，陶渊明一介贫士，慧远大师对他欣赏得不得了；而后世与陶齐名的谢灵运（陶当时声名远不如谢），当时地位显赫，他上赶着去亲近慧远，慧远却不喜欢他，嫌他心乱。以此看来，慧远不以声名地位论人，真是慧眼独具，颇有大师风范。

另外有个传说：相传慧远送客人不过寺门前的虎溪。有一天慧远和陶渊明、陆修静论道，不觉过溪数百步，当时山中猛虎大啸，似乎是在提醒慧远——“你犯规了”，于是三人相与大笑。这宗佛门公案虽然不知是否真有，但后世画师颇爱以此为题，深林古刹溪前，三人相视大笑。笑的是什么？

此中有真意，欲辨已忘言。

［北宋］佚名《莲社图手卷》（局部）

第十五章　有志不获骋

渊明在《归去来兮辞》中说“请息交以绝游”，又说“世与我而相违”，但是渊明出世，却不曾忘世。用韩愈的话说，就是他的心到底不能完全平静。韩愈在《送王秀才序》中，拿阮籍、陶潜和颜回进行了一下比较：

> 及读阮籍、陶潜诗，乃知彼虽偃蹇不欲与世接，然犹未能平其心，或为事物是非相感发，于是有托而逃焉者也。若颜氏之子操瓢与箪，曾参歌声若出金石，彼得圣人而师之，汲汲每若不可及，其于外也固不暇，尚何麴蘖之托而昏冥之逃邪？吾又以为悲醉乡之徒不遇也。（《朱文公校昌黎先生集》卷三）

韩愈认为，颜回、曾参在隐居的生活中确实使内心得到宁静，并且有幸有孔子这样的圣人为师，努力学习尚且还觉得来不及呢，哪有时间考虑那么多世俗之事呢？而渊明、阮籍是一类人，他们虽然看不上世俗，但是到底忘不了世事，所以时常会流露出一些激愤，故而他们经常借酒浇愁，不过是落得个暂时的忘却罢了。渊明的《杂诗十二首》的第二首，就很能表现出宁静之下那汹涌的暗流：

> 白日沦西阿（一作“河”），素月出东岭。遥遥万里辉，荡荡空中景。风来入房户，夜中枕席冷。气变悟时易，不眠知夕永。欲言无予和，挥杯劝孤影。日月掷人去，有志不获骋。念此怀悲凄，终晓不能静。

这是一首写秋夜之景与凄凉的感思之作。前四句清景无限，然而从第六句“枕席冷”开始，那种孤独悲凉以及内心的不平静就跃然纸上了。“日月掷人去，有志不获骋”——人一天老似一天，而自己的志向确实永远不能得到施展。这种情怀甚至可以让诗人彻夜失眠，可见这份“志向”在其内心中的分量了。然而渊明究竟是为了什么“志”而“怀悲凄”呢？这首诗中有一句——气变悟时易。表面是说，秋天来了，气候变化了，我感悟到了时令的转换；“时”在古代常常暗指“时代”，因此往深层说，渊明是在暗中感慨时代更迭，晋之倾覆，并不为过。

过去有很多人认为渊明是晋之遗民，他的诗，凡在晋未亡之时作者，诗的题目序言中都用晋的年号，晋亡后之作凡遇要写时间的，只写干支纪年，也就是古人说的“唯云甲子而已”。前文引过沈约《宋书·隐逸传》中的文字，就提到了这一观点。陶渊明“唯云甲子”这一说法在很长一段时间内得到了世人的认可。但是宋代思悦提出了异议，他认为渊明这些写干支纪年的作品，有些是很早的作品，根本没有到晋亡。所以“唯云甲子”不过是世之好事者的观点，不是渊明的本意。（参见本书《述酒晋宋间》章）

明代宋濂《题渊明小像卷后》也认为这是沈约的一种错误观点：

> 若《九日闲居》诗，有“空视时运倾”之句，《拟古》第九章，有“忽值山河改”之语，虽未敢定为何年，必宋受晋禅后所作，不知何故反不书以甲子耶？其说盖起于沈约《宋书》之误……呜呼！渊明之清节，其亦待书甲子而后始见耶？（《宋学士全集》卷十三）

宋濂认为像渊明影射朝代更迭的《九日闲居》《拟古》诸诗，都没有写甲子（当然也没有写年号），所以沈约的说法是错误的。而且他认为渊明清高的节操，根本不需要“唯云甲子”这种行为才能为世人所敬仰。

但是我认为，渊明的价值不在“甲子”一事，当然是没有疑问的。不过以晋宋改朝换代为界限，在这之前，渊明的诗写年号也罢，写甲子也罢，都没有关系，因为那是一种正常的生活；但在这之后，渊明的诗无论是写甲子，还是什么都不写，他确实是没写过宋代的年号。可见渊明在晋亡之前，写诗提到时间是比较随意的，什么记法都可能有；晋亡宋兴，渊明则有意识地避免用宋之年号，这个还是肯定的。沈约也没有说渊明在晋时只写年号不写甲子，因此要想推翻沈约之说，唯一的办法就是在陶渊明诗中找出一篇写了刘宋年号的诗文来。不过，渊明诗中确实没有这样的作品。

因此，渊明就像萧统说的那样，“自以曾祖晋世宰辅，耻复屈身后代”（《陶渊明传》），这一点是毫无疑问的。苏东坡在《书渊明述史章后》说：“渊明作《述史》九章，《夷齐》《箕子》盖有感而云，去之五百余载，吾犹知其意也。”宋代葛立方在《韵语阳秋》中也说：“观渊明《读史九章》，其间皆有深意。其尤章章者，如《夷齐》《箕子》《鲁二儒》三篇……由是观之，则渊明委身穷巷，甘黔娄之贫而不自悔者，岂非以耻事二姓而然耶？”他们列举的这些诗篇，都是渊明吟咏古代有节操的遗民的作品，渊明赞美他们，同时也是以他们为榜样，认同他们的行为，并且激励自己。

正因如此，人们觉得渊明很多诗都隐约地表达了这种“志”（情怀）。比如大家都熟悉的《归园田居》“种豆南山下”一首：

种豆南山下，草盛豆苗稀。晨兴理荒秽，带月荷锄归。道狭草木长，夕露沾我衣。衣沾不足惜，但使愿无违。

后来元代的刘因以诗解诗，在《归去来图》中解释得非常露骨：

渊明豪气昔未除，翱翔八表凌天衢。归来荒径手自锄，草中恐生刘寄奴。

“草中恐生刘寄奴”这句，未免太坐实了。当渊明“归园田”之时，距离刘裕（小名寄奴）篡晋还有很多年呢，渊明不可能这样未卜先知。不过要把这句的“刘寄奴”解释为“刘寄奴这类日后颠覆晋朝的人”，倒也说得通。然而，这是一种很“危险”的解释诗歌的方法，很容易陷入穿凿附会的误区。因此清代陈沆《诗比兴笺》中说：

案，读陶诗者有二蔽：一则惟知《归园》《移居》及田间诗十数首，景物堪玩，意趣易明。至若《饮酒》《贫士》，便已罕寻；《拟古》《杂诗》，意更难测。徒以陶公为田舍之翁，闲适之祖。此一蔽也。二则闻渊明耻事二姓，高尚羲皇，遂乃逐景寻响，望文生义。稍涉长林之想，便谓采薇之吟。岂知考其甲子，多在强仕之年。宁有未到义熙，预兴易代之感？至于《述酒》《述史》《读山海经》，本寄愤悲，翻谓恒语。此二蔽也。宋王质、明潘璁均有《渊明年谱》，当并览之，俾知早岁肥遯，匪关激成；老阅沧桑，别有怀抱。庶资论世之胸，而无害志之凿矣。

这一段解读陶诗的态度非常公允。陈沆认为，陶诗应该分期。早期那些单纯写隐居田园的诗为一类，后期寄托朝代更替悲愤之情的诗为一类。对于这两类诗，要用不同的方法去阅读，不要混淆。也就是说，诗人有寄托，我们就去解释寄托；诗人没有寄托，我们不能穿凿附会，生硬地安排出许多寄托的意义来。但哪些诗有寄托，哪些诗无寄托呢？这个问题就很复杂了——可以主要参考时代，但又不能一概而论。早期之诗，也未必没有寄托。但无论怎样，也不能给他早期的作品解释出“改朝换代”那些很具体的事来。因为即使渊明感觉很敏锐，但他毕竟不是先知。

渊明在后期的很多诗中都表达了这种不平静的“志”，一种很激愤的情绪。宋代黄徹《䂬溪诗话》中说：

世人论渊明，皆以其专事肥遯，初无康济之念，能知其心者寡也。尝求其集，若曰：“岁月掷人去，有志不获骋。”又有云：“猛志逸四海，骞翮思远翥。”“荏苒岁月颓，此心稍已去。”其自乐田亩，乃卷怀不得已耳。士之出处，未易为世俗言也。

这里列举了渊明很多显示“壮心”的句子。此外还有著名的《读山海经》中的“刑天舞干戚，猛志固常在”。宋代王应麟《困学记闻》中，将陶渊明的《读山海经》比作屈原的《远游》，并说“刑天”这两句，真可说是“悲痛之心，可为流涕”。清代施山《望云诗话》中说：

> 渊明为平淡之极品，然其言曰：“吾少性刚才拙，与物多忤。”又曰：“刑天舞干戚，猛志固常在。”有此刚性猛志，万锤万炼，而后能入平淡，此岂庸才弱质，厌厌无血气之夫，所能藉口勉为哉？

他盛赞渊明是个有血性的男儿。清代延君寿《老生常谈》评陶诗也说：“斩钉截铁，劲气勃发，可以想见陶公之为人。”鲁迅《题未定草（六）》中说：

> 就是诗，除论客所佩服的“悠然见南山”之外，也还有“精卫衔微木，将以填沧海”“刑天舞干戚，猛志固常在”之类的“金刚怒目”式，在证明着他并非整天整夜的飘飘然。这“猛志固常在”和“悠然见南山”的是一个人，倘有取舍，即非全人，再加抑扬，更离真实。

而对于“刑天舞干戚”一句，历史上有其他说法，认为此

［元］佚名《金刚力士》

句字有讹误，应该是“形夭無千歲”，乃字形相近造成后世传抄的讹误：

刑天舞干戚——形夭無千歲

为什么古人会有这种质疑呢？因为有人认为，渊明《咏山海经》基本上是一首咏《山海经》中的一件事的诗。这首诗是专说“精卫填海”的，不该混入“刑天”的典故。“形夭無千歲”就是说精卫夭折，没有千年之寿。下接“猛志固常在”则是说虽然夭折，但化而为鸟，志向常在。宋代周必大《二老堂诗话》等就持这种观点。但此说并不是所有人都赞同。在这里提出来，只是让大家知道有这么一种说法。

而渊明还有一首极为有名的《咏荆轲》：

> 燕丹善养士，志在报强嬴。招集百夫良，岁暮得荆卿。君子死知己，提剑出燕京。素骥鸣广陌，慷慨送我行。雄发指危冠，猛气冲长缨。饮饯易水上，四座列群英。渐离击悲筑，宋意唱高声。萧萧哀风逝，淡淡寒波生。商音更流涕，羽奏壮士惊。心知去不归，且有后世名。登车何时顾？飞盖入秦庭。凌厉越万里，逶迤过千城。图穷事自至，豪主正怔营。惜哉剑术疏，奇功遂不成！其人虽已没，千载有余情。

古人对荆轲刺秦的行为多有非议，但是渊明这首诗明显是在赞美荆轲的这种豪气侠风。所以明代茅坤评价陶诗：“其中多呜咽感慨之旨。”又说，“先生岂盻盻然歌咏泉石，沉冥麴蘖者而已哉！吾悲其心悬万里之外，九霄之上，独愤翮之縶而蹄之蹶，故不得已诗酒自溺，待尽丘壑焉耳。”（清·陶澍集注《靖节先生集》卷首《诸本评陶汇集》）而朱熹有两段论陶潜的话，说得最好：

> 陶渊明诗，人皆说是平淡，据某看他自豪放，但豪放得来不觉耳。其露出本相者，是《咏荆轲》一篇，平淡底人，如何说得这样言语出来？（《朱子语类》）

> 陶却是有力，但语健而意闲。隐者多是带气负性之人为之，陶欲有为而不能者也，又好名。（同上）

清代龚自珍运用朱熹这段话的意思做出了脍炙人口的诗作：

> 陶潜诗喜说荆轲，想见停云发浩歌。吟到恩仇心事涌，江湖侠骨恐无多。

> 陶潜酷似卧龙豪，万古浔阳松菊高。莫信诗人竟平淡，二分梁甫一分骚。（《杂诗三首》选二）

这两首诗，第一首说的便是渊明咏荆轲，认为渊明之所以会对荆轲这样赞美，是因为他也有亡国之恨，也希望有荆轲这样的人出来，即使不能改变历史，也要让那些逆臣贼子心存忌惮。而第二首，龚自珍则是将陶渊明与卧龙诸葛亮相比，认为渊明和诸葛亮一样有经时济世之

［元］赵孟頫《诸葛亮》（局部）

才。其实将渊明比孔明，并不是自龚自珍开始的。宋代黄庭坚《宿旧彭泽怀陶令》一诗便说：

潜鱼愿深渺，渊明无由逃。彭泽当此时，沉冥一

> 世豪。司马寒如灰，礼乐卯金刀。岁晚以字行，更始号元亮。凄其望诸葛，抗脏犹汉相。时无益州牧，指挥用诸将。平生本朝心，岁月阅江浪。空余诗语工，落笔九天上……

辛弃疾《贺新郎》词曰：

> 把酒长亭说。看渊明、风流酷似，卧龙诸葛……

但是孔明和渊明还是有着很大的区别的。首先说，诸葛亮是先隐居后出仕，而渊明则是先出仕而后隐居。诸葛亮是一出山就再也没有归隐，渊明是一隐居就再也没出仕。有人解释说，这是因为渊明找不到刘备这样的明主，所以归隐。渊明自己也确实写过《感士不遇赋》。如清代钟秀《陶靖节记事诗品》说渊明："回翔十载，卒屈于戎幕佐吏，用是志不获骋。"宋代游潜《梦蕉诗话》中引张翠屏《题渊明归隐图》云："世无刘豫州，隆中老诸葛。所以陶彭泽，归兴不可遏。"此说看似有理，实在经不住推敲。诸葛亮和陶渊明最大的区别在于"用心不同"上。诸葛亮自比管仲乐毅，用世之心极为明显；而渊明读书，则以儒家六经、《论语》《老》《庄》以及《山海经》等书为主。可见渊明更多关注的是个人修养，而非济世致用之术。仅从这一点上，就可以说孔明、渊明从根本上是异趣的。

另外，还有很多人将渊明比屈原。最复杂的是元代吴澄在《詹若麟渊明集补注序》中，将屈原、张良、诸葛亮、陶渊明四个人相提并论，认为四人是用心如一，只是表现不同：

> 予尝谓楚之屈大夫，韩之张司徒，汉之诸葛丞相，晋之陶徵士，是四君子者，其制行也不同，其遭时也不同，而其心一也。何者？明君臣之义而已……莫如之何者，将没世而莫之知，则不得不托之空言以洩忠愤，此予所以每读屈辞陶诗，而为之流涕太息也。屈子之辞，非藉朱子之注，人亦未能洞识其心。陶子之诗，悟者尤鲜。其泊然冲淡而甘无为者，安命分也；其慨然感发而欲有为者，表志愿也……呜呼！陶子无昭烈之可辅以图存，无高皇之可倚以复仇，无可以伸其志愿，而寓于诗，使后之观者，又昧昧焉，岂不重可悲也哉！屈子不忍见楚之亡而先死，陶子不幸见晋之亡而后死。死之先后异尔，易地则皆然，其亦重可哀已夫！（清·陶澍集注《靖节先生集》卷首《诸本序录》）

诸葛亮与陶渊明之不同，前面已经说过。而张子房则与诸葛亮相近，亦与渊明异趣。至于屈原，在有些方面则与渊明有一点相似。屈原是楚国的宗室，渊明的祖先是晋国开国重臣。所以从这一点上讲，他们都是极为忠于当时的政权的。但宗室与重臣的后裔毕竟不一样，因此国破屈原投江自尽，而渊明只是不仕而已。总之，屈原和渊明也并不是十分相似。但是元代吴师道在《吴礼部诗话》中有一点说得很好：

> 洪庆善之论屈子，有曰："屈原之忧，忧国也；其乐，乐天也。"吾于陶公亦云。

"忧国"与"乐天"确实是渊明重要的两大心事，把握住这两点，则更易把握渊明的诗文。但渊明在"忧国"之外，更重要的是"忧道"。渊明与孔明最大的区别就是，渊明更关心的是形而上一些的"道"，孔明则更多停留在"术"上。

渊明说自己是"总角闻道，白首无成"，明代郭子章评价这两句诗说："渊明亦以闻道自任矣。"（《豫章诗话》）明代安磐《颐山诗话》也说渊明是倾心圣贤之学（儒学）的：

> 陶渊明诗冲澹深粹，出于自然，人皆知之。至其有志圣贤之学，人或不能知也。其诗曰："先师遗训，予岂云坠。四十无闻，斯不足畏。"又曰："朝与仁义生，夕死复何求。"又曰："羲农去我久，举世少复真。汲汲鲁中叟，弥缝使其淳。"又曰："先师有遗训，忧道不忧贫。瞻望邈难逮，转欲志长勤。"予谓汉魏以来，知遵孔子而有志圣贤者，渊明也，故表而出之。

这里面引用渊明很多作品，而渊明的这些作品体现的正是儒家的思想。近代杀身以成仁的革命志士谭嗣同，在《致刘淞芙书》中亦表达了自己的看法，认为渊明的人生哲学是从“经术”（六经，即指代儒学）中来：

> 真西山称陶公学本经术，最为特识……今按其诗，不仅此也。如“本不植高原”云云，似自明所以不死之故；“若不委穷达”云云，伤己感时，衷情如诉，真可以泣鬼神，裂金石！兴亡之际，盖难言之。使不幸而居高位，必铮铮以烈鸣矣。今其诗转多中正和平也者，斯其涵养深纯，经术之效也……“学诗宜穷经，方不终身囿于词人。”（《谭嗣同全集》卷三）

如今又有几人真能理解“学诗宜穷经，方不终身囿于词人”呢？又有几人能真正理解“雕虫篆刻，壮夫不为”呢？从思想、精神的榜样角度来讲，渊明即使没有出仕建功立业，其对后人的影响亦绝不在张良、诸葛亮之下。正如宋代范温《潜溪诗眼》中引正夫的话那样：

> 人言陶渊明隐。渊明何尝隐？正是出耳。

第十六章　闲情岂微瑕

在那遥远的地方有位好姑娘
人们走过她的帐篷都要留恋地张望
……
我愿做一只小羊跟在她身旁
我愿每天她拿着皮鞭不断轻轻打在我身上

解读渊明，何以要引西部歌王王洛宾的《在那遥远的地方》呢？莫非此歌脱胎于渊明的作品么？不错，这首歌与渊明之作确有神似之处：

愿在衣而为领，承华首之余芳；悲罗襟之宵离，怨秋夜之未央！

愿在裳而为带，束窈窕之纤身；嗟温凉之异气，或脱故而服新！

愿在发而为泽，刷玄鬓于颓肩；悲佳人之屡沐，从白水而枯煎！

愿在眉而为黛，随瞻视以闲扬；悲脂粉之尚鲜，或取毁于华妆！

愿在莞而为席，安弱体于三秋；悲文茵之代御，方经年而见求！

愿在丝而为履，附素足以周旋；悲行止之有节，空委弃于床前！

愿在昼而为影，常依形而西东；悲高树之多荫，慨有时而不同！

愿在夜而为烛，照玉容于两楹；悲扶桑之舒光，奄灭景而藏明！

愿在竹而为扇，含凄飙于柔握；悲白露之晨零，顾襟袖以缅邈！

愿在木而为桐，作膝上之鸣琴；悲乐极而哀来，终推我而辍音！（译文见后）

这正是渊明那篇聚讼千古的《闲情赋》中的精华。渊明的《闲情赋》写了一个神秘而美丽的女子，把他的魂都勾走了，他愿意幻化成为这女子身边无数的器物，但又哀叹自己不能永远留在她的身边。这真与“我愿做一只小羊”有异曲同工之妙。然而渊明一连下了十个“愿”字、九个“悲”字和一个“嗟”字，思极巧，情极真。

为什么说《闲情赋》聚讼千古呢？这缘于渊明的第一大崇拜者梁昭明太子萧统。他在《陶渊明集序》中说了这样一段话：

[明] 唐寅《仕女图》(局部)

白璧微瑕，惟在《闲情》一赋。扬雄所谓劝百而讽一者，卒无讽劝，何必摇其笔端？惜哉！亡是可也。

白璧比喻渊明，微瑕指《闲情赋》，自此“白璧微瑕”就成了《闲情赋》的罪名。萧统认为渊明这篇《闲情赋》没有遵循扬雄对赋这种文体总结出来的“劝百讽一”的原则。什么叫“劝百讽一”？劝是鼓励的意思，讽是婉言进谏的意思。从先秦末期开始，君主骄奢淫逸，臣子想要规劝，又怕犯颜直谏适得其反，于是用新兴的赋这种文体，极力铺陈渲染君主喜爱的东西。比如君主喜欢苑囿狩猎，那我就写个《上林赋》，铺陈苑囿中的珍禽瑞兽、奇花异草，让你看得目不暇接，心神摇荡，却在结尾处婉转地说：“这样不好嘛。”由于赋中大量篇幅用来铺陈尤物，好像是在鼓励君主去追求这些东西，而结尾只是很婉转地进谏一两句，因此被称作“劝百讽一”。“劝百讽一”的大赋很像今天某些大制作的电影——主角纸醉金迷、打打杀杀了整部影片，到该死的都死了，电影还剩一分钟结束时，才隐约听见远方警笛响起……

萧统觉得《闲情赋》没有“劝百讽一”，认为渊明写的这个《闲情赋》，只是鼓励男人去追慕美女，却没有规劝他们不要放纵自己的情感。所谓的“亡是可也”，就是说这篇作品“不写也罢”。

若干年后，渊明的第二大崇拜者苏轼却不认同萧统的看法。他在《评〈文选〉》中强烈抨击萧统：

> 渊明作《闲情赋》，所谓《国风》好色而不淫，正使不及《周南》，与屈、宋所陈何异？而统大讥之，此乃小儿强作解事者。

东坡的意思是，萧统拿扬雄“劝百讽一”的标准来衡量《闲情赋》，但是渊明《闲情赋》遵循了《诗经》“好色而不淫”的原则！萧统你这小毛孩子懂得什么？“乐而不淫，哀而不伤”，这是孔子在《论语》中对《诗经·关雎》的赞美。而《关雎》正是《周南》的第一篇。所谓“淫”，乃是过度的意思。“好色不淫”就是喜欢美色，但是不沉迷于美色。其实先秦的儒家非常通情达理，非常“人性化”。孟子说过：“人少则慕父母，知好色则慕少艾。”（《孟子·万章上》）意思是说，人小的时候敬慕父母，长大后就懂得喜好女色，于是就爱慕美貌的姑娘。可见，东坡觉得渊明就算是真的好色，也是“好色而不淫”，很符合健全的人性！袁行霈在《陶渊明集笺注》中“析义”说：“苏轼亦不认为《闲情赋》有讽谏之寓意，而确信是言情之作，但无伤大雅。”对于苏轼这段话的后两句，可是说得含糊，什么叫“与屈、宋所陈何异”？

“与屈、宋所陈何异”，就字面意思说，就是“和屈原、宋玉写的有什么区别”。问题就出在这一句了，屈、宋的风格和《诗经》可是差得太多了。大家都知道屈原忠君爱国，缠绵悱恻，在《离骚》中创立了“香草美人”的象喻系统。以香草喻贤人君子，以美人或喻君主，或喻自身。如果按照屈原“香草美人”的原则去解释《闲情赋》的十愿，那就不是一个男人追美女追不到手，而是臣子追随君主却见弃于君主了。因此明代郭子章在《豫章诗话》中说：“东坡止以屈、宋望陶，屈犹可言，宋则非陶所愿学者。”明代毛晋在《陶靖节集序》里也说：“如读《离骚》仅能猎艳词，拾香草，而《闲情》一赋，反谓白璧微瑕，不重可惜也哉！”这二家都认为《闲情赋》和《离骚》一样，是以美人托喻的作品。为什么说“屈犹可言，宋则非陶所愿学者”呢？因为屈原一腔忠爱，怀石自沉汨罗江，人品绝高。而宋玉则不然，《史记》记载：

> 屈原既死之后，楚有宋玉、唐勒、景差之徒者，皆好辞而以赋见称；然皆祖屈原之从容辞令，终莫敢直谏。其后楚日以削，数十年，竟为秦所灭。

可见宋玉文辞虽美，人格却不高，所以渊明的“粉丝”们，不屑以陶比宋。

但是，宋玉也有自己的粉丝。于是明代张溥就在《题陶彭泽集》中说：“《闲情》同宋玉之《好色》。”这就是说，渊明《闲情赋》的写法是学宋玉的《登徒子好色赋》。想当年，楚国的大夫登徒子（登徒是复姓）向楚王诋毁宋玉，说宋玉人长得帅，既花言巧语，又好色，建议楚王不要让宋玉进后宫，疏远着点，不然……言下之意是“不然您的帽子可要有点绿”。于是楚王就拿登徒子这话问宋玉，宋玉就说自己不好色，说他邻家有个女孩长得如何如何漂亮，勾引了他三年他也不动心；而登徒子老婆长得惨不忍睹，可登徒子和她生了五个孩子，楚王您说谁好色吧。其实这也是一篇“劝百讽一”的作品，意在规劝楚王在美色当前时，要“目欲其颜，心顾其义，扬诗守礼，终不过差”。其实宋玉的《登徒子好色赋》和渊明的《闲情赋》从文章气韵上讲，还真有相似之处，尤其是这一段：

> 天下之佳人，莫若楚国；楚国之丽者，莫若臣里；臣里之美者，莫若臣东家之子。东家之子，增之一分则太长，减之一分则太短；著粉则太白，施朱则太赤。眉如翠羽，肌如白雪，腰如束素，齿如含贝。嫣然一笑，惑阳城，迷下蔡。然此女登墙窥臣三年，至今未许也。

明代杨慎最欣赏渊明《闲情赋》中的“瞬美目以流盼，含言笑而不分”，认为“曲尽丽情，深入冶态”，可算是“词人之赋丽以淫”。（这也是扬雄的观点，他认为“诗人之赋丽以则，词人之赋丽以淫”。）“瞬美目以流盼，含言笑而不分”两句写得确实好，脱胎于《论语》所引《诗》之“巧笑倩兮，美目盼兮”。“瞬”是转动眼睛的意思，是说这个女子明眸善睐，眼珠流盼，那眼神似言似笑，但你又琢磨不透她欲语者何，所笑者何，真可与宋玉《好色赋》相表里。

清代陈沆在《诗比兴笺》中提出自古模拟“骚体”的作品，都是重复屈原的东西，没有新意，独渊明此赋，比兴虽同，而无一语之似，真得拟古之神。并且引苏东坡“晋无文，惟渊明《归去来辞》一篇而已”的话，提出“晋无文，惟渊明《闲情》一赋而已”。这样一来，《闲情赋》可就成了两晋第一鸿文了！而在《闲情赋》似谁的方面，陈沆则抹了把稀泥，认为《闲情赋》又似《国风·关雎》，又似《离骚》美人香草，又似宋玉诸赋。

似《诗》？似屈？似宋？——这有区别么？有！《诗经》是纯写实的。如果《闲情》似《诗》，则说明现实生活中确实有这样一位美人，曾经让渊明动过心，写了这篇赋。屈原的《离骚》是政治抒情诗之祖，如果《闲情》似屈，则说明渊明写的美人就是指晋代的君主，表达自己慕君之忠爱。宋玉《好色》诸赋，是就情言情，也就是说，充分运用自己的想象塑造出一个绝世佳人，最后规劝君主不要过分为之沉迷。如果《闲情》似宋，则赋中的美女便是世无其人，是渊明意念中的美女。到底是哪样呢？我们看看渊明在《序》中是如何说的：

> 初，张衡作《定情赋》，蔡邕作《静情赋》，检逸辞而宗澹泊，始则荡以思虑，而终归闲正。将以抑流宕之邪心，谅有助于讽谏。缀文之士，奕代继作。并因触类，广其辞义。余园间多暇，复染翰为之。虽文妙不足，庶不谬作者之意乎。

原来，渊明是学张衡《定情赋》、蔡邕《静情赋》，仍是宋玉“劝百讽一”一路。有人考证《闲情赋》“十愿”乃脱胎于张衡《同声歌》的“愿思为莞席，在下蔽匡床。愿为罗衾帱，在上卫风霜”，只不过《同声歌》为“二愿”四句，《闲情赋》拓为“十愿”四十句。这类作品，从宋玉至两晋不断有人创作。楚有宋玉，汉有司马相如、张衡、蔡邕，魏有陈琳、阮瑀作《止欲赋》，王粲作《闲邪赋》，应瑒作《正情赋》，曹植作《静思赋》，晋有张华作《永怀赋》，内容手法皆有相似之处。这就是渊明在《序》中所说的“缀文之士，奕世继作，并因触类，广其辞义”。

因此在我看来，渊明的《闲情赋》，《诗》、宋兼而有之。在渊明的生活中，肯定没有出现过《闲情赋》中那么完美的女子，但肯定有某个女子（或某些女子）的一颦一笑曾印入过渊明的心里。是以虽无其人、无其事，确有其情。渊明此赋具有很明显的“讽劝”味道，但他讽劝的肯定不是君主，而是自己，是让自己不要这么沉迷于浪漫且虚无的欲海情天。

既然如此，为何古人总要把《闲情》和《离骚》挂钩呢？尤其时代越晚越是如此呢？中国自两宋理学兴盛之后，道德之论逐渐压抑人性，很正常之言情皆属于人生的“污点”。因此，很多人喜欢某一部言情的作品，又不敢公开说喜欢作品中的这种生活，只好借助“政治抒情”“寄托”等名义，把这种作品政治化，无限拔高，这样才可以公开说喜欢。想想真是可悲又可怜：表面上只能说喜欢的是作者的政治寄托，内心却沉醉于情感的细腻。

宋代俞文豹《吹剑四录》中记载了这样一个故事：范仲淹做饶州太守，和官妓中的一个小姑娘非常好。后来范仲淹调任离开，写了首诗寄给饶州的朋友魏介：

> 庆朔堂前花自栽，便移官去未曾开。年年忆着成离恨，只托春风管领来。

魏介一看就知道范仲淹想那个小姑娘了，于是就把她买下来送给了范仲淹。俞文豹感慨说："以范公而不能免。"意思是如范仲淹人格这样伟大的人，仍然不能免于男女私情，何况是普通百姓呢？所以他认为，张衡作《定情赋》，蔡邕作《静情赋》，渊明作《闲情赋》，就是因为"尤物能移人"——美女太吸引人了，以致于情荡难反，所以"防闲"之。顺带说一句，"闲情"之"闲"乃是"防闲"，意思是防御，是动词。包括"定情"的"定"、"静情"的"静"，都是动词，意思是使感情安定平静下来。

但是直到清代，还是有人大放迂腐之言。清代方东树《续昭昧詹言》说：

> 昔人谓正人不宜艳诗，此说甚正，贺裳驳之非也。如渊明《闲情赋》，可以不作，后世循之，直是轻薄淫亵，最误子弟。

这段话真是让人看得气闷。在今天看来，《闲情赋》“十愿”所表现出来的“轻薄淫亵”，这种对感情的体味简直太“古典”了！不只我们觉得古典，就连清代有些人也嫌其太过古典，太不热烈了。记得清代有首七绝《书靖节〈闲情赋〉后》：

> 闲情作赋太无聊，有好何须九愿饶。我愿将身长化带，一生牢系美人腰。（很多古人将“十愿”称为“九愿”）

真不知方东树看后要怎样吹胡子瞪眼睛了！

直至近现代，对于渊明的为人与《闲情》，才有较为公允的论断。对于渊明的为人，当属梁启超说得贴切：

> 渊明是极热血的人，若把他看成冷面厌世一派，那便大错了……须知他是一位缠绵悱恻最多情的人。（《陶渊明之文艺及其品格》）

《闲情》一赋，当属朱光潜说得妥帖：

> 在这篇赋里渊明对于男女眷恋的情绪确是体会得细腻之极，给他的冲淡朴素的风格渲染了一点异样底鲜艳底色彩；但是也正在这一点上我们可以看出渊明是一个有血肉底人，富于人所应有底人情。（《陶渊明》）

对于萧统批评《闲情赋》，元代李治认为“昭明不取亦未足以损渊明之高致”（《敬斋古今黈》）。确实，不取《闲情赋》不足以损渊明的高致，但如果渊明没有留下《闲情赋》，则足以损其人生那一点“异样底鲜艳底色彩”。只有高致而没有幽情，我们所窥到的将永远只是渊明的侧影。

有人说《闲情赋》是渊明不到二十岁时的作品，也有人说是三四十岁时的作品，还有人说是五十多岁时的作品。这是个无法考证的事情。说是不到二十岁时的作品，一是很符合孔子说的人在年轻时“血气未凝，戒之在色”；一是可能是古人觉得这篇赋到底是微瑕，还是推为少作（年轻时的作品）的好——年轻么，容易冲动，长大了就不这样了。但是不到二十岁的男生，恐怕不大好意思写这些东西。即使开放到了今天这样的社会，十几岁的男生女生还是相对要含蓄得多。要说是五十多岁时写的吧，虽然好色与年岁无关，但老来血气衰败，大概不会再有情致写这么大篇幅的这类作品了。所以说是三四十岁时的作品我觉得最像。这种像无法考证，只是从心境上感觉像。至于历史的真实究竟是什么样的，谁也不知道。

世间虽有艳色，但艳色只在渊明的想象中。

世间已无渊明，而渊明仍在人们的想象中。

附 所选《闲情赋》片段译文：

愿化作她上衣的领襟呵，承受她姣美的面容上发出的芳香；可惜罗衫到晚上便要从她身上脱去，我只能怨秋夜之漫漫！

愿化作她外衣上的衣带呵，束住她纤细的腰身；可叹随着天气冷热变化，她又要脱去旧衣，换上新装！

愿化作她发上的油泽呵，滋润她乌黑的发鬓，在削肩旁披散下来；可怜佳人时常沐浴，我便要被水流冲掉！

愿作她秀眉上的黛妆呵，随她远望近看而逸采飞扬；可悲人们只追求色彩鲜艳，我这旧脂粉也许很快就会被新的覆盖！

愿作她卧榻上的蔺席呵，使她的柔弱躯体安卧于秋天；可恨（天再凉时）便要用绣锦代替蔺席，一年之后才能再被取用！

愿作丝线成为她的鞋子呵，随她的纤足四处行走；可叹她进退行止都有节度，（睡卧之时）我只能被弃置在床前！

愿在白天成为她的影子呵，跟随她的身形东奔西走；可怜她到了大树的荫凉之下，我这影子就立刻消失，不能和她在一起了！

愿在黑夜成为烛光呵，映照着堂前她的玉容；可叹东方日出天光大亮，我这烛光就立刻被她熄灭！

愿化为竹枝而做成她手中的扇子呵，在她手中扇出微风；可是早起白露降下（便用不到扇子），我只能遥望着佳人的襟袖！

愿化身成为桐木呵，做成她膝上的鸣琴；可叹乐极哀来，她终会将我推到一边，不再抚弄！

第十七章　莱妇与痴儿

渊明提到自己妻子的诗文实在太少，偶有几句，也是只言片语，一带而过，这点尚不如老杜诗中之“飘泊损红颜”“老妻画纸为棋局”了。渊明在《与子俨等疏》中说：“但恨邻靡二仲，室无莱妇，抱兹苦心，良独内愧。”二仲，指汉代的两位隐士羊仲、求仲。莱妇是指老莱子的妻子。传说春秋时楚国的老莱子，在蒙山之南隐居躬耕。楚王重礼聘他为官，其妻竭力劝止他：“今先生食人酒肉，受人官禄，为人所制也，能免于患乎？”于是老莱子便与妻子一起逃隐到江南。（事见《高士传》《古列女传》）渊明这几句话的意思是，在邻居中我没有志同道合的隐士朋友，在家里我没有像老莱子妻子那样甘于贫苦隐居生活的妻子。

渊明到底有几个妻子？他在《怨诗楚调示庞主簿邓治中》说：“弱冠逢世阻，始室丧其偏。”弱冠是二十岁。《礼记·曲礼上》：“二十曰弱，冠。”始室是三十岁。《礼记·内则》：“三十而有室，始理男事。”室就是指妻子，民间俗称妻子为“家里的”，实际就是“室”的白话说法。“丧其偏”是指丧妻。可见渊明的第一任妻子，在他三十岁时去世了（旧注中也有认为他是二十岁丧偶的）。渊明又续了一位翟氏。在萧统的《陶渊明传》中，最后写道：“其妻翟氏亦能安勤苦，与其同志。”按照这个说法，他的妻子翟氏也是个甘于劳作勤苦的人，和渊明志同道合。但是渊明自己却说“室无莱妻”，还是在给孩子们的疏中说的。跟孩子们说他们的母亲不够安于贫困，可见渊明对妻子还是不太满意的。那翟氏安于勤苦到底是真的还是假的呢？我想，渊明的妻子，恐怕不是什么出身名门的闺秀，就是比较普通的农妇，所以她应该是不得不接受这种耕作为生的命运的。这么看来，自然是安于勤苦。但就本心而论，我想她还是希望能够生活得更好一些。这种想法本不为过，而且她看到渊明能够做官，能让家里人过上比较舒服的日子，但是渊明偏偏不做官，回家来种地，面朝黄土背朝天，年复一年过着“汗滴禾下土”的日子，我想作为一个普通的妇人肯定是不理解的。不只不理解，肯定还有怨言，恐怕渊明耳根子也清净不了，总得听她唠叨。

于是，渊明的诗文中屡次提到一些古代高洁的隐士，兼及隐士的妻子。这些人都是甘心隐居，过贫苦生活的，甚至他们的妻子还鼓励丈夫这样做。比如渊明诗文提到的黔娄，他的妻子就是一位了不起的贤妇。《古列女传·鲁黔娄妻》记载了黔娄去世，曾子去吊唁，与黔娄之妻的一番对话。《五柳先生传》赞语中著名的“不戚戚于贫贱，不汲汲（《古列女传》作“忻忻”）于富贵”就是出自黔娄妻之口（而很多版本《五柳先生传》都作“黔娄有言”）。

另外如《咏贫士》其七：

> 昔在黄子廉，弹冠佐名州。一朝辞吏归，清贫略难俦。年饥感仁妻，泣涕向我流。丈夫虽有志，固为儿女忧。惠孙一晤叹，腆赠竟莫酬。谁云固穷难？邈哉此前修。

此诗提到的古代贫士黄子廉，应该是三国时黄盖（《三国演义》中与周瑜定苦肉计的那位将军）的先人。《三国志·黄盖传》注引《吴书》说：“黄盖乃故南阳太守黄子廉之后也。”宋代王应麟《困学纪闻》引《风俗通》中记载：“颍水黄子廉每饮马，辄投钱于水，其清可见矣。”倘若这两个黄子廉是一个人的话，那么可以知道他担任过南阳太守。诗中“一朝辞吏归”可能就是指辞去南阳太守。这诗里面写了黄子廉辞官，家境清贫，妻子儿女都很痛苦，挨饿时妻子对着他哭。但是黄子廉还是“固穷”——坚守住了清贫，并没有为了改善妻子儿女的生活，再入仕途。渊明写这首诗，恐怕是借古人来写自己的生活吧。

有时想想，很多人不得不在险恶的官场、浑浊的商场里周旋，很多时候不完全是为了满足自己的欲望，而是要让妻子儿女过得好一点。尤其是古代，女人没有经济收入，完全依附于男人。宋末戴表元《韩君美经历赋孟夏木长五诗示仆因写鄙怀通呈阮使君君美与诸公讲易》诗："吾评陶渊明，略似段干木。诗文虽家满，不饱妻子腹……"（《剡源文集》卷二十七）忽然想起京剧玩笑戏《一匹布》，张骨董妻子对他丈夫说："嫁汉嫁汉，穿衣吃饭。不能穿衣吃饭，我是何必嫁汉？"张骨董说："娶妻娶妻，挨饿忍饥。不能挨饿忍饥，我是何必娶妻？"最后，戏里面张骨董的妻子因不能忍受贫苦生活离他而去。但这出戏的编排让大家都觉得张骨董活该，他妻子跟别人去过好日子是应该的。可见，这就是世俗人的想法。而我有时又觉得，陶渊明不肯出仕，是为己；出仕，是为家。从这一点来看，陶渊明未免有点"自私"。比如萧统《陶渊明传》中记载的这两件事：

> 公田悉令吏种秫，曰："吾常得醉于酒足矣。"妻子固请种秔，乃使二顷五十亩种秫，五十亩种秔。
>
> 先是颜延之为刘柳后军功曹，在浔阳与渊明情款，后为始安郡，经过浔阳，日造渊明饮焉。每往，必酣饮致醉……延之临去，留二万钱与渊明。渊明悉遣送酒家，稍就取酒。

渊明赋《归去来兮辞》时，他的妻子应该就是翟氏了。渊明想把公田都种秫酿酒，根本没有考虑到妻子儿女的生活。后来朋友颜延年送给他二万钱，他也没有拿点出来养家，都送到酒店里喝掉了。相声《卖五器》里某妇人曾说："卖一半，留一半，以后（日子）还得过呢。"从这点来看，渊明未免过于自私，太不顾家。我于渊明别的地方，皆心悦诚服；唯有此处，未免摇头。

渊明诗中正面提到妻子的，真是几乎找不到。找来找去，只在《酬刘柴桑》中看到这么一句：

今我不为乐，知有来岁不？（"不"通"否"，读平声）
命室携童弱，良日登远游。

此诗大约是义熙十年（414）所作，渊明五十岁左右。只有在这首诗中，渊明说，叫妻子带上孩子们，找个好天气到远处去游玩游玩。由此可见，渊明的婚姻情感当不如意，因此他会写《闲情赋》也就不足为奇了。

渊明除了这两个妻子以外，还有妾么？古人也很八卦，讨论过渊明有妾没妾的问题。渊明的朋友颜延之在《陶徵士诔》中说渊明"少而贫病，居无仆妾"，他和渊明虽然心有戚戚，但毕竟在一起盘桓的时日较短，未必完全了解渊明的生活。后来有人论定渊明有妾。理由是渊明《责子》诗中说："雍端年十三，不识六与七。"雍和端是渊明的两个孩子，那年两人都是十三岁，渊明又没有说他们是双胞胎，可见两人不是同一个人所生。以此论定，渊明有妾。

渊明对孩子，特别疼爱，这在《命子》《责子》《与子俨等疏》中都流露无遗。

《命子》诗一般认为是渊明初得长子俨（儿子的名字叫俨）时所写，那时渊明大约二十九岁。陶俨是渊明的第一位妻子所生。这首诗共十章，前面叙述了陶氏先祖功德，以此激励儿子继承家风。在这里，我只引后面几章：

卜云嘉日，占亦良时。名汝曰俨，字汝求思。温恭朝夕，念兹在兹。尚想孔伋，庶其企而。

这几句是说，儿子降生在良辰吉日。我给你起名叫“俨”，给你起的字是“求思”。俨和思，取义于《礼记·曲礼》：“毋不敬，俨若思。”俨是庄重恭敬之义。按说小孩成年了才赐给他字，但渊明在起名时就一并想好了。“温恭”两句是说，你要每天温和恭敬，想着你名字的出处和意义。（“念兹在兹”语出《左传·襄公二十一年》：“《夏书》曰：‘念兹在兹，释兹在兹。’”指念念不忘于某事。）最后两句说，你要想着孔伋（jí），向他学习。孔伋，字子思，孔子之孙。孔伋忠实地继承了孔子的儒学思想。陶俨字求思，也含有向子思学习之意。渊明希望他能像孔伋继承孔子精神那样，继承陶家的家风。清代方宗诚《陶诗真诠》说：“生平于《三百篇》后最喜讽咏陶诗。陶公实志在圣贤，非诗人也……其《命子》诗……是又以希圣希贤命其子也。”

厉夜生子，遽而求火。凡百有心，奚特于我。既见其生，实欲其可。人亦有言，斯情无假。

“厉夜生子”是渊明用得最好的典故之一。典故运用得好，不仅用其事，而且用其情，能够传达出自己复杂的心理。厉，同“疠”，是指患癞病的人。《庄子·天地篇》：“厉之人夜半生其子，遽取火而视之，汲汲然唯恐其似己也。”字面意思是说，有个患癞病的人，他的孩子夜里降生了，他马上取来灯火照亮来看自己的孩子，生怕孩子也像自己一样有癞病。可见为人父母者，不管自己如何悲惨，总是希望孩子一降生就是完美的，日后比自己幸福。当然，渊明用“厉”(癞病)是象征手法，可以解释为形容自己寡陋无闻，也可以只是形容自己希望孩子比自己强的一番心情。而渊明写得更妙的是后几句。他说，这种心情不只是我如此，所有的人都是一样——看见孩子降生了，就希望他比自己活得好，这是父母最真实的情感。凡百，是“凡百君子”的省略。(《诗经·小雅·雨无正》：“凡百君子，各敬尔身。”)

日居月诸，渐免于孩。福不虚至，祸亦易来。夙兴夜寐，愿尔斯才。尔之不才，亦已焉哉。

这几句是说日子一天天过去了，你也一点点地长大了。你要知道，福运不会凭空而降，祸患却容易招来。你要早起晚睡，勤奋不懈地学习，希望你日后能成才。但如果你要是真的不成才的话，那也就算了吧。

有时我想，从《命子》诗最后一章来看，此诗也许并非写于陶俨初生之时，可能是陶俨长到了一定的岁数，开始学习，但学得不理想，所以渊明写了这首诗来激励他。如果孩子刚出生或学习好，从情感上讲，似乎诗不当收在“尔之不才，亦已焉哉”上——这与《诗经·卫风·氓》“反是不思，亦已焉哉”是同一收法，甚至借用了原句，可见其情绪。

［清］石涛《渊明诗意册页》（局部）

渊明一共有五个儿子，大名分别叫俨、俟、份、佚、佟，小名分别叫舒、宣、雍、端、通。可这些孩子都没能如渊明所愿，于是渊明在四十多岁时又写了一首《责子》：

> 白发被两鬓，肌肤不复实。虽有五男儿，总不好纸笔。阿舒已二八，懒惰故无匹。阿宣行志学，而不爱文术。雍端年十三，不识六与七。通子垂九龄，但觅梨与栗。天运苟如此，且进杯中物。

这首诗近乎白话，不用一句一句地解释。从诗中可以看出，渊明作此诗时头发已经斑白，也感到身体日益衰老。此时他最希望孩子们能有出息，可孩子们都懒惰贪玩不喜欢读书。最后渊明感叹，这是命啊，没法子，不想了，喝酒吧。宋代黄庭坚读了《责子》诗，非常感慨："观渊明之诗，想见其人岂弟（通"恺悌"）慈祥，戏谑可观也。俗人便谓渊明诸子皆不肖，而渊明愁叹见于外，可谓痴人前不得说梦也。"（《书陶渊明责子诗后》）而明代钟惺在《古诗归》中也说："人知陶公高逸，读《荣木》《劝农》《命子》诸四言，竟是一小心翼翼、温慎忧勤之人。东晋放达，少此一段原委，公实补之。"盛赞渊明有一种晋人不具备的质朴亲切。清代杨夔生《匏园掌录》则说："陶公终日为儿子虑，虑及僮仆、衣食、诗书，何其真也；将儿子贫苦、愚拙种种烦恼都作下酒物，何其达也。近情之至，忘情之至。”

就是这首情真意切的诗，不想后来被诗圣杜甫给调侃了，杜甫《遣兴五首》（其三）：

> 陶潜避俗翁，未必能达道。观其著诗集，颇亦恨枯槁。达生岂是足，默识盖不早。有子贤与愚，何其挂怀抱？

诗中最后一句“有子贤与愚，何其挂怀抱”，意思是说孩子们好坏是他们自己的事，你何必这么念念在怀想不开呢？对于这一句，有很多人开始解释为什么杜甫会讥讽渊明。最好的解释就是，杜甫实际并不是讥讽渊明，而是借渊明来自嘲，因为自己的儿子也不怎么好学。宋代葛立方《韵语阳秋》中说：

> 陶渊明《命子》篇则曰：“夙兴夜寐，愿尔斯才。尔之不才，亦已焉哉！”……则渊明之子，未必贤也。故杜子美论之曰：“有子贤与愚，何其挂怀抱。”然子美于诸子亦未为忘情者。子美《遣兴》诗云：“骥子好男儿，前年学语时。世乱怜渠小，家贫仰母慈。”……观此数诗，于诸子钟情尤甚于渊明矣。山谷乃云：“杜子美困于三蜀，盖为不知者诟病，以为拙于生事，又往往讥宗武失学，故寄之渊明尔。俗人不知，便为讥病。所谓痴人面前不得说梦也。”

他引了杜甫很多写儿子的诗，证明杜甫也是很挂怀儿子的，证明杜甫不是真的讥讽渊明。金代赵秉文《和渊明饮酒》诗也说：

> 千载渊明翁，谁谓不知道？闲赋责子诗，调戏乃娱老。杜陵盖自况，亦岂恨枯槁……

其实渊明也知道，自己说孩子们，孩子们也未必爱听。因为陶公是个有性情的人，他还记得小时候长辈向他说教时，自己也不喜欢听的情景。《杂诗十二首》（其六）写道：

> 昔闻长者言，掩耳每不喜。奈何五十年，忽已亲此事。求我盛年欢，一毫无复意。去去转欲远，此生岂再值。倾家时作乐，竟此岁月驶。有子不留金，何用身后置！

“有子不留金”，用了汉代疏广的典故。《汉书·疏广传》记载，疏广官至太傅，后辞归乡里，拿出自己的金钱每日设宴款待亲朋。别人劝他留些钱为子孙置田产，他说：“吾岂老悖不念子孙哉！顾自有旧田庐，令子孙勤力其中，足以供衣食，与凡人齐。今复增益之以为赢余，但教子孙怠堕耳。贤而多财，则损其志；愚而多财，则益其过。且夫富者，众人之怨也；吾既亡（同“无”）以教化子孙，不欲益其过而生怨。”疏广有钱，不留给孩子们，来激励他们好好为自己的人生奋斗；但渊明没钱，孩子们只有跟着他吃苦，所以他时常觉得愧对孩子们。渊明五十多岁时，感慨自己身体越来越差，于是给孩子们写了一篇文章，告诫他们，这就是著名的《与子俨等疏》：

告俨、俟、份、佚、佟：

天地赋命，生必有死。自古圣贤，谁能独免？子夏有言：“死生有命，富贵在天。”四友之人，亲受音旨。发斯谈者，将非穷达不可妄求，寿夭永无外请故耶？

吾年过五十，少而穷苦，每以家弊，东西游走。性刚才拙，与物多忤。自量为己，必贻俗患。僶俛辞世，使汝等幼而饥寒。

余尝感孺仲贤妻之言。败絮自拥，何惭儿子？此既一事矣。但恨邻靡二仲，室无莱妇，抱兹苦心，良独内愧。

少学琴书，偶爱闲静，开卷有得，便欣然忘食。见树木交荫，时鸟变声，亦复欢然有喜。常言五六月中，北窗下卧，遇凉风暂至，自谓是羲皇上人。意浅识罕，谓斯言可保。日月遂往，机巧好疏。缅求在昔，眇然如何！

病患以来，渐就衰损。亲旧不遗，每以药石见救。自恐大分将有限也。汝辈稚小家贫，每役柴水之劳，何时可免？念之在心，若何可言！然汝等虽不同生，当思四海皆兄弟之义。鲍叔、管仲，分财无猜；归生、伍举，班荆道旧。遂能以败为成，因丧立功。他人尚尔，况同父之人哉！颍川韩元长，汉末名士，身处卿佐，七十（一本作“八十”）而终，兄弟同居，至于没齿。济北氾稚春，晋时操行人也，七世同财，家人无怨色。《诗》曰：“高山仰止，景行行止。”虽不能尔，至心尚之。汝其慎哉，吾复何言！

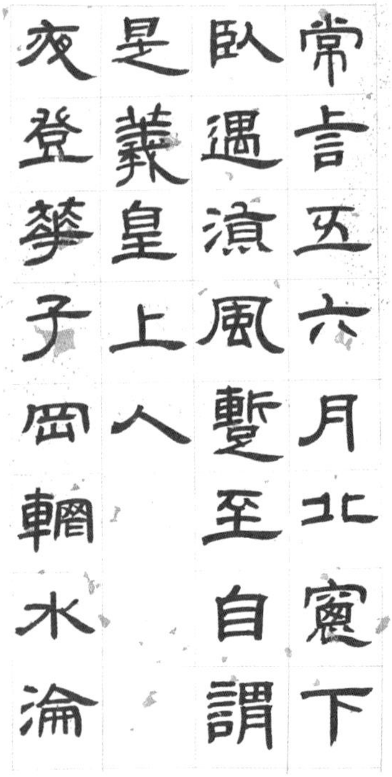

［清］邓石如《少学琴书册页》（局部）

此文前半部分简述自己的人生经历与选择，其后叮嘱儿子们不要分家，正有遗书之意。尤其是后面引了很多异姓情同手足、兄弟不分家的典故，反复叮咛，可见此老身后，对这一点还是放不下的。而“少学琴书”一段，更是神来之笔。尤以“常言五六月中，北窗下卧，遇凉风暂至，自谓是羲皇上人”，可将渊明一生得意处描摹殆尽。遗书之中，能有此超脱之笔，陶公为人，真不可及也！正所谓“南窗白日羲皇上，未害渊明是晋人”(元好问《论诗绝句》)。

更难能可贵的是，渊明能够推己及人，他自己疼爱儿子，因此也要善待别人家的孩子，因为他们也是别人家的儿子，他们的父母疼爱他们的心情也和渊明疼爱他的儿子们的心情是一样的。萧统《陶渊明传》记载，渊明当了彭泽令以后，派了一个仆人回家，帮自己的儿子干活。渊明给自己的儿子写信说：“汝旦夕之费，自给为难。今遣此力，助汝薪水之劳。此亦人子也，可善遇之。”意思是说，你自己干活很辛苦，我派遣了一个劳力给你，帮你砍柴挑水。但是他也是别人家的孩子，你要好好对待他。黄庭坚读到此感叹道：

> 此所谓临人而有父母之心者也。夫临人而无父母之心，是岂人也哉，是岂人也哉！（《山谷集·解疑》）

第十八章　停云思亲友

如果说《归去来兮辞》是陶渊明隐居生活的纲领，那么“悦亲戚之情话”“乐琴书以消忧”“怀良辰以孤往”“或植杖而耘耔”便是这隐居生活的条目。渊明正是依靠“感情”“文艺”“游览”“耕作”这四大支柱，撑起自己的隐居生活。清代伍涵芬在《读书乐趣》中说：“(《归去来兮辞》)尤妙于‘息交绝游’一句，下即接云：‘悦亲戚之情话，乐琴书以消忧。’若无此两句，不将疑是孤僻一流，同于槁木乎？”

渊明是个很重亲情的人，除去妻子儿女，他对一些兄弟姐妹的感情也是非常真挚的。如《归去来兮辞》序中所说，他有了归隐之心，但没有立刻付诸行动。但是他听说妹妹去世的消息，马上就辞官奔丧去了：

> 寻程氏妹丧于武昌，情在骏奔，自免去职。仲秋至冬，在官八十余日。

程氏妹，是渊明同父异母的妹妹，嫁到姓程的家里，所以称为“程氏妹”。渊明还专门写了一篇《祭程氏妹文》，祭文不长，语言朴实，非常真挚感人。其中说道：

> 慈妣早世，时尚孺婴。我年二六，尔才九龄。爰从靡识，抚髫相成。

意思是说妹妹的生母很早就去世了，那时他们都比较小(渊明十二岁，妹妹才九岁)。两个人从不懂事时就互相爱护着一起长大。祭文没有对生活细节的描写，但是“爰从靡识，抚髫相成”这八个字，却把那种从小一起长大朝夕相处的兄妹情感全都蕴藉地表达出来了。这种情感恐怕是当今的独生子女无法想象的，因为情感是一种体验，没有经历过，任你如何想象，也是似是而非，终隔一层。祭文最后说：

> 寻念平昔，触事未远。书疏犹存，遗孤满眼。如何一往，终天不返！寂寂高堂，何时复践？藐藐孤女，曷依局恃？茕茕游魂，谁主谁祀？奈何程妹，于此永已！死如有知，相见蒿里。呜呼哀哉！

从这里我们可以知道，程氏妹嫁到武昌之后，还和渊明通过一些书信，而且她也生了一个女儿。但是程氏妹为什么就这样永远地离开了呢？死了如果真有灵魂，那么我们还会见面的。“蒿里”是死者魂魄所归之处，即指墓地，古乐府有丧歌《蒿里行》。

除了程氏妹之外，渊明的诗文中还提到了两个弟弟，一个是从弟仲德（有的版本也把“仲德”写作“敬德”。因为有关敬远的诗文有两篇，都写作敬远，所以有人认为，按照过去起名字排行的规矩，另一个弟弟应该叫“敬德”），一个是从弟敬远。从弟是同祖父的弟弟，也就是堂弟。渊明有一首《悲从弟仲德》诗，大约是他五十岁左右，回到柴桑旧居时，到已故的从弟仲德家中感慨凭吊所作。诗的首尾两联分别是“衔哀过旧宅，悲泪应心零”“迟迟将回步，恻恻悲襟盈”，可见诗人想起弟弟生前的种种，凄恻之情油然而生，低回久久不忍离开。

至于另一个弟弟敬远，则和渊明的关系更近。按渊明说，他们是“父则同生，母则从母”。也就是说，渊明和敬远的父亲都是陶茂所生，是兄弟；而他们的母亲都是征西大将军长史孟嘉的女儿。孟嘉把两个女儿分别嫁给了陶侃的两个孙子，一个女儿生了陶渊明，一个女儿生了陶敬远。所以渊明和敬远的母亲，又分别是对方的姨妈，也就是从母。这种关系，使得两个人特别亲近——虽然从诗文中推算，渊明要比敬远大十几岁。渊明写过一首诗，题目是《癸卯岁十二月中作与从弟敬远》，这一年敬远二十三岁，他和渊明一起过着读书耕作的生活。诗中说：

历览千载书，时时见遗烈。高操非所攀，深得固穷节。

可见他们在一起读书，读到那些前代的先贤们，便一起用先贤在困厄中坚持节操的精神来激励自己。这样的生活过了不久，敬远也去世了。渊明在《祭从弟敬远文》中说：

年甫过立，奄与世辞。长归蒿里，邈无还期。

“立”指三十而立之年，敬远刚过了三十就去世了。渊明在祭文中回忆了他们一起耕种出游的生活，感伤不已：

每忆有秋，我将其刈。与汝偕行，舫舟同济。三宿水滨，乐饮川界。静月澄高，温风始逝。抚杯而言，物久人脆。奈何吾弟，先我离世！

“物久人脆”——生命真是太脆弱了啊！看着祭文中所说的这些，忽然觉得《归去来兮辞》最后说的“登东皋以舒啸，临清流而赋诗”，可能也未必是渊明一个人，也会有从弟敬远的身影。

现在通行的陶渊明集子的版本，第一首作品就是四言诗《停云》。“停云”是凝聚不散的云彩。诗前有小序：

《停云》，思亲友也。罇湛新醪，园列初荣，愿言不从，叹息弥襟。

渊明园中花已初绽，他准备好了新酿的酒，准备着和朋友一起聚会，但不巧的是偏偏赶上阴雨天气，朋友都不能来，渊明感到非常遗憾。于是渊明就写了这首思亲友的《停云》：

> 霭霭停云，濛濛时雨。八表同昏，平路伊阻。静寄东轩，春醪独抚。良朋悠邈，搔首延伫。停云霭霭，时雨濛濛。八表同昏，平陆成江。有酒有酒，闲饮东窗。愿言怀人，舟车靡从。东园之树，枝条再荣。竞用新好，以怡（一作“招”）余情。人亦有言：日月于征。安得促席，说彼平生。翩翩飞鸟，息我庭柯。敛翮闲止，好声相和。岂无他人，念子实多。愿言不获，抱恨如何！

有人认为此诗中“八表同昏，平路伊阻”蕴含了对时局混乱的感慨。从中国传统诗歌表现手法来看，这是很有可能的，但也不能坐实。此诗还是以写思念亲友为主。前人对《停云》的艺术成就给予了高度的评价。如宋代刘克庄说：“四言自曹氏父子、王仲宣、陆士衡后，惟陶公最高，《停云》《荣木》等篇，殆突过建安矣。”（《后村先生大全集》卷一百七十三）明代郎瑛《七修类稿》也说：“若渊明《停云》、茂先《励志》等作，当为最古者也……靖节最为高古，元嘉以后，虽有三谢诸人，渐为镂刻。”又说，“《停云》温雅和平，与《三百篇》近，流逸松脆，与《三百篇》远，世自有知此者。”然而诗中所思的亲友到底是谁呢？亲人之中，也许便有前面提到的从弟仲德、敬远吧。至于友人，作者不说，我们也不得而知。

渊明非常喜欢和朋友们聚会，他认为不一定非得有血缘关系的亲人才能亲近，只要是志同道合者，四海之内皆兄弟也。渊明《杂诗十二首》的第一首就把这种想法写得淋漓尽致：

> 人生无根蒂，飘如陌上尘。分散逐风转，此已非常身。落地为兄弟，何必骨肉亲！得欢当作乐，斗酒聚比邻。盛年不重来，一日难再晨。及时当勉励，岁月不待人。

最后四句，经常被节选出来，用作勉励世人珍惜光阴努力上进的诗句。不过要连着前文看，这个“及时当勉励”是不是有点“行乐须及春”的味道呢？

渊明诗中提到过一些有名有姓的朋友，有些是官员，有些是隐士，有些人与渊明有着比较深的感情，有些也只是偶有诗作往来，并无深交。我们按照作品的时间顺序(有些作品渊明没有直接表明时间，是后人考证推测的，也未必准确)，把这些有名有姓的人物请出来，一一见面。

郭主簿：主簿是主管簿籍文书的官职。郭主簿生平事迹不详。渊明有《和郭主簿二首》，有人根据诗中“弱子戏我侧，学语未成音”两句推测此诗作于晋安帝元兴元年(402）前后。不过渊明也不是只有一个儿子，所以这两句恐怕也未必准确。这两首诗第一首是于夏天写的，第二首是于秋天写的，两首诗均通过描写景物，寄托了恬淡闲适的情趣与贞洁清高的品格。我们只选第一首给大家欣赏一下：

蔼蔼堂前林，中夏贮清阴。凯风因时来，回飚开我襟。息交游闲业，卧起弄书琴。园蔬有余滋，旧谷

[清] 石涛《渊明诗意册页》（局部）

犹储今。营己良有极，过足非所钦。舂秫作美酒，酒熟吾自斟。弱子戏我侧，学语未成音。此事真复乐，聊用忘华簪。遥遥望白云，怀古一何深！（其一）

丁柴桑：此人系渊明家乡柴桑的县令。丁某人担任柴桑县令的时间大约是在元兴二年（403）前任县令刘程之弃官归隐之后。渊明有一首四言诗《酬丁柴桑》，赞颂了丁柴桑的美德，也寄寓了对他的期望，并写他们在一起开怀畅游的情形。

胡西曹、顾贼曹：西曹、贼曹，都是州从事官名，二人名字及事迹均不可考。渊明有一首《和胡西曹示顾贼曹》，诗题的意思是他和了胡某人一首诗，拿给顾某人看。此诗中“飘飘吹我衣”和《归去来兮辞》中“风飘飘而吹衣”很像，有可能是一个时期的作品，所以有人认为此诗是晋安帝元兴二年癸卯（403）的作品。渊明与此二人没有太深的交往。

殷晋安：殷铁，字景仁，曾任江州晋安郡南府长史掾，故称殷晋安。殷铁在晋安南府时，住在浔阳，和渊明有过交往。义熙七年（411），刘裕任太尉，征召殷铁为参军，渊明作《与殷晋安别》诗赠别。上述情况都是渊明在诗的小序中提到的。渊明选择了“隐”，而殷铁选择了“仕”，所以渊明在诗中说他们俩是“语默自殊势，亦知当乖分”。虽然很想念他，但是渊明尊重朋友的选择，希望他有空还回来看看故人：“山川千里外，言笑难为因。良才不隐世，江湖多贱贫。脱有经过便，念来存故人。”

戴主簿：姓名事迹不详。渊明有一首《五月旦作和戴主簿》，诗中有“发岁始俯仰，星纪奄将中”一句，有人根据《晋书·天文志》“自南斗十二度至须女七度为星纪，于辰在丑”推测出这一年是晋义熙九年（413），岁在癸丑。诗中提到顺应自然以终天年的生活态度，认为这样就很好了，不必求仙访道——“即事如已高，何必升华嵩”。

刘柴桑：刘程之，字仲思，彭城（今江苏铜山县）人，曾任柴桑县令，故称“刘柴桑”，后弃官归隐。入宋之后，人又称之为“刘遗民”。他与周续之、陶渊明被称为“浔阳三隐”。萧统《陶渊明传》说：“时周续之入庐山，事释慧远，彭城刘遗民亦遁迹匡山，渊明又不应徵命，谓之‘浔阳三隐’。”这三隐之中，有两位信佛的，一个是周续之“事释慧远”，一个是刘遗民，他是慧远白莲社十八贤之一。晋安帝义熙十年（414）七月，庐山东林寺主持慧远等人结白莲社，招陶渊明入社。刘柴桑当时以诗相招，而渊明不肯，便和了此诗，表明自己喜欢过躬耕饮酒的生活，不愿入山学佛。《和刘柴桑》诗的最后几句说：“耕织称其用，过此奚所须？去去百年外，身名同翳如。”（翳如：隐没，消失）同一年，渊明还有一首《酬刘柴桑》，最后几句是：“今我不为乐，知有来岁不（“不”读“否”，平声）？命室携童弱，良日登远游。”苏轼《书渊明酬刘柴桑诗》说：“‘今我不为乐，知有来岁不？’此言真可为啼然也。”大约老人都有这种感慨，杜甫不也说“渐老逢春能几回”么？

周续之、祖企、谢景夷：周续之，字道祖，博通五经，前面说过他入庐山事释慧远，与刘遗民、陶渊明号称“浔阳三隐”。祖企、谢景夷，都是州学士。萧统《陶渊明传》：“后刺史檀韶苦请（周）续之出州，与学士祖企、谢景夷三人，共在城北讲《礼》，加以雠校。所住公廨，近于马队。是故渊明示其诗云：‘周生述孔业，祖谢响然臻。马队非讲肆，校书亦已勤。’”渊明在诗中劝这三个人，你们隐居就隐居吧，还出去讲书干什么啊？当然，诗中有一句“道丧向千载，今朝复斯闻”还是对三个人的学识给予了肯定。诗的开端结尾都非常好：

> 负疴颓檐下，终日无一欣。药石有时闲，念我意中人。……老夫有所爱，思与尔为邻。愿言诲诸子，从我颍水滨。

羊长史：羊松龄，当时是左将军的长史。长史是将军的属官，主持幕府。渊明有《赠羊长史》，序中说：“左军羊长史衔使秦川（关中），作此与之。”左军指左将军朱龄石。晋安帝义熙十三年（417），刘裕破后秦，驻军关中。驻军京都的左将军朱龄石得到捷报后，派长史羊松龄往贺。渊明写此诗相赠。敌国已破，但时局混乱，所以渊明并不感到乐观，而是暗中感慨。清代方东树《昭昧詹言》卷四说：“陶诗当以此为冠卷。”当然，这种说法估计很多人不赞同。我于此诗中，最喜“得知千载外，正赖古人书”两句。

张常侍：指张野。《晋书·隐逸传》说：“其乡亲张野及周旋人、羊松龄、庞遵等，或有酒要之（指陶渊明），或要之共至酒坐。”据《莲社高贤传》记载，张野与渊明有婚姻契，征拜散骑常侍，未去任职，因此诗中称他为张常侍。渊明有《岁暮和张常侍》，此诗约作于晋义熙十四年（418）的除夕，时刘裕幽禁安帝而拥立恭帝，篡晋之心昭然若揭。故而张野虽是时常请渊明喝酒的好友，但此诗写得深沉郁积。

庞主簿、邓治中：庞主簿即庞遵，字通之，就是前面说到的总请渊明喝酒的好朋友之一；邓治中事迹不详，治中是官职。渊明有一首《怨诗楚调示庞主簿邓治中》，作于义熙十四年，叙述了自己经历的饥寒火灾等困厄。此诗一反乐天知命之态，悲凄动人，是陶诗中的上品。今引全诗如下：

> 天道幽且远，鬼神茫昧然。结发念善事，黾俛六九年。弱冠逢世阻，始室丧其偏。炎火屡焚如，螟蜮恣中田。风雨纵横至，收敛不盈廛。夏日长抱饥，寒夜无被眠。造夕思鸡鸣，及晨愿乌迁。在己何怨天，离忧凄目前。吁嗟身后名，于我若浮烟。慷慨独悲歌，钟期信为贤。

渊明隐居的痛苦，此诗尽显无遗，甚至苦到产生了恨不得赶快活完这一辈子完事的感觉。“造夕思鸡鸣，及晨愿乌迁”，意思是说晚上就盼着赶快天亮，因为寒夜太难熬了；天亮了又恨不得赶快天黑，因为劳作太苦了，晚上才能歇歇。后来清代黄仲则（景仁）《绮怀》中的名句“茫茫来日愁如海，寄语羲和快著鞭”，与渊明这两句异曲同工。而“吁嗟身后名，于我若浮烟”，又正是杜甫《梦李白二首》“千秋万岁名，寂寞身后事”的蓝本。到了晋亡宋兴之后，宋少帝景平二年（424），本年八月改元，为宋文帝元嘉元年，庞参军奉刘义隆之命出使，路过浔阳，与渊明有诗唱和。渊明有两首《答庞参军》。一首是四言诗，诗的开头写道：“衡门之下，有琴有书。载弹载咏，爰得我娱。岂无他好，乐是幽居。”表明了自己的隐居志向。一首是五言诗，最后几句说：“情通万里外，形迹滞江山。君其爱体素，来会在何年？”表达了要庞参军珍重之意，并希望后会有期。

另外渊明有一首联句。联句，就是两个以上的人每人写几句，共作一诗，相联成篇。传世陶集诸本皆录此诗，内容为咏雁。与渊明联句的人叫愔之、循之，但是他们的姓氏事迹皆不可考。而且也有人认为此诗的真伪还待考。这里也就存而不论了。

在渊明诗文之外，后人有关渊明的传记，也记载了渊明的一些朋友。

檀道济：江州刺史。早年，他曾经劝渊明出仕，并周济过渊明。萧统《陶渊明传》：“（渊明）躬耕自资，遂抱羸疾。江州刺史檀道济往候之，偃卧瘠馁有日矣。道济谓曰：‘贤者处世，天下无道则隐，有道则仕，今子生文明之世，奈何自苦如此？’对曰：‘潜也何敢望贤，志不及也。’道济馈以粱肉，麾而去之。”

王弘：江州刺史。景慕渊明，设法与之交往，并经常馈赠渊明美酒。在前面的篇章中已经叙述过，就不赘述了。（见本书《有酒斟酌之》章）

颜延年：颜延之，字延年，少孤贫好学，嗜酒，不护细行（不拘小节）。东晋末曾任江州刺史刘柳后军功曹，转主簿，历豫章公刘裕世子参军。刘裕代晋建宋，官太子舍人。宋孝武帝时，为金紫光禄大夫。其诗与谢灵运齐名，号称“颜谢”。他也是渊明最好的朋友之一。前面的章节里也记载过他给渊明留了两万钱，渊明都用来喝酒的故事。渊明死后，颜延之为渊明作了诔文——《陶徵士诔》，对渊明推崇备至。这是流传下来的唯一一篇时人祭奠渊明的作品。

然而渊明除了这些世俗的朋友，还有一些我们看不见的朋友。这些朋友呼之即来，挥之即去，他们并不活在当下，而又时时都在渊明的心中：黔娄、三良、二疏……孟子曾经说过：“尚论古之人。颂其诗，读其书，不知其人，可乎？是以论其世也，是尚友也。”（《孟子·万章下》）尚友，即与古人交朋友。渊明正是赖着现实中的亲友，诗文中的古人，才能做到“乐夫天命复奚疑”的。

第十九章 托体同山阿

一般人都能记得陶渊明《挽歌》(一作《拟挽歌辞》)中的最后几句，这是因为中学教材一直都选有鲁迅的《记念刘和珍君》，文中有这样著名的一段话：

然而既然有了血痕了，当然不觉要扩大。至少，也当浸渍了亲族，师友，爱人的心，纵使时光流驶，

[北宋] 燕文贵(款)《秋山萧寺图》(局部)

洗成绯红，也会在微漠的悲哀中永存微笑的和蔼的旧影。陶潜说过，“亲戚或余悲，他人亦已歌，死去何所道，托体同山阿。”倘能如此，这也就够了。

我还记得上小学和初中时，鲁迅的很多文字都需要背诵，所以我非常不喜欢他。但读到这里，却被渊明这几句感动。若干年后，再看这一段文字时，觉得鲁迅如果不引渊明这四句诗，恐怕感人的力量就要弱很多了。

宋文帝元嘉四年（427）秋冬之际，陶渊明去世，享年六十三岁（这是一个说法）。在去世前不久，渊明自己写了《挽歌三首》和《自祭文》。诗与文孰先孰后，已不可考，但应该是间隔很近的同一时期的作品，诗与文互为补充，写尽了临终前的心情与对生命的思考，所以说这两篇都算是渊明的绝笔。明代祁宽说：

> 昔人自作祭文挽诗者多矣，或寓意骋辞，成于暇日。宽考次靖节诗文，乃绝笔于祭挽三篇，盖出于属纩之际者，辞情俱达，尤为精丽。其于昼夜之道，了然如此。古之圣贤，唯孔子、曾子能之，见于曳杖之歌，易箦之言。嗟哉！斯人没七百年，未闻有赞及此者。因表而出之，附于卷末。（宋·李公焕《笺注陶渊明集》卷四引）

这段话的意思是说，过去有很多人也给自己写祭文挽诗，但有不少并不是临终时所作，而是在健康闲暇时写的，有的有些寓意，有的则是显摆显摆辞藻——道理就像韩愈说的那样："夫和平之音淡薄，而愁思之声要妙；欢愉之辞难工，而穷苦之言易好也。"（《荆潭唱和诗序》）因此，晋时有些名士有喜好挽歌的风气。宋代曾端伯说："晋桓伊善挽歌，庾晞亦喜为挽歌，每自摇大铃为唱，使左右齐和。袁山松遇出游，则好令左右作挽歌。类皆一时名流达士习尚如此，非如今之人例以为悼亡之语而恶言之也。"（宋·李公焕《笺注陶渊明集》卷四引）不过渊明自作祭文挽歌与此不同，是真正在"属纩"（属纩，指临终。古代汉族丧礼仪式之一，即病人临终之前，要将新的丝絮放在其口鼻上，试看是否还有气息。属，放置；纩，丝絮。《礼记·丧大记》："属纩以俟绝气。"）时所写，所以那种对生命即将终了的情感与体悟，是那些暇日作祭的人无法体验，也无法表达出来的。也正是因为如此，有些人认为这三首诗的题目就应该是《挽歌》，而非《拟挽歌辞》。甚至祁宽认为，只有孔子和曾子在生命终结时的话能有此境界：

孔子病，子贡请见。孔子方负杖逍遥于门，曰："赐，汝来何其晚也?"孔子因叹，歌曰："太山坏乎！梁柱摧乎！哲人萎乎！"因以涕下。（《史记·孔子世家》）

曾子寝疾，病。乐正子春坐于床下，曾元、曾申坐于足，童子隅坐而执烛。童子曰："华而睆，大夫之箦与？”子春曰：“止！”曾子闻之，瞿然曰：“呼！”曰：“华而睆，大夫之箦与？”曾子曰：“然。斯季孙之赐也，我未之能易也。元，起，易箦。”曾元曰：“夫子之病革矣，不可以变，幸而至于旦，请敬易之。”曾子曰：“尔之爱我也不如彼。君子之爱人也以德，细人之爱人也以姑息。吾何求哉？吾得正而毙焉，斯已矣。”举扶而易之。反席未安而没。（《礼记·檀弓下》）

孔子与曾子不是我们讲的重点，也就不做过多解释了。但孔子和曾子临终前的话，侧重点是不一样的。孔子之歌更多的是表达一个人临终时的悲伤，曾子则是至死守礼毫不苟且；一个偏重情感，一个偏重理智。而渊明之诗则兼而有之。

从祁宽那段话来看，历代对渊明《挽歌》《自祭文》推崇的不多。这是为什么呢？恐怕还是与国人“未知生，焉知死”（《论语·先进》）的生活态度有关。中国古人活着的时候，很少去考虑死亡问题，再加上世俗对死亡的忌讳，因此对“挽歌”“祭文”一类的文字很少关注。但从现代人的角度来看，《挽歌》则是最纯粹的生命感悟，是用生命写出的文字，是渊明第一流的文字。《挽歌》是渊明为自己的人生画上的一个句号。有些人认为，渊明的《挽歌》可以视为“挽歌”这种题材的最高水平之作了。如清代吴淇《六朝选诗定论》卷十一说：“挽歌昉于缪袭。以此歌比而校之，其旷达处相同，而哀惨过之。陆机三章虽佳，风骨则减矣。”也就是说，开创挽歌的缪袭，以及后来的陆机，他们写的挽歌都逊渊明一筹。渊明这三首诗，从内容上讲，正如清代邱嘉穗《东山草堂陶诗笺》中所说：“首篇乍死而殓，次篇奠而出殡，三篇送而葬之，次第秩然。”

现将《挽歌三首》完整地摘录于此。

其一

> 有生必有死，早终非命促。昨暮同为人，今旦在鬼录。魂气散何之？枯形寄空木。娇儿索父啼，良友抚我哭。得失不复知，是非安能觉？千秋万岁后，谁知荣与辱？但恨在世时，饮酒不得足。

渊明开篇点明人只要活着，就必然会有死亡，这是一种无法抗拒的自然规律，把一个人的生命放在自然之中来看，即使早死几年，也算不上短命——因为时间的长河太浩淼了，我们的生命也就是一滴水而已。昨天晚上我和你们一样，还都是活在世上的人，今天早晨，你们还活着，而我的名字已经写到鬼魂的名册上了。我的灵魂散去，不知归附到哪里，我的形体就像一段枯木一般（“枯形寄空木”，或解为成殓于棺木之中）。孩子、亲友都在我身旁哭泣。此时，生前所纠结的得失荣辱是非善恶，对于我来说都没有意义了。千万年之后，我生前的荣与辱只是留给后人评说，与我有什么相干呢？后人赞美我，对我没有任何意义；后人抨击我，对我也没有任何意义。对于我来说，只有活着的时候享受生命，才是真正有意义的啊！可惜啊，活着的时候，喝酒没喝够，没有好好地享受生命啊！

明代黄文焕《陶诗析义》卷四评价此诗：“是非得失之在当身者，荣辱之在后世者，一死则俱不知。而耿耿独明，长留缺饮之恨。生在世上，死在地下，总无别恋。自悲凄凉，自负清楚。”清代温汝能则说：“起二句只是眼前道理，俗人见不到，偏说不出。末数语，唤醒世人，如梦初觉。”（《陶诗汇评》卷四）

其二

在昔无酒饮，今但湛空觞。春醪生浮蚁，何时更能尝！肴案盈我前，亲旧哭我傍。欲语口无音，欲视眼无光。昔在高堂寝，今宿荒草乡。荒草无人眠，极视正茫茫。一朝出门去，归来良未央（良，一作“夜”）。

此首开篇紧承上一首结尾的“饮酒不得足”接着往下说。只不过渊明假设自己已死，但是还有感觉，只是形体已经不能动了。祭奠我的桌案之上，虽然摆着酒杯，那美酒泛起细细的泡沫（浮蚁，酒面上的泡沫。汉代张衡《南都赋》：“浮蚁若萍。”），但是我再也喝不到口了。想说话说不出声来，想看看身边的人也睁不开眼睛。活着时，我每天睡在屋子里，现在就要睡在荒郊野外（坟地）了。从今天起我出了这个家门，就再也没有回家的时候了。（“良”，诚，确实。“未央”，无尽；一说“未半”。又，“归来夜未央”则可以释为再回家那只能是夜间托梦了。）清代陈祚明说：“‘欲语’二句奇语，自古无此言者。”（《采菽堂古诗选》卷十四）确实，这两句的想象力可称前无古人。但后来有袭用渊明此意者，如鲁迅的散文《死后》（见鲁迅散文诗集《野草》）便用了这样的手法。

其三

荒草何茫茫，白杨亦萧萧。严霜九月中，送我出远郊。四面无人居，高坟正嶕峣。马为仰天鸣，风为自萧条。幽室一已闭，千年不复朝。千年不复朝，贤达无奈何。向来相送人，各自还其家。亲戚或余悲，他人亦已歌。死去何所道，托体同山阿。

渊明《挽歌》第三首是写得最好的。可谓“三篇中末篇尤调高响绝，千百世下，如闻其声，如见其情也”（清·温汝能纂集《陶诗汇评》卷四）。这首诗除了“嶕峣”（jiāo yáo，高耸的样子）一词今天有点冷僻以外，其他均明白如话。另外，大家读“千年不复朝”的“朝”要读准，朝（zhāo）是早晨的意思，意思是一旦死亡就如同进入永无曙光的长夜了。清代吴淇《六朝选诗定论》卷十一分析这首诗，非常精彩：

挽歌本以送死，通篇虽代死者之言，实以“送”字为主。

“荒草”二句，是于未送之先，先于荒郊之外，立下一个排场，二句写得极惨。不知此中往古来今，已不知断送过多多少少人矣。送死未必皆九月，但上句是地气之惨，取九月严霜，与天地之惨相凑，以见惨之极耳。但曰“出远郊”，不言所出之自，盖永与家别，其家中之事有不忍提起者矣。

“四面”二句，申写远郊，后“幽室”二句是竖断古今之界，此二句横截断人鬼之界，言自此以后，只与鬼邻也。

“马为”二句，写此幽室未闭之一刻。古人殉葬多用平生所乘马，马有觉，故为仰天而鸣，若有思主之意。风无知，与人无情，亦为萧条。然此虽可哀，其无知之形骸，犹在三光之下，及幽室一闭，即无知之形骸亦不在人间，故曰“千载不复朝”。言之不足，又申以“贤达没奈何”，真惨之极矣！

“向来”一句，应前“送我”句，相送之人，各有家可归，而己有家不能归也。“亲戚”二句，只就人情近处指点出自此以后再无复有人理论。末二句，以旷达句作结。孔子曰：众生必死，死必归上，是谓返本，更何哉！钟嵘评诗，列元亮于中品，为其自成一家，非正宗也。如此一篇，却是合作。

自为写景论之，“荒草”“白杨”亦是人家林墓中寻常之物。曰“茫茫”，曰“萧萧”，亦是寻常写草写木字面。曰“何”，曰“亦”，亦是诗人眼前几个虚字。只是安插妥当，锤炼精工，一字不可移易，令人读之，心魂警动。

后又入“风为自萧条”一句，在俗手定将“风”字夹写在“荒草”二句之内，只是一层惨；他却曰自萧条，全不假荒草白杨，而荒草白杨反若凭之为势者，其惨又加一层矣。夫荒草白杨无知，风亦无知，独风下加以“为”字者，风吹无所不到，能侵及无知之形骸也。

自其序事写情言之，死者当从家中送起，诗却截断，而于后面送者之归，补出“家”字。自出远郊，至闭幽室，送者多矣，为时亦久矣，独写马写风，而不及人者，举其无情无知者，而人之有情不必言，且留为后“亲戚”二句地步，及送者归家地步。

“亲戚”二句，好在“或”“亦”二字，他人已歌，即亲戚亦在或然之间，只得未归之前，片时之哭耳。夫幽室之闭，悠悠千载，以送者片时之哭校之，济得甚事？真可痛也。

自其格调音节论之，自“萧”字起韵至“朝”字止，凡五韵，序送死之事已毕，却得“千载不复朝”重喝一句，转入别调，另换一韵，不复序事，只反复咏叹，惨哀不可胜言矣！

这里面唯一有点“雷”的就是说马预知可能会被殉葬，所以悲鸣。古人以马殉葬确实是有的，但那是富贵人家，而穷人家以马为劳力，哪里会殉葬呢？但是马、驴恋主，能感觉到主人去世而悲伤的，这倒是实有其事（如近代京剧名丑刘赶三养了一头黑驴叫“墨玉”，刘赶三有一出名剧叫《探亲家》，就骑真驴上台。刘死后，墨玉不食，悲鸣而亡）。渊明不过是泛泛写，营造一种气氛罢了。再有，此诗最后几句，用今天普通话读，有点不押韵。渊明用的是当时的语音。“家”字大约是叶韵，读“guō”这个音。清代陈祚明称赞此诗：

> 一气浏莅，《十九首》而外，在汉人亦不多得。又极似蔡中郎“青青河畔草”一篇，似以神，此固神到之笔也。“千年不复朝”叠一句，跌宕以振之，哀响之中发以壮调，然弥壮弥哀矣！“亲戚或余悲，他人亦已歌”，非《十九首》安得此名句。（《采菽堂古诗选》卷十四）

若说渊明《挽歌三首》是以“情”为主，写人将辞世的一种不可名状的悲哀，那么他的《自祭文》则传达了一种面对生死的豁达。下面我们就按照祭文的韵脚，逐段来读一读《自祭文》这篇奇文：

> 岁惟丁卯，律中无射。天寒夜长，风气萧索。鸿雁于征，草木黄落（一本无此二句）。陶子将辞逆旅之

> 馆，永归于本宅。故人凄其相悲，同祖行于今夕。羞以嘉蔬，荐以清酌。候颜已冥，聆音愈漠。呜呼哀哉！

“丁卯”是宋文帝元嘉四年（427），“律中（zhòng）无射（yì）”指农历九月。在这样一个萧瑟的时节，渊明要辞别“旅舍”（逆旅之馆，迎宾的客舍。指人活着就如同暂时居住在旅舍之中），回到老家去了（本宅，指老家，有人说指坟墓，我以为是指回归自然）。亲戚朋友们都很悲伤，今晚一同给我饯别。以蔬菜清酒来祭奠我。我想看看他们的容颜却看不见了，想听听他们的声音也听不到了（这两句我是按照《挽歌诗》第二首来解释的。也可以解释为朋友看着陶渊明的容颜已经一片死气，再也听不见渊明的声音了）。这一部分是祭文的引子，后面开始是正文：

> 茫茫大块，悠悠高旻。是生万物，余得为人。自余为人，逢运之贫。箪瓢屡罄，絺绤冬陈。含欢谷汲，行歌负薪，翳翳柴门，事我宵晨。

苍茫的大地，悠远的上天，大自然化育万物，我偶然成为万物中的“人”。自从我成为人开始，就碰上了贫穷的命运。我们家的盆啊碗啊经常没有余粮，空空如也，到了冬天，没有棉衣，还只能穿夏天穿的葛布衣服（絺绤，chī xì，指夏天穿的葛布衣）。我高高兴兴地到山谷里打水，背着柴草边走边唱歌。在简陋的茅屋里（翳翳，昏暗的样子），打理着日常生活。

> 春秋代谢，有务中园。载耘载耔，乃育乃繁。欣以素牍，和以七弦。冬曝其日，夏濯其泉。勤靡余劳，心有常闲。乐天委分，以至百年。

岁月一天天地逝去，我年年都在田园中劳作，耕种锄耪，种植庄稼。闲暇时，我读读书写写诗，调剂一下心情；有时弹弹琴，让自己心境平和。冬天我就晒晒太阳，暖洋洋，美滋滋的；夏天我就到清泉里洗洗澡，泡泡脚。我一年到头辛勤地劳作，真可谓是不遗余力啊，但是不论我的身体怎样劳乏，我的心却能得到一种永恒的悠闲自在。因为我乐于接受天命，听任命运的支配，就这样终其一生。

朱熹曾经盛赞渊明："晋宋间诗多闲淡，杜工部等常忙了。陶云'身有余劳，心有常闲'，乃《礼记》身劳而心闲则为之也。"（《朱子语录》）

> 惟此百年，夫人爱之。惧彼无成，愒日惜时。存为世珍，没亦见思。嗟我独迈，曾是异兹。宠非己荣，涅岂吾缁？捽兀穷庐，酣饮赋诗。

人活一世不过百年，人们都很珍爱生命。人们担心自己一生会一事无成，所以都特别珍惜时间（愒，kài，珍惜）。人们都希望活着时被世人推崇，死了也会被世人怀念。可叹我啊这样特立独行，竟然和众人的生活态度不一样。人们宠爱我，也不是我的荣耀，但这个社会的黑暗也不能改变我的品节。（涅，niè，黑色染料。缁，zī，黑色。涅岂吾缁，即“涅岂缁吾”，黑色的染料难道能染黑我吗？《论语·阳货》：“不曰白乎？涅而不缁。”）我就是这样高傲地活在自己的茅草屋里（捽兀，挺拔突出的样子。捽，zuó），享受着我饮酒写诗的生活。

识运知命，畴能罔眷。余今斯化，可以无恨。寿涉百龄，身慕肥遁。从老得终，奚所复恋！

人应该了解天道命运，但又怎能对人生无所留恋？不过我现在死去，并没有什么遗憾。我也活到挺大年岁了（百龄，百岁，指老年），我羡慕隐居的生活，也真正体验到了（肥遁，指退隐。《周易·遁卦》：“上九，肥遁，无不利。”肥，宽裕自得；遁，退避）。我活到了老，又得到了善终，我还有什么眷恋的啊。

明代张自烈读了这几句，非常感慨，他说：“今人畏死恋生，一临患难，虽义当捐躯，必希苟免，且有纩息将绝，眷眷妻孥田舍，若弗能割者。嗟乎，何其愚哉！渊明非止脱去世情，直能认取故我，如‘奚所复恋’‘可以无恨’，此语非渊明不能道。”（《笺注陶渊明集》卷六）

寒暑愈迈，亡既异存。外姻晨来，良友宵奔。葬之中野，以安其魂。窅窅我行，萧萧墓门。奢耻宋臣，俭笑王孙。

寒来暑往，岁月一天天地逝去，死去毕竟是不同于活着的。听说我死了，亲戚们一大早就赶来了，好朋友也连夜赶来奔丧。把我葬在了田野中，让我的魂魄得到安息。我就这样不知不觉地归于自然了（窅，yǎo；窅窅，隐晦的样子），我的坟墓边风声萧萧响起。我死了，就按照我的家境来举行葬礼，既不追求奢华，也不过于节俭。（奢耻宋臣，以宋国桓魋那样奢侈的墓葬而感到羞耻，事见《孔子家语》。俭笑王孙，以汉代的杨王孙过于简陋的墓葬而感到可笑，事见《汉书·杨王孙传》。）

廓兮已灭，慨焉已遐。不封不树，日月遂过。匪贵前誉，孰重后歌？人生实难，死如之何？呜呼哀哉！

不知过了多少年，我的形体也渐渐地消散了，人们对我逝去的悲伤也渐渐淡化了。我就是个老百姓，所以我的坟墓既没有垒起高高的坟台，也没有在边上种植树木，岁月依然一天天地逝去。既然我不看重生前人们对我的赞誉，那谁还会看重死后人们对我的赞美歌颂呢？回想一下，人生在世真的很艰难啊，可是死了又会怎样呢？

“死如之何？”渊明没有回答。有没有灵魂，是苦是乐，这都是还活着的渊明无法预知的。苏东坡说："读渊明《自祭文》，出妙语于属纩之余，岂涉生死之流哉！"（元·陈秀明编《东坡文谈录》）所谓"涉生死"，就是把生死挂在心上。

当然，也有人认为《自祭文》和《挽歌》不是渊明临终前的作品，而是渊明受晋时喜好挽歌诗的风气影响而作的。如清代郑文焯就说："以《自祭文》为先生绝笔者有旧已。贤者知死之生，知亡之存，固不须垂绝之言以自明也。"日本学者桥川时雄也赞同郑文焯的看法，他认为渊明并没有预感到自己要辞世，只是在晚年身体衰弱时，于秋日感慨生命，借《挽歌》《自祭文》来"叙其人生观"罢了。只不过正好这年渊明去世了——"偶尔此事属公之卒年耳"（郑文焯批、日本桥川时雄校补《陶集郑批录》）。但我觉得，我们无法判断渊明写此文后多久才去世，但从文章内容来看，确实是他感到生命将要走到尽头时，对自己人生的总结，尤其是诗歌中的那种悲情，恐非生意盎然者所能道者。

在给自己写祭文和挽诗的文人之中，渊明是较早的一位，甚至可以说是渊明开了这个风气。但后人作自挽自祭文，多未到渊明的境界。比如宋代曾端伯说："秦少游将亡，效渊明自作哀挽。"（元·李公焕《笺注陶渊明集》卷四引）秦观虽效法了陶渊明自挽的行为，情感却不相同。《宋史》记载："(秦观）先自作挽词，其语哀甚，读者悲伤之。年五十三。"宋代胡仔曰："渊明自作挽辞，秦太虚亦效之。余谓渊明之辞了达，太虚之辞哀怨。”（《苕溪渔隐丛话》后集卷三）何以有此差别？这是因为，诗是用生命写成的，文字只是媒介，生命的境界最终决定了文字的境界。

钟秀《陶靖节记事诗品》中说：

> 秀谓靖节胸中阔达，有与天地同流气象。观其生前之顺受，临终之高态，觉矫揉造作，导引气行，托仙释之名，干造物之化，以自贼其神者，固为多事，即凡吾人之拘拘目前，摆脱不开，使天地之宽，乃如一室之小，境不必尽逆，事不必皆拂，而一入愁城，终难自克者，读《形神影》《挽歌》六诗，可以爽然释矣。

世间绝大多数人年年岁岁不得不营营于世事，终朝闷闷不乐。偶然读读渊明的《挽歌》《自祭文》，人们或许能发现一把打开愁城的钥匙吧。

第二十章　隐逸之大宗

渊明活着的时候，他的人格被很多人推崇，但他的诗文并没有被太多人欣赏。当时好像没有什么人来评论渊明的作品。渊明刚去世时，他的好友颜延之为他作了《陶徵士诔》，文中说渊明：

学非称师，文取指达。

也就是说，渊明的学问并不是特别深，他的诗文只不过就是很通达流畅而已。按说颜延之是渊明非常好的朋友，而且祭文应该是要赞美逝者的，可他还是写了这样八个字。可见当时人们对渊明的诗文并不是很重视。

其后若干年，南朝梁钟嵘作了一篇在文学批评史上有深远影响的《诗品》。《诗品》把诗人分上中下三品（三等），而陶渊明是被他列在中品里的。钟嵘是这样评价陶渊明的：

宋徵士陶潜诗

其源出于应璩，又协左思风力。文体省净，殆无长语。笃意真古，辞兴婉惬。每观其文，想其人德。世叹其质直。至如“欢言酌春酒”“日暮天无云”，风华清靡，岂直为田家语耶？古今隐逸诗人之宗也。

其实这段话还是颇为赞美渊明的，但是有几个地方确实一直被后人诟病：一是认为渊明的诗主要是学应璩（三国时曹魏文学家，字休琏），又兼学左思（西晋著名文学家，其《三都赋》颇为当时称颂）；二是将渊明置于中品；三是完全以隐逸来概括渊明。要我看来，还有第四点，就是说渊明是“宋”徵士。前面两点，估计渊明地下有知，也不会在意，但是第三、第四点，渊明应该会为之攒眉。颜延之在《陶徵士诔》中明确说渊明是“有晋徵士”，也就是说渊明是晋的遗民，并不甘心做刘宋的臣子，这应该是符合渊明本心的。

钟嵘的前两点被无数后人诟病，很多人辩证渊明的诗不是学应璩。有人认为渊明是学苏李五言诗（苏武、李陵），有人认为他是学《十九首》。元代陈绎曾《诗谱》：“陶渊明，心存忠义，心处闲逸，情真景真，事真意真，几于《十九首》矣；但气差缓耳。至其工夫精密，天然无斧凿痕迹，又有出于《十九首》之表者，盛唐诸家风韵皆出此。”明代王文禄《诗的》：“音调法《古诗十九首》。”有人辩驳说，以渊明的性格是不会刻意学某一家诗的。如清代贺贻孙《诗筏》中说：

［北宋］佚名《莲社图手卷》（局部）

论者谓五言诗平远一派，自苏李、《十九首》后，当推陶彭泽为传灯之祖，而以储光羲、王维、刘昚虚、孟浩然、韦应物、柳宗元诸家为法嗣。但吾观彭泽诗自有妙悟，非得法于苏李、《十九首》也；其诗似《十九首》者，政以气韵相近耳。储、王诸人，学苏李、《十九首》，亦学彭泽，彼皆有意为诗、有意学古诗者，名士之根尚在，诗人之意未忘。若彭泽悠然有会，率尔成篇，取适己怀而已，何尝以古诗某篇最佳，而斤斤焉学之，以吾诗某篇必可传，而勤勤焉为之。名士与诗人，两不入其胸中……其视树木交荫，皆自然之文章，而时鸟变声，皆自然之丝竹也。所谓“悠然见南山”，岂虚语哉！大抵彭泽乃见道者，其诗则无意于传而自然不朽者。

他认为渊明不像后来人，在胸中横着“名士”与“诗人”的执念，会去刻意学谁，又会认为自己的诗会被后人传诵。当然，这种说法也不错。不过我认为渊明还是会在乎后人是否传诵自己的作品的。因为他在诗中说“不赖固穷节，谁当百世传”，可见他还是有儒家“立德、立功、立言”这三不朽的观念的。只不过渊明舍弃了“立功”，选择了“立德”与“立言”。

贺贻孙《诗筏》还辩驳了渊明之诗出于应璩的观点：

> 使彭泽果出自应璩，岂复有好彭泽哉？余谓彭泽序《桃源诗》云“不知有汉，何况魏、晋”，此即陶诗自评也。

他的意思是，应璩的诗也不见得怎么样，如果渊明取法乎中下，怎么会写出上乘的诗作来呢？世人还会喜欢渊明的诗么？宋代叶梦得《石林诗话》也说：“然论陶渊明乃以为出于应璩，此语不知其所据……且此老何尝有意欲以诗自名，而追取一人而模放之，此乃当时文士与世进取竞进而争长者所为，何期此老之浅，盖嵘之陋也。”直到清代沈德潜《说诗晬语》中还说：“陶公以名臣之后，际易代之时，欲言难言，时时寄托，不独《咏荆轲》一章也，六朝第一流人物。其诗自能旷世独立，钟记室谓其原出于应璩，目为中品，一言不智，难辞厥咎已。”客观地说，渊明读过应璩的诗，借鉴一点，也属正常，但像钟嵘那样说他出于应璩，则未免过于狭隘了。君不见，现在还有人传诵应璩的诗么？

不知大家注意没有，好像后人抨击《诗品》比较多的，主要在“其源出于应璩”这一句，对于后面的“又协左思风力”似乎没有什么人来批驳。这主要是因为左思的诗确实也不错，加上钟嵘只说渊明于左思是“协”，既非“专攻”，大家也觉得说得通，就不欲辩驳了。

钟嵘为什么会把渊明放在中品呢？这大约是因为渊明的诗风太新，按今天的话来说就是过于超前了，有点难以被当时诗坛主流所接受。清代李重华《贞一斋诗说》中说：

> 西晋诗当以阮籍作主，潘、左辈辅之。若陶公高骨，不可以时代论。

一句“不可以时代论”看出渊明超越时空的价值。而晋代的诗风，则以阮籍、潘岳、左思等人为主。明代许学夷《诗源辨体》也说：“晋、宋间诗，以俳偶雕刻为工；靖节则真率自然，倾倒所有，当时人初不知尚也。”所谓“初不知尚”，是说根本还不懂得他的好处，还不知道推崇呢。而清代乔亿《剑溪说诗》中说：“陶诗混然元古，在六朝中自为一格。”后来，雕琢与自然，成了诗歌中的两大风格。清代马星翼《东泉诗话》中说：“陶诗以自然为贵，谢诗以雕镂为工，二家遂为后世诗人分途。”有时我会觉得奇怪，魏晋不是一个崇尚自然、推崇老庄的时代

［清］石涛《渊明诗意册页》（局部）

么？为什么诗歌那么推崇雕琢呢？后来再想想，魏晋时期文人所谓的“崇尚自然、推崇老庄”的行为，本身就带有很多“矫情”的成分，往往是有意要做给人看的。所以在那时，真正自然的陶渊明，反而显得格格不入了。

颜延之说渊明“文取指达”，钟嵘说渊明“世叹其质直”，可见当时崇尚辞藻的风气。后来也有些人承袭了颜、钟的观点。唐代杜甫《遣兴五首》说：“陶潜避俗翁，未必能达道。观其著诗集，颇亦恨枯槁。”宋代陈师道说：“陶渊明之诗，切于事情，但不文尔。”（《后山诗话》）明代谢榛《四溟诗话》则指出这句是皇甫湜说的：“皇甫湜曰：‘陶诗切以事情，但不文尔。’湜非知渊明者。”不过有很多人对此说很不满。比如谢榛引了皇甫湜的说法，但马上就说：“皇甫湜不懂陶渊明！”苏轼则赞美陶诗，曰：

> 渊明作诗不多，然其诗质而实绮，癯而实腴，自曹、刘、鲍、谢、李、杜诸人，皆莫及也。（苏轼《与苏辙书》，亦见苏辙《追和陶渊明诗引》引东坡语）

> 所贵于枯淡者，谓其外枯而中膏，似淡而实美，渊明、子厚之流是也。若中边皆枯，淡亦何足道！佛言：“如人食蜜，中边皆甜。”人食五味，知其甘苦者皆是，能分别其中边者，百无一也。（《东坡题跋》）

后来明代钟惺《古诗归》中说：“陶诗闲远，自其本色，一段渊永淹润之气，其妙全在不枯。”这话也不难理解，还是说渊明的诗有内涵，所以不刻意修辞，也不觉得枯淡。《古诗归》中还有一段论述，认为苏东坡也还不算懂诗：“坡公谓陶诗外枯中腴，似未读储光羲、王昌龄古诗耳。储、王古诗极深厚处，方能仿佛陶诗，知此，则枯腴二字，俱说不着矣。古人论诗文，曰朴茂，曰清深，曰雄浑，曰积厚流光；不朴不茂，不深不清，不浑不雄，不厚不光，了此可读陶诗。”钟惺未免过于故弄玄虚了。我总觉得，这种太过玄虚的说法在文学批评中是弊端，容易为妄人所托。

黄庭坚也认为陶诗乍看起来是比较枯淡的，他说：

> 血气方刚时，读此诗如嚼枯木；及绵历世事，如决定无所用智。每观此篇，如渴饮水，如欲寐得啜茗，如饥啖汤饼。今人亦有能同味者乎？但恐嚼不破耳。（《书陶渊明诗后寄王吉老》）

黄庭坚认为渊明的诗是有人生阅历的人才能读出滋味的，这一点我非常赞同。我小时候非常推崇渊明之人格，那时读陶诗，心里先横下一个陶诗非常非常好的观念。但即使那样读，很多诗还是读不出滋味，觉得太平淡了，就像杜甫说的那样“颇亦恨枯槁”。现在再读，感受就大不一样了。可见，渊明之诗确实不以辞藻见长，但他的诗有风骨，有思想，有真情，有气节……有这些内在的东西填充，就会越品越妙。就如宋代陈善《扪虱新话》所说：“文章以气韵为主，气韵不足，虽有辞藻，要非佳作也。乍读渊明诗，颇似枯淡，久久有味。”那个时代的诗人，大都很注意辞藻的锤炼。因为他们很在意别人的评价，不像渊明纯是寄托自己的心事。宋代葛立方《韵语阳秋》中引黄庭坚的话说：“谢康乐、庾义城之诗，炉锤之功，不遗余力；然未能窥彭泽数仞之墙者，二子有意于俗人赞毁其工拙，渊明直寄焉耳。”

而且，我们将陶诗放在两晋南北朝诗文中来看，其辞藻固然不够赡美；但要将两晋南北朝的诗文放到整个中国文学史中来看，则未免又嫌当时诗文过于雕饰了。故而颜延之、钟嵘眼界有限，他们囿于时代，只能以当时的审美标准来衡量渊明。

至于以隐逸来概括渊明，黄文焕《陶诗析义自序》中专门有过辩驳：

> 古今尊陶，统归平淡；以平淡概陶，陶不得见也。析之以炼字炼章，字字奇奥，分合隐现，险峭多端，斯陶之手眼出矣。钟嵘品陶，徒曰隐逸之宗；以隐逸蔽陶，陶又不得见也。析之以忧时念乱，思扶晋衰，思抗晋禅，经济热肠，语藏本末，涌若海立，屹若剑飞，斯陶之心胆出矣。若夫理学标宗，圣贤自任，重华、孔子，耿耿不忘，六籍无亲，悠悠生叹，汉、魏诸诗，谁及此解？斯则靖节之品味，竟当俎豆于孔庑之间，弥朽而弥高者也。

这段话大体是说，不能只用“平淡”“隐逸”来看待渊明，这样会把渊明的气节、学养都忽略了。这话确实不错，这也就是为什么很多人学陶诗学得不像的原因了。盖以隐逸学陶，反不能得陶之所以隐逸。不过，渊明一生的价值确实在隐逸。他之所以隐逸，乃因其内心操守。宋代林逋《省心录》说："陶渊明无功德以及人，而名节与功臣、义士等，何耶？盖颜子以退为进，宁武子愚不可及之徒欤？"梅妻鹤子的林和靖认为，渊明之所以被后人推崇，正是因为他和颜回、宁武子一样，是一种"穷则独善其身"的精神榜样。

朱熹在《朱子语类》中说："陶渊明，古之逸民。"但又说，"渊明诗平淡，出于自然，后人学他平淡，便相去远矣。某后生见人做得诗好，锐意要学，遂将渊明诗平侧（即"平仄"）用字，一一依他做，到一月后，便解自做。不要他本子，方得作诗之法。"朱熹说当时有人学陶渊明，字字都按陶诗的平仄来作，以为这样一个月后就懂得如何自己写了。且不说陶写的是不拘平仄的古体诗，就是近体诗，这种胶柱鼓瑟的做法也是学不出来的，最多得诗人之形，得形而遗神。

如何能学得了陶？学作诗不如学为人。明代谭元春《古诗归》说陶诗："无一字不怡然自得，生涯性情，矫作不来。"明代唐顺之说：

> （陶渊明）但信手写出便是宇宙间第一等好诗。何则？其本色高也。自有诗以来，其较声律，雕句文，用心最苦而立说最严者，无如沈约，苦却一生精力，使人读其诗，只见其捆缚龌龊，满卷累牍，竟不曾道出一两句好话。何则？其本色卑也。本色卑，文

> 不能工也，而况非其本色者哉！（《荆川先生文集》卷七《答茅鹿门知县》）

本色之说，可谓一语中的。正如乔亿所说：“读陶诗当察其乐中有忧，忧中有乐，至其见道语，赤刘以来诗人所未有。”（《剑溪说诗》）

这些都是距离渊明较远的后人的评述，他们能够看清这些已经不是那么可贵了。可贵的是在当时能够看得出渊明价值的人。独具只眼者，是比钟嵘稍晚一点的昭明太子萧统。萧统字德施，小字维摩，梁武帝萧衍长子，被立为太子，未及即位而卒，年三十一，谥昭明，世称昭明太子。他主持编撰《文选》，又称《昭明文选》。萧统可以称得上是渊明的第一位真正的崇拜者，甚至说如果没有他给渊明整理文集，很可能陶的很多作品会散佚。萧统不但给渊明写了传记，也为他的集子作了序。序的最后一部分对渊明推崇备至，文采也很好：

> 其文章不群，词采精拔，跌荡昭彰，独超众类，抑扬爽朗，莫之与京。横素波而傍流，干青云而直上。语时事则指而可想，论怀抱则旷而且真。加以贞志不休，安道苦节。不以躬耕为耻，不以无财为病，自非大贤笃志，与道污隆，孰能如此者乎？
>
> 余素爱其文（一作“余爱嗜其文”），不能释手，尚想其德，恨不同时。故更加搜求，粗为区目。白璧微

瑕者，惟在《闲情》一赋。扬雄所谓劝百而讽一者，卒无讽劝，何必摇其笔端？惜哉！亡是可也。并粗点定其传，编之于录。

常谓有能读渊明之文者，驰竞之情遣，鄙吝之意祛，贪夫可以廉，懦夫可以立，岂止仁义可蹈，爵禄可辞！不劳复傍游太华，远求柱史。此亦有助于风教尔。

“余素爱其文，不能释手，尚想其德，恨不同时”，可见他对渊明真是仰慕到无以复加的地步了。萧统唯一的把柄就是认为《闲情赋》是渊明的“白璧微瑕”（此论引起了苏轼的不满。见本书《闲情岂微瑕》章）。不过这段言论，总体来说，写得真好。难怪宋代胡仔《苕溪渔隐丛话》中引了这段话，并认为萧统把渊明的好处都说尽了——“此言尽之矣”。（胡仔对钟嵘则十分不满）

对钟嵘的不满，几乎成了后代读陶诗者的共识。明代闵文振《兰庄诗话》中说：“其上品十一人，如王粲、阮籍辈，顾右于潜耶？”他反问一句，难道上品中的这些人，比陶要高明吗？晋宋之时，人们推崇颜延年、谢灵运的作品，而清代查慎行有一次在读了陶渊明的诗以后，恭恭敬敬地写了一首题为《寓楼读陶诗毕敬题其后》的诗，开篇第一联便是：

颜谢非同调，千秋第一人。

第二十一章　唐谁知其奥

渊明诗，唐人绝无知其奥者。

——宋·蔡启《蔡宽夫诗话》

渊明的诗，唐以前的江淹、鲍照都有仿作，但其诗风形成较大影响，则是在唐代（因为南北朝时期比较短，诗风也没有特别转变）。而依照蔡启的上述说法，唐人中未有得渊明精髓者。而元代陈绎曾《诗谱》却说："陶渊明，心存忠义，心处闲逸，情真景真，事真意真，几于《十九首》矣；但气差缓耳。至其工夫精密，天然无斧凿痕迹，又有出于《十九首》之表者，盛唐诸家风韵皆出此。"他认为渊明诗的那种"真"和《古诗十九首》极为相近，只不过渊明的诗在"气"（气韵、情绪等方面）上，不像《古诗十九首》那么急促，而相对舒缓一些。而渊明的诗既经雕琢锤炼又无斧凿痕迹，这又超出了《古诗十九首》，盛唐那些名家诗歌的风韵都是由学陶诗而得的。

这两个说法看似很矛盾，却也不必深究孰是孰非。文学与艺术虽然总是并提，可实际上文学与艺术在美学上的追求还是有很大差异的。文学与艺术都有继承与发展、共性与个性等问题，但二者各有所偏。艺术更多讲究扎实地临摹，甚至最初是亦步亦趋地效法，虽然最后也讲究出自家面目，但即使自家风格如果不甚明显，犹不失为名家。文学虽也有临摹学习的过程，但临摹只是辅助手段。文学家的自家面目更为重要，学习诗文得其神而遗其形是极为普遍的。所以唐人是否受渊明诗歌的影响，或者谁学得像与不像，都很难下定论。因此在这一章，我只说一说古人认为受渊明影响的一些唐代主要诗人，似与不似，我们姑且听听古人的看法，不做太多的评论。因为对诗人来讲，似渊明并不重要，是自己才重要，是自己而好则更为重要。

唐诗名家中，到底有多少学陶似陶者？明代许学夷《诗源辨体》中认为渊明的诗："亦非有意胜人耳。至唐王摩诘、元次山、韦应物、柳子厚、白乐天、宋苏子瞻诸公，并宗尚之。后人始多得其旨趣矣。"还有认为唐人中储光羲、孟浩然风格也接近陶渊明。如清代贺贻孙《诗筏》说："唐人诗近陶者，如储、王、孟、韦、柳诸人。"明代钟惺《古诗归》中说："储光羲、王维田家诗情事真朴，从陶公田园等诗中出。"而钟惺认为王昌龄也似陶："坡公谓陶诗外枯中腴，似未读储光羲、王昌龄古诗耳。储、王古诗极深厚处，方能仿佛陶诗。"不过认为王昌龄似陶的，实在是太少了，可能是钟惺别有会心处吧。

总结一下，唐代学陶的名家不过这么几位：王维、孟浩然、储光羲、元结、韦应物、白居易、柳宗元。

杜　甫

杜甫并不在刚刚总结的几家之中，但我首先要说的却是不大学陶的杜甫。如果要说在中国诗歌史上影响最大的一个人，那不能不说是杜甫。无论从做人上，还是作诗上，历代文人都推崇杜甫。而很多喜欢陶渊明诗的人，也喜欢杜甫的诗。可杜甫在《遣兴五首》诗中却“讥讽”过陶渊明：

> 陶潜避俗翁，未必能达道。观其著诗集，颇亦恨枯槁。达生岂是足，默识盖不早。有子贤与愚，何其挂怀抱。

［当代］王圆通先生《杜甫诗意图》扇面

这首诗不但说渊明的诗风格枯槁，甚至说他为人也未必能了解什么是“大道”，这真是从思想境界到文学水平上全盘否定渊明了。于是有很多人出来解释杜甫为什么这么说。我在前面《莱妇与痴儿》一章也提过，因为杜甫的儿子和渊明的儿子一样，不爱读书学习。他一定是对渊明《责子》诗产生了共鸣，进而以戏谑之口吻，借讽陶以自嘲罢了。这和李白《戏赠杜甫》那首诗的公案一样：“饭颗山头逢杜甫，顶戴笠子日卓午。借问别来太瘦生，总为从前作诗苦。”有人认为此诗是李白写来讥讽杜甫作诗拘束的，有人认为是伪诗。真也罢，伪也罢，我觉得这算调笑，不算讥讽。因为李白比杜甫大很多岁，真写这么两句诗开开玩笑也算不得什么。

那么杜甫是真的觉得陶诗“枯槁”么？其实杜甫在其他的诗中还是很推崇渊明的，比如《江上值水如海势聊短述》：“焉得思如陶谢手，令渠述作与同游。”这里杜甫明确肯定渊明、谢灵运均是诗中之大家。杜甫在《夜听许十一诵诗爱而有作》中也说：“陶谢不枝梧，风骚共推激。”过去也有把颜延之与谢灵运并称的说法，而且“颜谢”“陶谢”平仄相同，杜甫在诗中不称“颜谢”而称“陶谢”，可见其对渊明之推崇。明代谢榛《四溟诗话》便说：

> 自然妙者为上，精工者次之，此着力不着力之分，学之者不必专一而逼真也。专于陶者失之浅易，

> 专于谢者失之饾饤，孰能处于陶、谢之间，易其貌，换其骨，而神存千古？子美云：“安得思如陶谢手。”此老犹以为难，况其他者乎？

这段文字最后的“此老”就是指杜甫。他认为以杜甫之高才，要达到陶谢的水平还是有困难的。

那么杜诗到底学不学陶，似不似陶呢？有些人就从诗句中寻求线索。如宋代叶寘《爱日斋丛抄》中有这么两条：

> 陶诗：“结庐在人境，而无车马喧。”少陵《东楼》诗：“虽有车马客，而无人世喧。”就古语一转，正使事之法。

> 《羌村》诗，或以之比渊明《饮酒》诗中语，然如“清晨闻叩门，倒裳往自开。问子为谁与，田父有好怀。壶浆远见候，疑我与时乖”，其为闲暇，非所能得者。

这两条，第一条是从化用诗句来说杜甫学陶，第二条是说杜甫某些诗的神韵似陶。我以前读杜甫时，读到“秋天不肯明”（《客夜》），觉得特别熟悉，后来忽然想起渊明有一句“晨鸡不肯鸣”（《饮酒二十首》之“少年罕人事”），乃悟少陵此句全学靖节，甚至有出蓝之妙。因为“肯”字说“鸡”已是绝妙，再进一步用来说无生命之“秋天”（实际是“秋夜”），则更见天地之不仁，造化之无情。不过这样一句两句只能作为学诗之法来看，不能论证杜甫是否刻意学陶，因为唐人读陶诗能记得一些句子并化用，并不是稀奇的事，也未必需要刻意为之。但叶寘第二条说神韵相近，则颇有见地。不过杜诗博大精深，各种风格的作品都有，所以也不好说是有意学陶，还是无意间相似。

于是有些人说陶与杜没有什么相似的。比如清代乔亿《剑溪说诗》说：

> 太白诗有似《国风》《小雅》者，有似《离骚》者，似汉魏乐府及古歌谣杂曲者……独无一篇似陶。子美间有陶句，亦无全篇似之者。虽李、杜之不为陶，不足为病，而陶之难拟可见也。

他认为李白一点也不像陶，杜甫偶尔有些句子像陶。而朱熹则认为晋与唐的风格本来就存在很大差异："晋、宋间诗多闲淡，杜工部等诗常忙了。"还有很多人不从字句上论证陶、杜，而从神韵及创作的那种真挚上来论证，这样的论述有很多，我挑一些精彩的给大家看看：

> 孔子删《诗》，取其"思无邪"者而已。自建安七子、六朝、有唐及近世诸人，"思无邪"者，惟杜子美、陶渊明耳，余皆不免落邪思也。（宋·张戒《岁寒堂诗话》）

正夫尝论杜子美、陶渊明诗云：子美读尽天下书，识尽万物理，天地造化，古今事物，盘礴郁积于胸中，浩乎无不载，遇事一触辄发之于诗；渊明随其所见，指点成诗，见花即道花，遇竹即说竹，更无一毫作为。故予尝有诗云："子美学古胸，万卷郁含蓄，遇事诗一麾，百怪森动目。渊明澹无事，空洞抚便腹。物色入眼来，指点诗句足。彼真发其藏，我但随所瞩。二老诗中雄，同工不同曲。"盖发于正夫之论也。（宋·施德操《北窗炙輠录》）

论者谓子美"无数蜻蜓齐上下，一双鸂鶒对浮沉"，便有"关关雎鸠，在河之洲"气象。予亦谓渊明"蔼蔼远人村，依依墟里烟。犬吠深巷中，鸡鸣桑树颠"，当与《豳风·七月》相表里。此殆难与俗人言也。（宋·陈善《扪虱新话》）

陶渊明诗"采菊东篱下，悠然见南山"，采菊之际，无意于山，而景与意会，此渊明得意处也。而老杜亦曰："夜阑接软语，落月如金盆。"予爱其意度闲雅，不减渊明，而语句雄健过之。每咏此二诗，便觉当时清景，尽在目前，而二公写之笔端，殆若天成，兹为可贵。（宋·陈善《扪虱新话》）

情之所蓄，无不可吐出；景之所触，无不可写入；晋为渊明，唐惟少陵。（明·王圻《稗史》）

总之，杜甫虽不刻意学陶，但也受陶之影响，更重要的是，在为人作诗的“真诚”上，杜与陶是不学而神似的，这是唐宋以来所有学陶者所不能企及的。不过很多诗人还是认为杜诗有法可学，陶诗则无迹可求，不容易学。学陶诗学不好容易流为浅易。宋代诗人陈师道就说：

> 学诗当以子美为师，有规矩，故可学。退之于诗，本无解处，以才高而好耳。渊明不为诗，写其胸中之妙尔。学杜不成，不失为工；无韩之才与陶之妙，而学其诗，终为乐天尔。（《后山诗话》）

这段话第一句是说，杜甫是有迹可循的学诗正轨；结尾处说，没有韩愈的才华与陶渊明的高妙，去学他们的作品，那就成了白居易了（对白居易的不屑也溢于言表了）。

王维　储光羲　孟浩然　元结等

王维、孟浩然是人们认为盛唐时期比较接近陶渊明的诗人。但王维也讥讽过陶渊明的《乞食》。他在《与魏居士书》中说：“近有陶潜，不肯把板屈腰见督邮，解印绶弃官去。后贫，《乞食》诗云：‘叩门拙言辞。’是屡乞而惭也。尝一见督邮，安食公田数顷。一惭之不忍，而终身惭乎？”这段公案在本书《贫富常交战》一章中提过，也不细说了。其实王维和陶渊明，相似之处只有一点点交

[明] 仇英《辋川十景图》（局部）

集，他们更多的是不似。

有些古人认为王维与陶渊明最为相似。如宋代陈师道说：“右丞、苏州，皆学于陶，正得其自在。”（《后山诗话》）清代徐曾认为王维和陶渊明一样，是诗歌的极致：“诗到极则，不过诗抒写自己胸襟，若晋之陶元亮，唐之王右丞，其人也。”（《而庵诗话》）如果了解一下二人的生平，我们就会知道，王维过得很滋润，他是富而隐；陶渊明过得很辛苦，他是隐而贫。王维为了自己的富贵，有时会做一些纡尊降贵的事。如《唐才子传》记载：

（王维）娴音律。岐王重之。维将应举，岐王谓曰：“子诗清越者，可录数篇，琵琶新声，能度一曲。同诣九公主第。”维如其言。是日，诸伶拥维独奏，主问何名，曰：“《郁轮袍》。”因出诗卷。主曰：“皆我习讽，谓是古作，乃子之佳制乎？”延于上座曰："京兆得此生为解头，荣哉！"力荐之。开元十九年状元及第，擢右拾遗，迁给事中。

从这段话可以看出，王维为了成名，不惜暂作乐工，去为九公主演奏。虽然公主对王维十分礼遇，但这种事情，陶渊明还是做不出来的。现实就是这么无情，你降低人格，却把富贵追求来了，过上了很舒服的日子；你保持尊严，就要承受饥寒困苦。在这种人生选择面前，陶渊明和王维走了相反的路，而且是分别将两条路走到底的代表人物。因此我们不难理解王维为什么会那么讥讽陶渊明了——两人的人生态度完全不一样。作为后人，从人格上，我非常推崇陶渊明；但在现实中，恐难尽免王维的行径。如果是朋友，我会劝他在无伤大节的前提下，学学王维也无妨，毕竟守节固穷是一件极为痛苦的事，不是所有人都能坚持下来而不后悔的。——"乐道至苦"，哀哉哀哉！

王维和陶渊明的诗到底相似不相似呢？既然《古诗归》说"王维田家诗情事真朴，从陶公田园等诗中出"，那我们就各举陶、王一首田家诗来看一看：

归园田居（其三）

种豆南山下，草盛豆苗稀。晨兴理荒秽，带月荷锄归。道狭草木长，夕露沾我衣。衣沾不足惜，但使愿无违。（陶渊明）

渭川田家

斜阳照墟落，穷巷牛羊归。野老念牧童，倚杖候荆扉。雉雊麦苗秀，蚕眠桑叶稀。田夫荷锄至，相见语依依。即此羡闲逸，怅然吟式微。（王维）

对于田园生活，王维是坐享其成的地主，在吃饱了、喝足了、穿暖了、睡够了之余，出来溜达溜达，看看别人干农活，吟咏一番；而渊明则是吃不饱、睡不好，还要承受日晒雨淋，在田地里耕作。说得再简单点儿，渊明是参与者，王维是旁观者。王维是站着说话不腰疼的代表人物。我常常跟人说，王维此诗中一个“羡”字，便是关键。不让他动手，他看着羡慕羡慕也就罢了；如果真让他去荷锄耕地，恐怕他就后悔不迭了。

估计人们觉得王维与渊明相似，便是在“采菊东篱下，悠然见南山”与“行到水穷处，坐看云起时”这种充满了闲适，甚至略带禅机的地方。如若你想一想，王维是在闲适中得此闲适，而渊明是在辛苦中得此闲适，二人境界之高下就不言而喻了。

至于储光羲、孟浩然的诗，也有些这种味道。只是孟浩然一生落魄，诗中往往带有一种失意落寞之感，然又不失气度。就诗歌而言，孟浩然有出王维之上者。清代延君寿《老生常谈》中告诫人们学诗，尤其要学陶，不要学那种浅易田家语：

读古人诗本来不许心粗气浮，我于陶尤觉心气要

> 凝炼，方能入得进去。有看古人诗，略一披阅，便云不过尔尔，吾已了然于心口。此无论聪明人、钝汉子，皆自欺欺人也，断不可信。如陶公《和郭主簿》云："露凝无游氛，天高景物澈。陵岑耸逸峰，遥瞻皆奇绝。"一样写秋，迥与唐人不同，气味深静故耳。若工部之"万壑树声满"，虽浅人亦知叫好矣。读陶当从此得力，方能破前人，学陶藩篱。若只摩仿其"狗吠深巷中，鸡鸣桑树颠""相见无杂言，但道桑麻长"等句，引入孟、王、储太祝一路去，自家便不能出头。

这段话结尾处说，浅易田家语学不好就成了孟浩然、王维、储光羲等人的风格，很难学出自家真面目来了。

至于元结，清代洪亮吉《北江诗话》中说："元结《春陵篇》及《浯溪》等诗，无意学陶，亦无一类陶，而转似陶，则又当于神明中求之耳。"有兴趣者可以自己找诗来读读。

柳宗元　韦应物

后世一般公认唐人似陶的，一是韦应物，一是柳宗元。如明代李东阳在《怀麓堂诗话》中说："陶诗质厚近古，愈读而愈见其妙。韦应物稍失之平易，柳子厚则过于精刻。世称陶、韦，又称韦、柳，特概言之，惟谓学陶者，须自韦、柳而入，乃为正耳。"他认为学陶的人，可以从韦应物、柳宗元入手，这应该是条学陶的正路。明代许学夷在《诗源辨体》中说："靖节诗不为冗语，惟意尽便了，故集中长篇甚少，此韦、柳所不及也。"他认为渊明的诗没有赘语，没有多余的话（其实我觉得陶诗于议论说理处太欲说明，辄有冗语，亦受当时玄言诗风气之影响），韦应物、柳宗元均比不了陶，但他还是很认可这二位的。

在这二位中，有人认为柳宗元近陶。如：

> 柳子厚诗在陶渊明下，韦苏州上。（宋·苏轼《评韩柳诗》）

> 欲知子厚如此，学陶渊明乃为能迎之耳。（宋·黄庭坚《跋书柳子厚诗》）

> 五言古诗句雅淡而味深长者，陶渊明、柳子厚也。（宋·杨万里《诚斋诗话》）

但宋代蔡启则认为柳宗元过于为自己贬谪的身世伤感，以至于忧愤而死，实在是过分挂怀于得失，未免和陶的精神境界相去太远："子厚之贬，其忧悲憔悴之叹，发于诗者，特为酸楚。闵已伤志，固君子所不免，然亦何至是，卒以愤死，未为达理也。"（《蔡宽夫诗话》）

有人则认为韦应物近陶。如：

> 古今诗人，多喜效渊明体者，如和陶诗非不多，但使渊明愧其雄丽耳。韦苏州云："霜露悴百草，时

菊独妍华。物性有如此，寒暑其奈何。掇英泛浊醪，日入会田家。尽醉茅檐下，一生岂在多。”（此诗名《效陶彭泽》）非惟语似，而意亦大似，盖意到而语随之也。（宋·周紫芝《竹坡诗话》）

汉人……去《国风》未远，六代惟陶彭泽、三唐惟韦苏州二公可以企及。（清·王世祯《师友诗传录》）

江（淹）、鲍（照）各有拟陶诗，皆不及韦，韦气象近道。（清·乔亿《剑溪说诗》）

甚至有人将陶渊明和韦应物的诗合在一起刻成集子，流行于世。明代何湛之刻《陶韦合集》本卷首有何本人写的序，其中说：“（陶渊明）信《三百篇》之后一人也……倘禘尼山，并袷二祖，则陶几入室，韦渐升堂。”认为陶、韦之诗，其价值可与孔子删定的《诗经》相提并论，韦应物可以升堂，陶渊明几乎能够入室了。这种评价，在儒家思想为主导思想的时代，可以说是至高无上的赞誉。

这些人学渊明，都有一定的成就，也有自家面目。清代沈德潜《说诗晬语》说：

陶诗胸次浩然，其中有一段渊深朴茂不可到处。唐人祖述者，王右丞有其清腴，孟山人有其闲远，储太祝有其朴实，韦左司有其冲和，柳仪曹有其峻洁；皆学焉而得其性之所近。

学诗就是这样，“皆学焉而得其性之所近”（韩愈《送王埙秀才序》）——我们学某人的风格，但最终还是把自己的性情表现得淋漓尽致。

白居易

沈德潜说了很多人，唯独没提白居易。其实唐代这些诗家都不是刻意学陶，唯有白居易刻意学习，还自我标榜，真是崇拜陶渊明。白居易在《题浔阳楼》中说：“常爱陶彭泽，文思何高玄。”他甚至去寻访过陶渊明的旧宅，还写了诗与序言：

访陶公旧宅　并序

予夙慕陶渊明为人，往岁渭川闲居，尝有《效陶潜诗十六首》。今游庐山，经柴桑，过栗里，思其人，访其宅。不能默默，又题此诗云。

垢尘不污玉，灵凤不啄膻。呜呼陶靖节，生彼晋宋间。心实有所守，口终不能言。永惟孤竹子，拂衣首阳山。夷齐各一身，穷饿未为难。先生有五男，与之同饥寒。肠中食不充，身上衣不完。连徵竟不起，斯可谓真贤。我生君之后，相去五百年。每读五柳传，目想心拳拳。昔常咏遗风，著为十六篇。今来访故宅，森若君在前。不慕樽有酒，不慕琴无弦。慕君遗荣利，老死此丘园。柴桑古村落，栗里旧山川。不见篱下菊，但余墟中烟。子孙虽无闻，族氏犹未迁。每逢姓陶人，使我心依然。

我虽不甚喜欢白居易的诗，但客观讲，这首诗还真有些动人处。尤其是结尾的“每逢姓陶人，使我心依然”，使人生出心有戚戚焉的感觉。不过他学陶学得如何呢？我们就选一首他上面序言中提到的《效陶潜体诗十六首》：

吾闻浔阳郡，昔有陶徵君。爱酒不爱名，忧醒不忧贫。尝为彭泽令，在官才八旬。愀然忽不乐，挂印著公门。口吟归去来，头戴漉酒巾。人吏留不得，直入故山云。归来五柳下，还以酒养真。人间荣与利，摆落如泥尘。先生去已久，纸墨有遗文。篇篇劝我饮，此外无所云。我从老大来，窃慕其为人。其他不可及，且效醉昏昏。

虽然题目标榜学陶，但此诗真的太不似陶了。清代马星翼《东泉诗话》中说：“王、孟、储、韦多近似于陶，至香山极矣。”我想这个“极”如果指学得像的话，那马氏真是识见卑下了。但如果说白居易学陶的作品写得多的话，那倒是不假。后代大多数人认为白居易学陶学得不像：

如白乐天自云效陶渊明数十篇，终不近也。(宋·黄庭坚《跋书柳子厚诗》)

> 渊明诗，唐人绝无知其奥者，惟韦苏州、白乐天尝有效其体之作，而乐天去之亦自远甚。（宋·蔡启《蔡宽夫诗话》）

那么白居易为什么学陶不像呢？宋代陈模《怀古录》中说：

> 白乐天最不能忘情者，故发而为诗，强身躯道，其实不悟此理。

这个“忘情”的“情”，指的是世俗之情，更接近人的各种欲望。所以蔡启说白居易：“乐天既退闲，放浪物外，若真能脱屣轩冕者；然荣辱得失之际，铢铢较量，而自矜其达，每诗未尝不着此意，是岂真能忘之者哉，亦力胜之耳。”（《蔡宽夫诗话》）看看白居易这一辈子，他对于功名富贵的追求，那绝对是更在王维之上。白居易晚年致仕，在洛阳盖了一座别墅。他在《池上篇》中说：“十亩之宅，五亩之园。有水一池，有竹千竿……有堂有亭，有桥有船。有书有酒，有歌有弦。有叟在中，白须飘然。”别墅中还养了很多歌姬侍妾，《本事诗》记载：“白尚书姬人樊素善歌，妓人小蛮善舞，尝为诗曰：‘樱桃樊素口，杨柳小蛮腰。’年既高迈，而小蛮方丰艳……”对于白居易的人生态度，我们也不用批评，这也是一种活法。但可想而知，一个沉迷于“樱桃樊素口，杨柳小蛮腰”的人，他的精神世界怎么能和渊明相似呢？

诗至唐朝七言大兴，七言的好处是跌宕起伏，能够包容更多的内容，弊端则是辞多而意少。所以宋代唐庚在《文录》中引了唐诗和渊明的诗进行了比较：

> 唐人有诗云："山僧不解数甲子，一叶落知天下秋。"及观陶元亮诗云："虽无纪历志，四时自成岁。"便觉唐人费力。如《桃源记》言"尚不知有汉，无论魏、晋"，可见造语之简妙。盖晋人工造语，而元亮其尤也。

其实也未必是唐人费力，这乃是七言和五言风格不同所致。而在有些人看来，这些或有意或无意学习渊明的唐人，永远赶不上渊明。这种赶不上不在文辞，乃在性情。清代贺贻孙《诗筏》说道：

> 唐人诗近陶者，如储、王、孟、韦、柳诸人，其雅懿之度，朴茂之色，闲远之神，澹宕之气，隽永之味，各有一二，皆足以名家，独其一段真率处，终不及陶。陶诗中，雅懿、朴茂、闲远、澹宕、隽永，种种妙境，皆从真率中流出，所谓"称心而言，人亦易足"也。真率处不能学，亦不可学，当独以品胜耳。

品格是人生修养，诗的功夫恰在诗外。

第二十二章　细和渊明诗

苏　轼

如果说唐人还多是以无意学陶为主，那么自宋代苏轼以来，文坛则掀起了一股“和陶”的热潮。苏轼为有宋一代文坛领袖，他的口味嗜好自然会影响一大批文人。在历史上，陶渊明有两大“粉丝”：第一是南朝梁萧统，第二是宋代苏轼。粉丝之间还有倾轧。苏轼因萧统非议陶渊明的《闲情赋》，则说萧统是“此乃小儿强作解事者”——当然，萧统是还不了口了。苏轼连萧统的《文选》也看不上眼，说：“舟中读《文选》，恨其编次无法，去取失当。齐、梁文章衰陋，而萧统尤为卑弱，《文选》引（引，一作“序”）斯可见矣。”（《东坡题跋·题文选》）不过，客观地讲，《文选》对中国文学的正面影响还是非常大的。

苏轼崇拜陶渊明到了什么程度呢？——舍不得读陶渊明的诗！

每体中不佳，辄取读，不过一篇，唯恐读尽后，无以自遣耳。（苏轼《东坡题跋·书渊明羲农去我久诗》）

他身体不舒服时，就找陶渊明的诗来读，但每次只读一篇，因为陶渊明的诗很少，他怕读完了，以后就没有用来排忧遣闷的读物了。当然，苏轼肯定没少读陶诗，他以前也肯定通读过。但好的文学作品给人带来的那种感动，在你对文辞烂熟之后，就容易消失。我也有过这种感觉——比如唐代韩愈的《祭十二郎文》，我既不背，也不常读——就是因为我很珍视这种感动。往往是隔了好久，我才拿出此文来再读一遍。后来课本里一度选了这篇文章，没有办法，但我除了教学生时读此文，平时还是只字不看。当然，我不是对待所有的好作品都这样，这是很特殊的情况。所以我也能理解苏轼舍不得读陶诗的心理，是怕失去那份感动。

对于陶诗，苏轼有很多赞美，也都说到了点上。比如他评陶渊明的“平畴交远风，良苗亦怀新”两句说：“非古之耦耕植杖者，不能道此语；非余之世农，亦不能识此语之妙也。”苏轼因为也干农活（苏自称“世农”），所以能体会到渊明此语的妙处。这是一种别有会心的共鸣，与王维的“羡闲逸”有天壤之别。另外，他说陶渊明的诗：“所贵乎枯淡者，谓其外枯而中膏，似淡而实美。”这也是大多数人都认可的评语。他在读陶渊明“种豆南山下”一首诗后说：“览渊明此诗，相与太息。噫嘻，以夕露沾衣之故，而犯所愧者多矣！”他不但读出了陶诗的寄托，也更为陶坚守节操而叹服。对于唐代王维讥讽陶渊明的《乞食》，苏轼则说：

> 孔子不取微生高，孟子不取於陵仲子，恶其不情也。陶渊明欲仕则仕，不以求之为嫌；欲隐则隐，不以去之为高；饥则扣门而乞食，饱则鸡黍以延客。古今贤之，贵其真也。（《书李简夫诗集后》）

总之，苏轼对于陶渊明，没有一句微词，没有一点批评，除了仰慕还是仰慕。苏轼在给弟弟苏辙的信中说：

> 古之诗人，有拟古之作矣，未有追和古人者也；追和古人，则始于吾。吾于诗人，无所甚好，独好渊明之诗。渊明作诗不多，然其诗质而实绮，癯而实腴，自曹、刘、鲍、谢、李、杜诸人，皆莫及也。吾前后和其诗凡一百有九篇，至其得意，自谓不甚愧渊明。今将集而并录之，以遗后之君子，其为我志之。然吾于渊明，岂独好其诗也哉！如其为人，实有感焉。渊明临终，疏告俨等：“吾少而穷苦，每以家弊，东西游走。性刚才拙，与物多忤，自量为己，必贻俗患，黾勉辞世，使汝等幼而饥寒。”渊明此语，盖实录也。吾真有此病，而不早自知。半生出仕，以犯世患。此所以深愧渊明，欲以晚节师范其万一也。（《与苏辙书》）

苏轼说他和陶渊明的诗，和了一百零九篇，还说自己并不是只喜好陶诗，更是仰慕陶的为人。所以宋代方回在《病后夏初杂书近况十首》（其十）中说“折腰彭泽不归去，未必东坡肯和陶”，也是有道理的。

尽管苏轼和了那么多陶诗，后世还有很多人说他和得不像。比如朱熹认为苏轼和陶不够自然：“渊明诗所以为高，正在不待安排，胸中自然流出。东坡乃篇篇句句依韵而和之，虽其高才，似不费力，然已失其自然之趣矣。”（《答谢成之书》）而宋代刘克庄则认为天下只有苏轼一人配和陶诗：“陶公如天地间之有醴泉庆云，是惟无出，出则为祥瑞，且饶坡公一人和陶可也。”（《后村诗话》）苏轼和陶到底如何？姑选两首《和陶读〈山海经〉》看看：

> 今日天始霜，众木敛以疏。幽人掩关卧，明景翻空庐。开心无良友，寓眼得奇书。建德有遗民，道远我无车。无粮食自足，岂谓谷与蔬。愧此稚川翁，千载与我俱。画我与渊明，可作三士图。学道虽恨晚，赋诗岂不如。

> 东坡信畸人，涉世真散材。仇池有归路，罗浮岂徒来。践蛇及茹蛊，心空了无猜。携手葛与陶，归哉复归哉。

其实苏轼和陶还真不是很像。陶渊明是个不卖弄聪明的人，而苏轼却要时不时卖弄一下自己的聪明。比如第一首他说自己和陶渊明比起来，“学道虽恨晚，赋诗岂不如”，就是说我虽然不如陶公悟道早，但是我写诗也不比他差啊。检渊明全集，没有一首有这样的语气。而另一首上来就说自己是“畸人”是“散材”，看似自贬，实则自矜。还说要和陶渊明携手做朋友，这个想法很可爱，也很真实。但陶渊明提到敬仰的古人，从不是这种语气与态度。可见东坡与陶，性格上还是有不小的区别的。对于这种区别，有人认同，有人批评。认同者如清代李重华《贞一斋诗说》：“至坡老和陶，好在不学状貌。”批评的则如清代吴覲文：“坡公才情飘逸豪放，晚年率归平淡，乃悉取渊明集中诗追和之，此是其好陶之至，不自知其言之病也。”(《陶渊明集批语》)

不过与其从苏轼和陶渊明的诗作中寻找他们的相似之处，倒不如从苏轼非刻意和陶、拟陶的诗中寻找一点神似的风味：

> 东坡尝曰：渊明诗初看若散缓，熟看有奇句……大率才高意远，则所寓得其妙，造语精到之至，遂能如此，似大匠运斤，不见斧凿之痕，不知者困疲精力，至死不之悟，而俗人亦谓之佳。如曰：“一千里色中秋月，十万军声半夜潮。”又曰：“蝴蝶梦中家万里，子规枝上月三更。”又曰：“深秋帘幕千家雨，落日楼台一笛风。”皆如寒乞相，一览便尽，初如秀整，熟视无神气，以其字露也。东坡作对则不

然，如曰“山中老宿依然在，案上《楞严》已不看”之类，更无龃龉之态，细味对甚的，而字不露，此其得渊明之遗意耳。(宋·惠洪《冷斋夜话·东坡得陶渊明之遗意》)

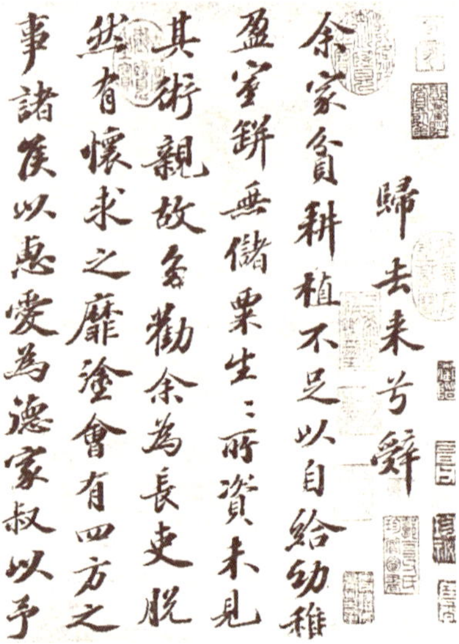
［北宋］苏轼《归去来兮辞》（局部）

苏轼的一生，贬谪占据了大半。他南迁时，还和过陶渊明的《归去来兮辞》，并把《归去来兮辞》檃栝到词里。因为他觉得陶渊明的《归去来兮辞》写得非常好，但在当时不能唱。于是他就把《归去来兮辞》的语句拆散了，填到一首词牌名为《哨遍》的词中去，有空就让人唱来听听：

哨　遍　并序

陶渊明赋《归去来》，有其词而无其声。余治东坡，筑雪堂于上，人俱笑其陋。独鄱阳董毅夫过而悦之，有卜邻之意。乃取《归去来》词，稍加檃栝，使就声律，以遗毅夫，使家僮歌之。时相从于东坡，释耒而和之，扣牛角而为之节，不亦乐乎？

为米折腰，因酒弃家，口体交相累。归去来，谁不遣君归？觉从前皆非今是。露未晞。征夫指予归路，门前笑语喧童稚。嗟旧菊都荒，新松暗老，吾年今已如此。但小窗容膝闭柴扉，策杖看孤云暮鸿飞，云出无心，鸟倦知还，本非有意。

噫！归去来兮，我今忘我兼忘世。亲戚无浪语，琴书中有真味。步翠麓崎岖，泛溪窈窕，涓涓暗谷流春水。观草木欣荣，幽人自感，吾生行且休矣。念寓形宇内复几时？不自觉、皇皇欲何之。委吾心、去留谁计。神仙知在何处，富贵非吾愿（“愿”一作“志”，押韵），但知临水登山啸咏，自引壶觞自醉。此生天命更何疑，且乘流、遇坎还止。

对于东坡的这种作法，后人有些不以为然。如金代王若虚《滹南诗话》说：“东坡酷爱《归去来辞》，既次其韵，又衍为长短句，又裂为集字诗，破碎甚矣。陶文信美，亦何必尔，是亦未免近俗也。”然而王若虚对于苏轼和陶诗，看法倒是很通达，他说：

东坡和陶诗，或谓其终不近，或以为实过之，是皆非所当论也。渠亦因彼之意以见吾意云尔，曷尝心竞而较其胜劣耶？故但观其眼目旨趣之何如，则可矣。（《滹南诗话》）

黄庭坚

宋代黄庭坚是“苏门四学士”之一，他为苏轼和陶的作品写了一首诗，以作跋语：

跋子瞻和陶诗

子瞻谪岭南，时宰欲杀之。饱吃惠州饭，细和渊明诗。彭泽千载人，东坡百世士。出处虽不同，风味乃相似。

他说东坡与渊明“风味相似”。至于似与不似，大家心中都有自己的想法。但我觉得，这两个人都是文化史上的重要人物，也许正因其不似，我们才又多了一位精神榜样。

黄庭坚也是很仰慕陶渊明的，有人见过他的一幅草书

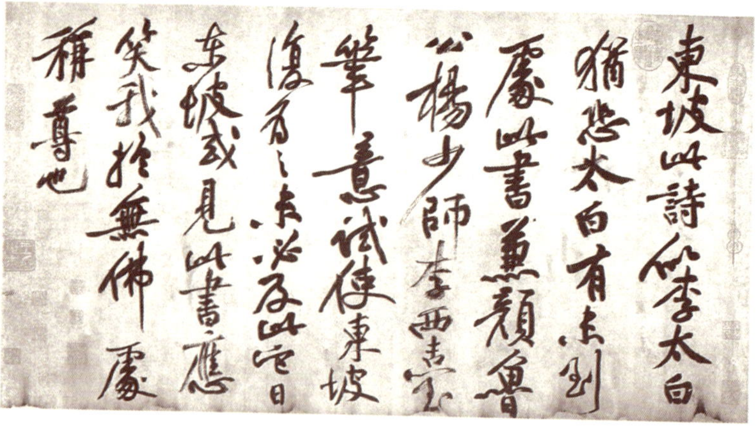

［北宋］黄庭坚《跋苏轼黄州寒食诗》

真迹，其中就写道：

> 诗中不见斧斤，而磊落清壮，惟陶能之。（宋·佚名《漫叟诗话》）

他提出陶渊明的诗是要靠人生阅历来读懂的，年轻人往往不一定能喜欢：

> 山谷尝跋渊明诗卷云：“血气方刚时，读此诗如嚼枯木；及绵历世事，如决定无所用智。”（宋·葛立方《韵语阳秋》）

黄庭坚认为陶渊明的诗自然而好，可惜世人囿于成见，反来挑剔：

> 至于渊明，则所谓不烦绳削而自合者。虽然，巧于斧斤者多疑其拙，窘于检括者辄病其放。（《题意可诗后》）

他觉得陶渊明是一位特别和蔼又非常诙谐的人：

> 观渊明之诗，想见其人岂弟慈祥，戏谑可观也。俗人便谓渊明诸子皆不肖，而渊明愁叹见于外，可谓痴人前不得说梦也。（《书陶渊明责子诗后》）

他读了《陶渊明传》，看见陶嘱咐家人好好对待童仆的话（“汝旦夕之费，自给为难，今遣此力，助汝薪水之劳。此亦人子也，可善遇之”），感叹道：

> 此所谓临人而有父母之心者也。夫临人而无父母之心，是岂人也哉，是岂人也哉！（《解疑》）

至于前一章提到的杜甫讥讽陶渊明写的《遣兴》诗，也是黄庭坚先出来说明杜甫是借陶渊明的诗来自嘲的：

> 山谷乃云：杜子美困于三蜀，盖为不知者诟病，以为拙于生事，又往往讥宗武失学，故寄之渊明尔。（宋·葛立方《韵语阳秋》）

黄庭坚在彭泽的时候，写诗缅怀陶渊明，并将他比作诸葛亮：

宿旧彭泽怀陶令

> 潜鱼愿深渺，渊明无由逃。彭泽当此时，沉冥一世豪。司马寒如灰，礼乐卯金刀。岁晚以字行，更始号元亮。凄其望诸葛，抗脏犹汉相。时无益州牧，指挥用诸将。平生本朝心，岁月阅江浪。空余诗语工，落笔九天上。向来非无人，此友独可尚。属予刚制酒，无用酌杯盎。欲招千载魂，斯文或宜当。

而他在《卧陶轩》一诗（旧注认为此诗为晁无咎作）中

说：“陶公白头卧，宇宙一北窗。但闻窗风雨，平陆漫成江。”更是将陶渊明推崇为世间第一流人物。

由于黄庭坚是宋代诗坛的领军人物，是江西诗派“一祖三宗”之一，他这样推崇陶渊明，以致后人竟将陶渊明也归入江西诗派了：

> 或谓《三百篇》而后作诗者原有江西一派，自渊明已然，至山谷而衣钵始传，似宗派尽于二十五人也。（清·张泰来《江西诗社宗派图录》）

> 江西之派，实祖渊明……夫无派即渊明之派也。（同上）

这个“无派即渊明之派”，大有武侠小说中之无招胜有招之势了。不过将陶渊明归入江西诗派，实在是有些荒唐。

苏轼、黄庭坚为何这么推崇陶渊明呢？还是宋代吴可《藏海诗话》说得好：

> 东坡豪，山谷奇，二者有余，而于渊明则为不足，所以皆慕之。

陆游　辛弃疾

宋室南渡之后，著名的诗人词人中，陆游与辛弃疾也是陶渊明的仰慕者。

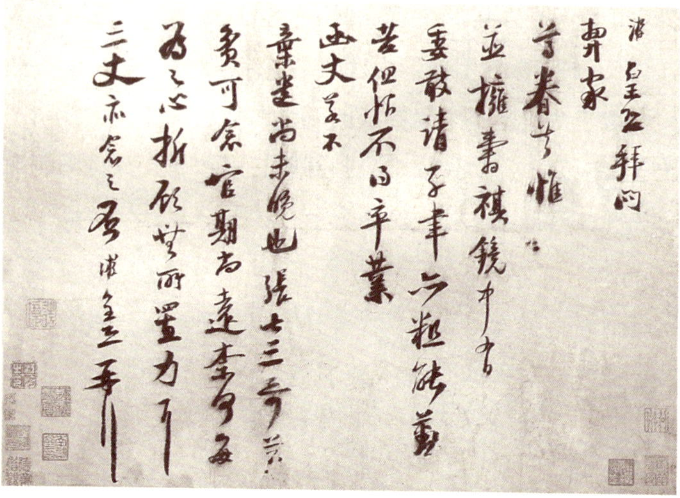

［北宋］陆游《尊眷帖》

陆游从小就喜欢读陶渊明的诗。他回忆小时候读陶诗的情形：

> 吾年十三四时，侍先少傅居城南小隐，偶见藤（一作“录”）床上有渊明诗，因取读之，欣然会心。日且暮，家人呼食，读诗方乐，至夜，卒不就食（《跋渊明集》）

这和陶渊明读书“每有会意，便欣然忘食”何其相似！陆游觉得陶诗精妙之处，真是“空前绝后”。比如他评价陶渊明《读山海经》中的“孟夏草木长，绕屋树扶疏”，专门写了首诗说：

> 陶谢文章造化侔，篇成能使鬼神愁。君看夏木扶

疏句，还许诗家更道不？（《读陶诗》）

陆游也喜欢和陶渊明的诗作：

研朱点周易，饮酒和陶诗。（《客有见过者既去喟然有作》）

但他觉得自己学陶诗，怎么也学不到精妙处：

我诗慕渊明，恨不造其微。（《读陶诗》）

陆游觉得学诗就应该学陶渊明，学书法要学颜真卿。即使学不到，也要学！只有这样，学人才能让自己处身端正。可见陆游于诗书之外，更仰慕陶、颜二公之为人：

学诗当学陶，学书当学颜。正复不能到，趣乡已可观。养气要使完，处身要使端。勿谓在屋漏，人见汝肺肝。节义实大闲，忠孝后代看。汝虽老将死，更勉未死间。（《自勉》）

可见，在陆游的眼中，学陶已经不再是一种文学追求，而是人格自我完善的过程了。

至于辛弃疾，词中仰慕陶公之处，更是俯拾即是：

穆先生，陶县令，是吾师。（《最高楼·吾衰矣》）

老来曾识渊明，梦中一见参差是……须信此翁未死，到如今、凛然生气。（《水龙吟·老来曾识渊明》）

辛弃疾读陶诗，也到了手不释卷的地步。为此他还写了一首小词。这也是我最喜欢的一首说陶渊明的作品：

鹧鸪天

读渊明诗不能去手，戏作小词以送之

晚岁躬耕不怨贫。只鸡斗酒聚比邻。都无晋宋之间事，自是羲皇以上人。　千载后，百篇存。更无一字不清真。若教王谢诸郎在，未抵柴桑陌上尘。

宋以后，推崇陶渊明者更不计其数。直到今天，还有很多古典文学的爱好者依然在和着陶诗。然而和陶，不应止于文字，和的更应是一种精神。只要有这种精神，望处皆是桃花源。最后，我用金代元好问《继愚轩和党承旨雪诗二首》（其二）中评价陶渊明的两句，来结束全书：

此翁岂作诗，直写胸中天。

二〇一一年十月五日

附录 《述酒》集解

◇重离照南陆，鸣鸟声相闻

［元］吴师道：愚以为“离”为“黎”，则是陶公改讹其字以相乱。离，南也，午也。重黎，典午再造也。止作晋南渡说自通。《书（君奭）》：“我则鸣鸟不闻。”陶正用此鸟指凤凰。此谓南渡之初，一时诸贤犹盛也。

［明］黄文焕：逼禅在六月，故首言日炤南陆。

［清］陈沆：重离继照，兴南渡之再造；鸣鸟相闻，喻群彦之维持。

［清］陶澍：自篇首“重离照南陆”至“重华固灵坟”，此述晋室南渡之后，偏安江左，浸以式微。至零陵而王气遂尽，篡弑以成，叙述明显。

鸣鸟句盖用《楚辞》：“恐鹈鴂之先鸣兮，使夫百草为之不芳。”《月令》：“仲夏之月，鵙始鸣，鸣则众芳皆歇。”

［今］逯钦立：重离照南陆，寓言东晋孝武帝在位。司马氏称典午，午在南，于八卦为离，东晋于西晋为重。又司马氏出于重黎，重黎，火正。《易经·说卦》：“离为火。”故此重离可以寓言东晋。又孝武帝小字昌明。《易经·说卦》：“离为火，为

日。”重离，重日，即昌字，此并托言昌明在位。

鸣鸟声相闻，（引陶注从略）是说贤者逐渐减少。

【程滨按】诸家之说大同小异，皆谓晋室南渡，于江左建立东晋王朝，初时有群臣辅佐，后贤才凋零。唯黄文焕以为是记弑恭帝之时，恐非。

◇秋草虽未黄，融风久已分

［宋］汤汉：国虽未末，而势之分崩久矣，至于今则典午之气数遂尽也。

［明］黄文焕：秋草未黄，盖纪其月也。（按，逼禅之月）

［清］陈沆：余闰未终，淳风久散。

［清］黄丕烈：零陵王以九月终，与诗所云“秋草虽未黄，融风久已分”者正合。

［今］逯钦立：鶗鴂鸣后，百草虽未黄落，但立春以来的融风（东北风）已经消散。融风兼指祝融之风。融风已分，指司马氏威望已经扫地。

【程滨按】诸家之说近似，皆谓晋虽未亡，而气数已渐尽。唯黄文焕以为记逼禅之月，恐非。

◇素砾皛修渚，南岳无余云

［宋］汤汉：修渚疑指江陵。

［清］吴菘：《述酒》起六句，乃感时物之变，托以起兴，《三百篇》多此法。

［清］陈沆：（余闰未终，淳风久散）暨至水涸石出，素砾显于长江，运尽气熸，余云扫于南岳矣！

［清］陶澍：“素砾皛修渚”，即子美所谓“渚清沙白”，以

喻偏安江左，气象萧飒也。

［清］张谐之：二句以水清石见、山不出云，喻君弱臣强，国势式微，而无从龙之彦也。

［民国］古直：南岳无余云，南岳为江南山镇，故特标之。晋元帝即位诏，遂登坛南岳，亦此意也。云者，紫云，数术家所谓王气也。《艺文类聚》引庾阐《扬州赋》注云："建康宫北十里有蒋山，元皇帝未渡江之年，望气者云，蒋山上有紫云，时时晨见云云。而元帝升位有紫云，则王气犹存，无余云，则王气尽矣。"

［今］逯钦立：二句比喻桓玄得势。素砾，白石。古人每以砾与玉并举，"砾"指奸邪，"玉"比忠贤。（引《楚辞》《党锢传赞》，从略）修渚，长洲。以江陵九十九洲代指渚宫江陵。素砾皛修渚，是说桓玄盘踞江陵窃谋篡夺。桓玄自称荆州刺史后，曾增填九十九洲为一百，为其称帝制造祥瑞。详见盛弘之《荆州记》。桓玄此举，陶渊明必有所闻。

【程滨按】诸家之说大体相同，皆以水涸云散喻晋室气数已尽。唯吴菘以为此诗六句纯是起兴，与《诗经》同，不应详解。

◇**豫章抗高门，重华固灵坟**

［宋］汤汉：重华，谓恭帝禅宋也。

［元］吴师道：重华句，恭帝废为零陵王，舜冢在零陵九疑，故云尔。

［明］黄文焕：曰"豫章抗高门"者，（刘）裕为扬州牧，初受封地属豫章，故暗言其地也。曰重华者，裕逼帝以禅让，放引舜之禅天下也。曰固灵坟者，隐言恭帝之死也。舜葬于九疑山，九疑在零陵界中，裕废帝为零陵王，故举界内之舜坟也。裕

欲自抗以高其门，不帝制不止，于是乎恭帝不得不就死地无生路矣，则“抗高门”“固灵坟”之微旨也。

［清］陈沆：（刘）裕始封豫章郡公，恭帝废封零陵王，故以九疑之墓，喻禅位野死也。

［民国］古直：此著刘裕篡晋之阶也。《晋书》：“义熙二年，论建义功，封裕为豫章郡公。”发迹豫章，遂干大位。故曰豫章抗高门也。《诗》：“乃立皋门，皋门有伉。”毛传：“王之郭门曰皋门。”孔疏曰：“皋高通用。”《礼记·明堂位》：“天子皋门。”郑注：“皋之为言高也。”

重华固灵坟，言零陵王何在？但有灵坟耳。《经传释词》曰：“固，又作顾，顾犹但也。”

［今］逯钦立：按《晋书·桓玄传》：玄窃据朝政后，即“讽朝廷以己平元显功封豫章公”。可见桓玄、刘裕之篡，皆以封豫章为始。抗者，分庭抗礼之抗，两相对峙的意思。豫章两个高门对峙，指刘裕继桓玄之后正在篡夺。

【程滨按】“豫章”句，当指桓玄、刘裕势力日益强大，见逯氏说。或疑诗皆用典，此处不当实指豫章公桓玄、刘裕。然置“豫章”二字与此篇中，读者亦不易联想到桓、刘，即便联想到了，亦不知当如何解释。而豫章又为大树的名称，故此处“豫章抗高门”，或从字面上可以解释为高门之前种植着高大的豫章树。此正迷惑读者之手段。

重华，古帝虞舜，此处当指孝武帝。舜弟象为人不贤，多次欲害舜，舜不念旧恶，即天子位后封象为诸侯。《史记·五帝本纪》：“舜父瞽叟盲，而舜母死，瞽叟更娶妻而生象，象傲……舜之践帝位……封弟象为诸侯。”古时帝王责其兄弟之罪，多用此舜与象的典故。如《汉书·宣帝纪》记宣帝降罪其弟时诏书：

“盖闻象有罪，舜封之，骨肉之亲，粲而不殊（《汉书·武五子传》作‘析而不殊’）。”而孝武帝与司马道子为兄弟，孝武为兄，道子为弟，其关系恰如舜与象。道子为人放纵不贤，而孝武即位，重用道子，如舜之封象。此诗以重华（舜）喻孝武帝，乃是从这层关系上来的。很多人纠缠在重华曾禅位于禹，以为重华当指安帝或恭帝。然舜禅位于禹，乃明君间的禅让，与后面诗中提到的献帝（山阳公）禅于魏文帝曹丕不同，更与历史上恭帝禅位于刘裕而被弑不可同日而语。故“重华”句，当指孝武帝新死不远，尸骨未朽，桓玄即行专权谋篡之事。又，渊明欲述晋之覆灭，当孝武帝述起。因晋时谶语，认为晋当亡于“昌明”，而昌明乃孝武之名。其事见《晋书·孝武帝纪》：“初，简文帝见谶云：‘晋祚尽昌明。’及帝之在孕也，李太后梦神人谓之曰：‘汝生男，以昌明为字。’及产，东方始明，因以为名焉。简文帝后悟，乃流涕。及为清暑殿，有识者以为‘清暑’反为‘楚’声，哀楚之征也。俄而帝崩，晋祚自此倾矣。”按，桓玄在荆楚多年，其叛乱亦从楚地兴起，建国号为楚。又，“重华固灵坟”之“固”字，当作动词用，乃加固之义，实际就指修建（因帝陵不同一般建筑，所以必然修建得很牢固）。“重华固灵坟”即“固重华之灵坟”，指修建孝武帝之陵墓，即言孝武帝驾崩。“豫章抗高门，重华固灵坟”，此联明显用对仗。豫章为地名，重华为人名；高门、灵坟皆偏正结构；抗、固皆为动词。“抗”有提高之义，“固”有认真修建之义。此联是说，孝武身死之日，正是桓、刘兴起之时。

◇流泪抱中叹，倾耳听司晨

［宋］汤汉：裕既建国，晋帝以天下让而犹不免于弑，此所

以流泪抱叹，夜耿耿而达曙也。

［明］黄文焕：亟承一语曰“流泪抱中叹”，盖显然矣。（按，指“抗高门”“固灵坟”之微旨显然矣。）

［清］陶澍：“流泪抱中叹”以下，乃再三反覆以痛之。

［今］袁行霈：历来释为渊明悲叹晋室之亡，恐非是。渊明对晋室何至如此之忠耶？与篇末所表明之态度不合。此指恭帝被幽于零陵时帝后之忧叹也，此时恭帝身边唯帝后一人而已。中：犹忠。抱中：犹抱忠。司晨：雄鸡也。听司晨：盼望天亮。

【程滨按】“流泪”句，指桓玄鸩杀会稽王司马道子，安帝哭之三日之事。安帝之哭，一哭道子为简文帝之子，晋室宗亲，二哭桓玄势大，皇权岌岌可危。《晋书·简文三子传》：“诏徙（道子）安成郡，使御史杜竹林防卫，竟承玄旨酖杀之，时年三十九。帝三日哭于西堂。”

“倾耳”句，指安帝诸事听命于桓玄，特傀儡而已。又，司晨者，雄鸡也，指桓玄。《晋书·桓玄传》：“初，玄在宫中，恒觉不安，若为鬼神所扰，语其所亲云：‘恐已当死，故与时竞。’元兴中，衡阳有雌鸡化为雄，八十日而冠萎。”《书·牧誓》：“牝鸡无晨，牝鸡之晨，惟家之索。”后以“牝鸡司晨”称女性掌权。桓玄虽非女性，但《晋书》云“雌鸡化为雄，八十日而冠萎”，则为桓玄非真命天子之征兆，虽暂摄帝位（雌鸡化雄而司晨），不久必败（八十日而冠萎，又化为雌鸡）。此当时盛传之征兆，渊明亦当有耳闻。

◇神州献嘉粟，西灵为我驯

［宋］汤汉：义熙十四年，巩县人献嘉禾，裕以献帝，帝以归于裕。“西灵”当作“四灵”，裕受禅文有“四灵效徵”之语。

二句言裕假符瑞以奸大位也。

［明］黄文焕：则特因毒酒点露此语，题之所云“述酒”也。天不生嘉粟，无由造毒酒，则嘉粟殆恨端哉！“西灵为我驯”，暗指张袆之自饮也。

［清］陈沆：西灵，西王母也。《穆天子传》：“曹奴之人，献穄米百车。”又云：“天子取嘉禾以归。”言此皆盛世荒服来宾之事，固不可得见矣。

［清］陶澍：神州献嘉，西灵我驯，此用《穆天子传》西王母诸国献禾献刍诸事，谓西晋全盛时，五胡未乱，四夷宾服也，今不可见矣。

［民国］古直：恭帝禅诏有“四灵效瑞，川岳启图”语，策书有“上天垂象，四灵效徵”语。又义熙十二年进奉裕为宋王诏曰：“周道方远，则擬甗鸣岐，二南播德，则麟驺呈瑞。自公大号初发，爰暨告成，灵祥炳焕，不可胜纪，岂伊素雉远至，嘉禾近归而已哉！”此诏，裕腹心傅亮笔也。俗（裕）以符瑞惑人，其来渐矣。

［今］逯钦立：西灵，当作四灵，裕受禅文有“四灵效徵”之语。

【程滨按】此句嘉粟当指桓玄为篡位假弄的各种符瑞，下句则当指桓玄逼安帝禅位。又，汤汉所引义熙十四年巩县人献嘉禾事，未知引自何书。而渊明诗称“嘉粟”，不称“嘉禾”，似不应固执“禾”字，认定此必为刘裕祥瑞之事。

◇**诸梁董师旅，芈（芊）胜丧其身**

［宋］黄庭坚：芊胜，白公也。沈诸梁，叶公也，杀白公胜。

［明］黄文焕：引诸梁、芊胜尤为愤绝，白公胜欲杀王篡楚，

得沈诸梁叶公诛之，楚国卒以存。晋之能为诸梁者，何人乎？

［清］陈沆：次则中兴之世，如白公胜谋篡，而叶公诸梁倡义旅而讨之，今亦不可见矣。

［清］陶澍：次则芈胜乱楚，而沈诸梁董师旅复之，谓东晋初有王敦、苏峻之乱，即有陶侃、温峤之功，国犹有人也，今亦不可见矣。

［今］逯钦立：诸梁，沈诸梁，叶公。芊胜，白公胜。《史记·楚世家》："白公自立为王，月余，会叶公来救，共攻白公，杀之。"案：桓玄篡晋后称楚，刘裕籍彭城为楚人，故此以叶公、白公事寓言桓玄之篡及其为刘裕所诛。

［今］龚斌：其说（按，指逯钦立之说）是。楚惠王被白公劫置高府及后来的复位，亦寓言晋安帝为桓玄挟持至寻阳及明年的反正。

［今］袁行霈：以楚国内乱暗喻晋朝内讧，至于具体所指难以确定，众说纷纭，均未切，姑存疑。董，督也。

【程滨按】指刘裕平定桓玄。考其典故，以子西喻司马道子；以芈胜篡惠王位，置惠王于高府，喻桓玄篡安帝位，迁安帝于寻阳；以沈诸梁（叶公）率军杀芈胜，喻刘裕率军杀桓玄；以惠王复位喻安帝复位。

◇山阳归下国，成名犹不勤

［宋］韩驹：余反覆之，见"山阳归下国"之句，盖用山阳公事，疑是义熙以后有所感而作也。

［宋］汤汉：《谥法》："不勤成名曰灵。"古之人主不善终者有灵若厉之号。此正指零陵先废而后弑也。曰犹不勤，哀怨之词也。

［明］黄文焕：再引汉献帝事以深致慨焉。裕之加九锡自为王，与（曹）操同，逼恭帝禅位与（曹）丕逼献同，献为山阳公十五年始卒，而灵陵王乃以次年进毒不遂，竟加掩杀，不得如献帝之偷余生也。裕之视丕，倍忍心矣。“成名犹不勤”者，言丕已成其帝位之名，犹能不杀山阳为应勤之事，而置之度外，留其余年也。

［清］陈沆：又下之则汉帝禅位为山阳公，而犹获寿终，不至汲汲剪除，而今并不可得。

［清］陶澍：又下则山阳禅魏，犹获令终，不事急急剪除，而今亦不可复见焉。

［今］逯钦立：山阳归下国，用刘贺被废，昌邑除为山阳郡公事，托言晋恭帝被废为石阳公。不勤，不劳，不存问安慰。

［今］袁行霈：“灵”乃含有贬义之谥号，恭帝虽以“尊贤让善”而谥曰“恭”，但从其甘心禅位而言之，亦犹成名不勤也。

【程滨按】以汉献帝逊位为山阳公十四年而死，喻晋安帝为刘裕傀儡十四年，终为裕所弑。成名犹不勤，当指安帝无所作为，与东汉孝灵帝无二。《谥法》：“不勤成名曰灵。”则“成名犹不勤”很明显是在影射谥号中的“灵”字。而自西汉至东晋，谥“灵”的皇帝只有东汉末期的孝灵帝，而灵帝最终被董卓废为弘农王（见《后汉书·孝灵帝纪》）。灵帝后则为献帝，期间虽有少帝，然少帝在位仅五个月。如果忽略少帝，汉灵帝则为东汉倒数第二个皇帝，汉献帝则为东汉最后一个皇帝。从这点来看，安帝如灵帝（倒二），恭帝则如献帝（最末）。

◇卜生善斯牧，安乐不为君

［宋］汤汉：魏文侯师事卜子夏，此借之以言魏文帝也。安

乐公，刘禅也。丕既篡汉，则安乐不得为君矣。

［明］**黄文焕**：卜生如握粟出卜之卜，用子书“牧乎君乎”之语，为天子而不能自保其身，即求为人牧，亦何可得！自卜此生者，宁以人牧为善，为可安乐，而不愿为君也。

［清］**邱嘉穗**：“安乐不为君”，恐用刘禅封安乐公事，亦与山阳事同，皆指零陵王也。

［清］**陈沆**：至以万乘求为匹夫不得，此牧羊之人所以不愿为君也。

［清］**陶澍**：至以羋胜为梁孝王羊胜之事，以“卜生善斯牧”为魏文侯事卜子夏，皆牵附无义。

［民国］**古直**：此责零陵王有似安乐公也。“卜生”当为“卜年”，形近而讹也……晋恭帝禅位书曰：“故有国必亡，卜年著其数。”又曰：“历运改卜，永终于兹。”此书自是王韶之所草，然帝阅后，欣然操笔曰：“晋祚已移，重为刘公所延，将二十载。今日之事，本所甘心。”遂书赤纸为诏，以授傅亮。不能为高贵乡公以一死谢国，愿为刘禅降附，受安乐之封，是岂得为之君哉？深责之也。《左传》：“天生民而立之君，使司牧之。”《鲁语》：“君也者，将牧民而正其邪者也。”……人谓历数永终于兹而已，反谓祚移将二十载。斯牧卜年，抑何善邪？其词盖不严而厉矣。

［今］**逯钦立**：卜生，卜式。善斯牧，善于牧羊。《汉书·卜式传》：“式布衣草蹻而牧羊，上过其羊所，善之。式曰：‘非独羊也，治民亦犹是也。以时起居，恶者辄去，毋令败群。’上奇其言，欲试以治民。”案：卜生所以为善牧，在“恶者去之”一条原则。而这条原则，数术家视为改朝换代的手段。许芝奏启曹丕应该代汉称帝，曾引《京房易传》云：“凡为王者，恶者去

之，弱者夺之，易姓改代，天命应常。”卜生善斯牧，寓言刘裕翦灭晋朝宗室之强者，如司马休之等，为篡夺做准备，如卜生“恶者辄去之”之善牧。

安乐不为君，用刘贺臣安乐不尽忠言事，托言东晋臣僚不忠晋室。山阳、安乐事见《汉书·昌邑王贺传》及《龚遂传》。汉献帝逊位为山阳公，即袭用昌邑王故事。

［今］王瑶：卜生，卜式。（引《汉书·卜式传》同上，从略）此句指刘裕剪除晋朝宗室，为行篡做准备，其法如卜式牧羊。

［今］袁行霈：责恭帝自甘逊位，有似安乐公刘禅也。

【程滨按】“卜生句”当指刘裕用各种手段谋篡，“安乐”句当指安帝如刘禅之懦弱。

又，山阳，诸家多解作“山阳公”（汉献帝刘协禅位后，封山阳公）。安乐，或以为是安然享乐之义，或以为指刘禅降晋后，封安乐公。唯逯氏以为是西汉昌邑王刘贺的旧臣安乐。逯氏以为安乐句用的是《汉书·昌邑王贺传》及《龚遂传》之事。逯注未引原文。今引原文于下：

《汉书·昌邑王贺传》：“（孝宣帝）即位，心内忌贺。元康二年遣使者赐山阳太守张敞玺书曰：‘制诏山阳太守：其谨备盗贼，察往来过客。毋下所赐书！’敞于是条奏贺居处，著其废亡之效，曰：‘……’上由此知贺不足忌。其明年春，乃下诏曰：‘……其封故昌邑王贺为海昏侯，食邑四千户。’贺就国豫章。”

《汉书·龚遂传》：“龚遂字少卿，山阳南平阳人也。以明经为官，至昌邑郎中令，事王贺……会昭帝崩，亡子，昌邑王贺嗣立，官属皆征入。王相安乐迁长乐卫尉，遂见安乐，流涕谓曰：‘王立为天子，日益骄溢，谏之不复听，今哀痛未尽，日与近臣饮食作乐，斗虎豹，召皮轩，车九流，驱驰东西，所为悖道。古制宽，大臣有隐退，今去不得，阳狂恐知，身死为世戮，奈何？君，陛下故相，宜极谏争。'王即位二十七日，卒以淫乱废。"

此即昌邑王刘贺之旧臣安乐，不为其故君（刘贺）谏争之事。然以为用昌邑王事，只两处有"山阳"二字：宣帝曾派山阳太守监视昌邑王，昌邑王之臣龚遂为山阳人。此皆不足解"山阳"。逯氏说："汉献帝逊位为山阳公，即袭用昌邑王故事。"此说不知究竟做何解释。今读《汉书·武五子传》（即《昌邑王贺传》）颇觉其事与献帝事不类。前文"山阳"为"山阳公"之省，此处"安乐"亦可为"安乐公"之省。

◇**平王去旧京，峡中纳遗薰**

［明］黄文焕："平王去旧京"，则特援东迁与东晋相映，平王得以东迁再永其国，而东晋竟为裕所灭，不获复为东也。"峡中纳遗薰"，指东迁之后，犹足自荫也。

［清］陈沆："平王去旧京"以下，又追述裕得关中旧京之地，旋弃与熏獯之胡虏者，盖欲亟归谋篡故也。峡通作陕，谓关中陕以西之地。

［清］陶澍："平王去旧京"以下，谓晋自迁江左，而中原没于鲜卑，刘裕平姚泓，修复晋五陵，置守卫，国耻甫雪，而篡弑已成也。董（当作"薰"），獯鬻。《史记·五帝本纪》作荤粥，《周本纪》作薰育。荤、薰、獯并通。峡，盖郏鄏，成王定鼎于郏鄏，今洛阳。峡、郏通也。

［民国］古直：刘聪为匈奴遗类，寇陷洛阳，故曰"峡中纳遗薰"。

［今］逯钦立：平王去旧京，《晋书·安帝纪》："元兴二年十二月壬辰，（桓）玄篡，以帝为平固王。辛丑，帝蒙尘于寻

阳。”平王，喻平固王，指逊位之晋安帝。去旧京，去建业赴寻阳也。

峡中纳遗薰，以越王子搜被迫继位。《晋书·安帝纪》：“初谶言，昌明之后有二君。刘裕将为禅代，故密令王韶之缢帝，而立恭帝，以应二帝。”史家谓恭帝之被迫继位，同于王子搜之被迫为王。《恭帝纪》史臣曰：“若乃世遇颠覆，则恭皇斯甚。于越之民，讵薰丹穴？”越民薰丹穴，即指王子搜事。《庄子·让王》：“越人三世弑其君，王子搜患之，逃乎丹穴。而越国无君，求王子搜不得，从之丹穴。王子搜不肯出，越人薰之以艾；乘以玉舆。王子搜援绥登车，仰天而呼曰：君乎！君乎！独不可以舍我乎！”

［今］袁行霈：喻指晋室南迁，中原沦于胡人之手。

【程滨按】依时间顺序而言，此诗开端便写中原沦落晋室南渡，在叙述了大量东晋末世之事后，从文理上讲，不当翻回头去说晋室南迁，中原沦落胡人之手。而安帝为桓玄降为平固王之事亦当在“诸梁董师旅”之间。疑安帝曾为平固王，后虽复位，形同傀儡，名为皇帝，实与平固王无二，故以平王寓言安帝。平王去旧京，或隐指平固王被弑，葬休平陵之事。《晋书·安帝纪》：“十二月戊寅，帝崩于东堂，时年三十七，葬休平陵。”峡中句从逯氏说，谓恭帝被迫即位。

又，如果此“平王”句就是倒回去说“晋室南迁”，那么这两句必须和下面“双陵”两句结合在一起，四句成一个段落。见下。

◇双陵甫云育，三趾显奇文

［明］黄文焕：“双陵”“九齿”语不可解，殆故晦之，以自藏耶？

［清］陈沆：双陵即崤函二陵也。三趾者，《魏都赋》："莫黑匪乌，三趾而来仪。"注引"汉献帝延康元年，三足乌见于郡国，为明年魏受禅之符"。刘裕受禅时，太史骆达亦陈天文符瑞数十事也。

［清］陶澍：晋五陵在洛阳，不敢显言五陵，故曰双陵。盖亦以崤之二陵乱其辞。其实若除宣、景、文三王不数，则武、惠二帝正双陵耳。三趾乃曹魏受禅之祥。左太冲《魏都赋》："莫黑匪乌，三趾而来仪。"注引"延康元年，三足乌见于郡国"。裕受禅时，太史令亦陈符瑞数十事也。

［民国］古直：双陵，即二陵。《左传》曰："崤有二陵焉。"双陵甫云育，谓关洛已平，人民始可长育也……案《山海经》注又有三足乌，主给使……乌或为鸟也……义熙十二年刘裕伐秦克洛阳，遣长史王宏还都求九锡，此其事也。奇文者，世不常有之文，九锡文、禅位诏等是也。王宏回都而九锡文等以次出，故曰三趾显奇文。

［今］逯钦立：双阳甫云育（按，各种版本中只曾本、苏写本一作"双阳"，逯氏从之），双阳，重日，寓言昌字。甫云育，方曰有子。双阳甫云育，寓言司马昌明既已生子，似乎可以延长晋朝江山。据《晋书·孝武帝纪》，晋简文帝曾见"晋祚尽昌明"的谶文。及子孝武帝生，无意中为取名昌明。因流涕悲叹，以为晋祚已尽。但是晋孝武帝死后，子安帝嗣位，晋朝并未尽于昌明，故曰双阳云育。

三趾显奇文，三趾，指三足乌。直承上句昌明刚刚有子继位，是说禅代之说又起。三足乌，晋初曾以之为代魏的祥瑞。《晋诸公赞》："世祖时，西域献三足乌。遂累有赤乌来集此昌陵后县。案昌为重日，乌者，日中之鸟，有托体阳精，应期曜质，以显至德者也。”而今言奇文，是说谶纬之言，本为晋瑞，今则反为宋瑞矣。《宋书·武帝纪》：“晋帝禅位于王，诏曰，故四灵效瑞，川岳启图。瞻乌爰止，允集明哲，夫岂延康有归，咸熙告谢而已哉！”延康有归指汉禅魏，咸熙告谢指晋篡魏。可见宋人确认乌是代晋的祥瑞之一。

[今] 袁行霈：意谓刘裕北伐后，遂加紧篡位。

【程滨按】“双陵”倘作“双阳”，当依逯说。若作双陵，双陵甫云育：一可能指安帝的休平陵和恭帝的冲平陵两座陵墓建成，暗指二帝被弑；一可能指刘裕光复洛阳，修复晋五陵之事，即清陶澍之说。《宋书·武帝纪中》：“十月，（刘裕）众军至洛阳，围金墉。（姚）泓弟伪平南将军洸请降，送于京师，修复晋五陵，置守卫。天子诏曰：‘……旧都载清，五陵复礼，百城屈膝，千落影从。自篇籍所载，生民以来，勋德懋功，未有若此之盛者也……封十郡为宋公，备九锡之礼，加玺绶、远游冠，位在诸侯王上。’”“三趾”句，当指刘裕篡位，太史令陈符瑞数十条之事。

又，如果“平王去旧京，峡中纳遗薰。双陵甫云育，三趾显奇文”四句是一个段落的话，那么这四句是说，想当年晋室南渡，中原沦丧胡人之手。到如今中原好不容易收复了（指刘裕收复洛阳），可刘裕篡位，晋朝就灭亡了。

◇王子爱清吹，日中翔河汾

[宋] 汤汉：王子晋好吹笙，托言晋也。

[明] 黄文焕：“王子爱清吹”，引子晋吹笙事，语意尤悲。子晋为太子者也，居君位而见弑于其臣，篡贼接踵，何可胜叹！但有辞位学仙，庶可免祸耳。“日中翔河汾”，则指子晋之白日

飞升也。

［清］陈沆："王子爱清吹"以下，言昔人弃富贵，求出世，即愿世世勿生天王家之意也。

［清］陶澍："王子爱清吹"以下，则以子晋弃位学仙，愿世世勿生天王家之叹也。

［民国］古直："王子"以下故作游仙之词，以寄其无可如何之哀思。陶（澍）谓即《远游》之旨，是也。

［今］逯钦立：以神话故事托言晋恭帝逊位被害。王子，王子晋，托言东晋。日中，午，典午，亦托言晋。翔，游遨。河汾，晋地。游遨河汾，托言禅代事。《梁书·武帝纪》载禅位策云："一驾河汾，便有窅然之志，暂适箕岭，即动让王之心。"逯按，《庄子·逍遥游》："尧往见四子于汾水之阳，窅然丧其天下焉。"此陶诗梁策之所本。二句以王子晋年十七而死喻晋朝在刘裕把持下十七年而亡，典午政权至此以禅代告终。

［今］龚斌：前句或以王子晋仙去喻零陵之仙逝，后句或喻零陵魂翔故国犹不忍离去。

［今］袁行霈：意谓晋已化去，喻指晋室之亡。王子晋（略）事见《逸周书·太子晋解》《列仙传》等书。

【程滨按】王子乃王子晋，当指晋国，而非独指零陵王一人。二句谓晋国灭亡，而先世诸王魂魄犹恋恋不忍离故国。

◇朱公练九齿，闲居离世纷

［宋］汤汉：朱公者，托言陶也。意古别有朱公修炼之事，此特托言陶耳。晋运既终，故陶闲居以避世，明言其志也。

［明］黄文焕："双陵""九齿"语不可解，殆故晦之，以自藏耶？然凤举鸾骞，高遁不仕之意，已居然显白矣。

［清］蒋薰：若王子、朱公，乃渊明流泪抱叹，恐年命不永，欲固天容而跻彭铿，不以殇子为寿耳。

［清］陶澍："宋（当作"朱"）公练九齿，闲居遗世纷"，乃遭乱世而思遐举之心也。

［今］逯钦立：朱公，陶自称。越范蠡自称陶朱公，诗本此。练九齿，齿，年，九齿，长年；练九齿，练养生术。世纷，人间世纠纷。

【程滨按】此二句为陶渊明自指其隐居远离乱世。

◇**峨峨西岭内，偃息常所亲**

［宋］汤汉：西岭，当指恭帝所藏。

［民国］古直：西岭，殆指昆仑山，昆仑仙真之窟，正在西方也。

［今］逯钦立：峨峨，高大貌。西岭，西山。伯夷、叔齐隐居西山，不食周粟，采薇充饥，终于饿死。诗以峨峨西山内言夷、齐节概。偃息，卧床不起。《诗经·小雅·北山》："或偃息在床。"陶六十岁前后，长期卧病。

［今］龚斌：偃息，偃卧安息，亦作"息偃"。《诗经·小雅·北山》："或息偃在床。"戴逵《闲游赞》："偃息琴书之侧。"

［今］袁行霈：意谓偃息于峨峨西岭之内，乃己心之所近者也。

【程滨按】此二句，陶渊明自比伯夷、叔齐隐居西山，表明陶渊明当以晋遗民身份隐居，而绝不称臣于宋。

◇**天容自永固，彭殇非等伦**

［宋］汤汉：帝年三十六而弑。此但言其藏之固，而寿夭置

不必论。

［明］黄文焕：为废帝之死，再申低徊也。裕即杀帝，而君臣之分自在，千古所不能磨灭也。然则帝何尝死哉！是不待以彭殇较论者也。用意至曲而愤。

［清］陈祚明："天容自永固"，已意决耳。人定胜天，即不胜，勿问之矣。作《离骚》《天问》读，不必解之。

［清］陈沆："天容"，谓天老及容成子，皆黄帝时人。陈祚明谓此诗作《离骚》《天问》读，不必求解，岂非未逆其志欤？

［清］陶澍："天容自永固"，谓天老容成，与下彭殇为对。言富贵不如长生，即《楚辞》思远游之旨也。

［今］逯钦立：天容，天人之容，即出众人物的高大形象，指伯夷、叔齐。彭殇，彭，老彭，彭祖；殇，夭亡的小儿。非等伦，不一样，不能等量齐观。

［今］龚斌：一说是悼念晋恭帝被弑，天容谓天子之容。

［今］袁行霈：意谓天之容仪本自永固，即使彭祖亦不能相比也。天容：徐复曰"陆贾《新语·本行》：'圣人乘天威，合天气，承天功，象天容而不与为功，岂不难哉！''天容'当谓自然之容"。彭殇：彭祖，殇子，此乃偏义复词，言彭祖也。《庄子·齐物论》："莫寿于殇子，而彭祖为夭。"

【程滨按】上句当指晋祚虽终，而天命当长在。下句指长生夭亡自不可相提并论。然此二句究竟何指，颇不易定。或指晋祚之终。或如逯氏之说，指陶渊明自己坚持伯夷、叔齐之操守，此种人精神长在，万世景仰，非身与名俱灭者可比。

后 记

这本小书终于写完了。

大约四五年前，康侯兄约我写一本关于陶渊明的书。恰好那时我正在重读陶诗，有一些感触，便把我读陶的笔记（用的是文言形式）给他寄了过去，他回信说："这书不是写给搞研究的人看的。"于是我就开始揣摩怎么写能通俗些。很快，我先写出了《桃源无寻处》《何劳弦上声》《闲情岂微瑕》等几章。后来好像是因为出版方面的问题，此书只写了不到一半就放下了。直到2011年，康侯兄又打来电话，说要重新出版。于是我又拿起笔来，继续写完。然而风格上，后续的与先写的似乎不是那么统一。我自己觉得，前面有点过于"花"，后面写的则要平实得多。不过也好，风格多样一些，正如陶渊明的诗。

对于一本只是"介绍"陶渊明的小书来说，有时我觉得本书有些章节可能引文太多。但是我总希望，喜欢读书的人，一定要去读第一手资料，尽量不要去读后来研究者倒了好几道手的东西。所以我引用了历代很多研究陶渊明的一手资料，对于语言上难懂的，我就用白话来解释说明。因为只有这样，你才不会被那些“文化的二道贩子”所欺骗，你才能自己立定脚跟，放开眼光，辨别真伪。

写书时，真是非常感谢那些汇集资料的前人。我仔细阅读了《陶渊明资料汇编》，去看历代是如何评价陶渊明的各方面的。我做的主要事情，是把那些按年代罗列的资料，又按“门类”重新编排了一下，比如哪些是说陶渊明“归去来”的，哪些是说他“饮酒”的，哪些是说他和孩子们的关系的……（为了写作检索资料方便，我便把关于陶渊明的重要文献资料录入为电子版。由于工程浩大，录着录着我就烦了。有一多半资料是荆室温浩帮忙录入的，不然此书更不知道什么时候才能写完。）这样，我就能发现，对于同一个问题，从古到今人们都是怎么看的，哪些人持这种观点，哪些人持那种观点。然后我再结合自己读陶的心得，判断哪种观点更有道理，或者是提出自己新的看法。提出新看法是要很谨慎的，不能脑袋一热，故作惊人语，以欺世盗名。欺世容易，欺心太难。

本书《述酒晋宋间》一章，对于陶渊明《述酒》诗的理解，我和以前诸家均不完全相同。我做了一篇考证，把各家的说法以及我的按语都写了下来，做了一篇“集解”。虽然这是一篇近乎学术论文的文字，但我也希望作为本书的附录，呈现给大家。一个人有了一种想法，有时会非常固执，很难改变。所以有时我对于自己的观点，在一定时期内也无法审视它是对是错。因此我把我的想法梳理清楚，附录在此，也请诸位方家为我指误。

翻回自己写的序言，看见最后的日期是“二〇〇七年五月二十四日”。如今已经过去四年多了，我才把这样一本小书写完，由此想起了渊明的这几句诗：

盛年不重来，一日难再晨。
及时当勉励，岁月不待人。

二〇一一年十月七日于矫庵

今去作《后记》之日又五年，前后凡十年矣。噫！

二〇一六年六月二十日于矫庵

跋 一次时光机的试乘

——读《与陶渊明生活在桃花源》

添雪斋

好友程滨的新书快要出版了。作为死党，我是必须抢在众人之前一睹为快的。这本《与陶渊明生活在桃花源》从前期网络散篇到现在完本成书，已快十年。人生有几个十年？掩卷长喟，程滨这是用了十年的光阴，以文字为符篆，以心血为法力，为我们搭建了一架时光机器。让我们穿越一千六百多年的时间长河，揭开迷雾，直接面对一个生机盎然的陶靖节。如开卷第一篇直析桃花源“不知有汉，无论魏晋”，这正是时光机的入口，时光凝固的起始所在。一步迈入，使我们与千百年相对。

与传统论陶的文学评论、诗词话不同。程滨此书，从析渊明之名而起，至后世诸君学陶止，时空长河贯流而下。一页页翻过，我们仿佛与陶公生活了一生，经历他的成长、家庭，感受他背负的喜怒哀乐，生机勃勃。我们不再是冰冷的旁观者或点赞狂魔，我们能融入这活着的历史。

书中，我最为击节的是从“归去来”到“述酒”这七章，可以说是本书精华之所在。“述酒”一章和后附的“集结”，则是我最喜的学术论点。不单提出了不见于前人的新看法，还辛劳地列出前人诸论，知人论世，一目了然。而形影神与归田园的互逆之解，直击内心。陶公内心的“高”与现实的“落”，心路上蹒跚致远的负痛，至“固穷”而胜，这其中“酒”之力，由“饮”到“止”及终“述”。让我们看到一个不是文学史上所谓高不可攀的“冲淡隐逸”的陶公，而是一个如我们一样，曾因生活动摇理想，曾与困苦奋而交战，曾为家国忧心怒目的血肉之躯。至此，他不再是简单的一个名字，不再是一个完美的“圣”，而是一个生动的“人”。乃至到后面更进一步解析陶公的“道”，陶公的“情”，陶公的“家”。书里，陶公是鲜活的，对着我们莞尔，与我们浮白。纵然他依旧在千百年间无人可及的高处寂寞着，但这一刻至少我们能触及他那一丝的心弦。

程滨说，少年时他读陶诗读不出滋味，杜甫说陶诗“颇亦恨枯槁”，我亦如此。十多年前，我有和陶的饮酒、挽歌几个系列。但诗写出来，程滨说：“你这只是用陶饮酒韵，不是和诗。”的确，当年纵然知道陶诗的淡泊冲远，也是无法写出来的，自己根本没有那种心境。那些年在追求物质的道路上一去不返的时候，真可谓“口体交相累”。我做不到陶公八十余日归去来，更做不到“固穷”君子，我能忍受折腰的辱，却无法负荷固穷的苦。正因如此，我用了前面十几年的折腰，换来现在的归去来，人过中年时，才恍然明白了陶公当年的心路。因为达不到，反而更艳羡。也更体会到程滨所言的："纵不超逸，依然伟大。"

读到程滨这本书的时候，恰逢我第二次用陶渊明《饮酒》二十首的韵写了一组诗，和第一次一年内写完相比，写这组诗足足用了三年，但这组诗的话题扣的多是国是，依旧不是"和陶饮酒"，因为我依然没达到陶的里世界，甚至连其背影都未可临摹。我依然是在表世界中沉沦挣扎着。

第三次掩卷，回想宋代施德操评陶公的四字"乐道至苦"，忽而泪下。想起自己这次"饮酒"二十首的第一首，觉得也许在自己达不到的地方，表达了我对陶公的一种敬意。期冀在有生之年，未来的某天，自己真能与陶公同浮一大白，"和陶饮酒"一次？

丙申三月于粤添雪斋

附

复用陶公饮酒韵二十首之一

巨厦垂夜帷，灯海共焚之。煮雨青在野，挹酌天地时。所注春醁绿，秘色如龙兹。饮者合寂寞，长醉见析疑。破壁荷爝火，跖痛亦秉持。